中央宣传部2020年主题出版重点出版物

贵州省决战决胜脱贫攻坚重点主题出版物

本书获2020年贵州省出版传媒事业发展专项资金资助

苍山如海：东西部扶贫协作丛书

从广州到黔南、毕节

《从广州到黔南、毕节》编写组　编著

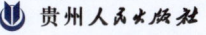 

图书在版编目（CIP）数据

从广州到黔南、毕节 /《从广州到黔南、毕节》编写组编著. -- 贵阳：贵州人民出版社，2021.1
（苍山如海：东西部扶贫协作丛书）
ISBN 978-7-221-15950-2

Ⅰ.①从… Ⅱ.①从… Ⅲ.①报告文学—中国—当代 Ⅳ.①I25

中国版本图书馆CIP数据核字(2020)第248990号

从广州到黔南、毕节
CONG GUANGZHOU DAO QIANNAN BIJIE

《从广州到黔南、毕节》编写组　编著

出 版 人：	王　旭
责任编辑：	张　娜　曾玉寒　林贵湘　廖智聪
封面设计：	源画设计
版式设计：	唐锡璋　郑亚梅
封底摄影：	张力平
出版发行：	贵州人民出版社　广东人民出版社
地　　址：	贵州省贵阳市观山湖区会展东路SOHO办公区A座
邮　　编：	550081
印　　刷：	贵州新华印务有限责任公司
开　　本：	787mm×1092mm　1/16
印　　张：	19.5
字　　数：	275千字
版　　次：	2021年1月第1版
印　　次：	2021年1月第1次印刷
书　　号：	ISBN 978-7-221-15950-2
定　　价：	79.00元

苍山如海：东西部扶贫协作丛书
编委会
（按姓氏笔画排列）

主　　任：卢雍政

副主任：王楚宏　刘卫翔　孙立杰　李　军　李亚平
　　　　陈昌旭　邵玉英　姚　海　徐　炯　徐少达
　　　　戚哮虎　梁　健　焦建俊　谢　念　靳国卫

成　　员：王　旭　王为松　王会军　王保顶　韦　浩
　　　　尹昌龙　邓国超　古咏梅　叶国斌　冉　斌
　　　　刘　强　刘兴吉　刘明辉　孙雁鹰　李卫红
　　　　李海涛　杨　钊　肖风华　肖延兵　何国强
　　　　张化新　张田收　张绪华　陈少荣　郑　斌
　　　　钟永宁　骆浪萍　聂雄前　贾正宁　高　嵘
　　　　黄　强　黄定承　梁　勇　梁玉林　蒋泽选
　　　　鲍洪俊　窦宗君　蔡光辉　阚宁辉　颜　岭

统　　稿：张　兴　程　立

苍山如海：东西部扶贫协作丛书
编 辑 部
（按姓氏笔画排列）

主　　任：王　旭　王为松　王保顶　叶国斌　刘明辉
　　　　　肖凤华　张化新　胡治豪　钟永宁　聂雄前
副 主 任：尹长东　代剑萍　刘　咏　何元龙　张　斌
　　　　　张绪华　陈继光　洪　晓　夏　昆　倪腊松
　　　　　蒋卫国　程　立　谢丹华　谢亚鹏
成　　员：丁谨之　马文博　卞清波　卢　锋　卢雪华
　　　　　刘　焱　李　莹　卓挺亚　尚　杰　唐运锋
　　　　　黄会腾　黄蕙心　谢　芳　熊　捷

《从广州到黔南、毕节》
编 委 会

（按姓氏笔画排列）

主　　编：梁　健　谢　念
副 主 编：韦　浩　肖延兵　黄定承　梁玉林　蔡光辉　颜　岭
编　　委：王　旭　肖风华　钟永宁
组　　稿：尹长东　钟永宁
统　　筹：李　凯　张发扬　曾玉寒
审　　校：王佩平　王　星　仇颖欣　卢泰铭　李文勇
　　　　　杨俊程　何登成　汪瑞梁　沈长志　张云开
　　　　　张弘弢　张发扬　陈　庆　陈　杨　周恩宇
　　　　　袁　鹏　莫　宇　夏　民　顾彦君　顾野灵
　　　　　梁晓琳　谢朝政　虞思滔　廖智聪　翟培声

用心用情深刻记录呈现"千年之变"

当历史来到21世纪的第20个年头，贵州在以习近平同志为核心的党中央坚强领导下，在全省各族干部群众艰苦努力下，如期高质量打赢脱贫攻坚战，实现了全省66个贫困县整体脱贫，历史性地撕掉了千百年来绝对贫困的标签，正以深深镌刻在17.6万平方千米大地上的"千年之变"，与全国一道，昂首跨入全面小康，踏上社会主义现代化建设新征程。

习近平总书记指出，我们党是用马克思主义武装起来的政党，始终把为中国人民谋幸福、为中华民族谋复兴作为自己的初心和使命，并一以贯之体现到党的全部奋斗之中。贵州是全国脱贫攻坚的主战场。贵州省委、省政府团结带领各族群众摆脱贫困，始终牢记习近平总书记、党中央对我们的殷殷嘱托，始终坚守矢志不渝的初心、孜孜以求的梦想。党的十八大以来，全省上下牢记嘱托、感恩奋进，大力弘扬"团结奋进、拼搏创新、苦干实干、后发赶超"的新时代贵州精神，强力实施大扶贫、大数据、大生态三大战略行动，不仅夺取了脱贫攻坚战的全面胜利和新冠肺炎疫情防控阻击战的重大胜利，更创造了经济增速在全国连续领先的"黄金十年"，在大战大考中交出了一份党中央放心、人民满意的优异答卷。贵州翻天覆地的历史巨变，鼓舞人心，催人奋进，被习近平总书记赞誉为"党的十八大以来党和国家事业大踏步前进的一个缩影"。

看似寻常最奇崛，成如容易却艰辛。在打赢脱贫攻坚战的伟大征程中，为了光荣与梦想，许多同志牺牲在了脱贫攻坚一线。贵州全省上下尽锐出战，以不怕牺牲、排除万难的精神状态，实现923万贫困人口脱贫，从曾经是贫困人口最多的省份变为减贫人口最多的省份；全面完成192万人（含恒大集团援建毕节搬迁4万人）易地扶贫搬迁任务，搬迁力度之大、人数之多、影响之深、成效之大，前所未有，世所罕见；纵深推进农村产业革命，连续三年农业增加值位居全国前列；在完成村村通硬化路的基础上，在西部地区率先提出并实现"组组通"公路，在西部地区第一个实现建制村100%通客运，率先在全国使用"通村村"平台；在西部率先实现县域义务教育基本均衡发展，在全国率先实现省市县乡四级远程医疗；东西部扶贫协作山海倾情携手，有力助推了贵州脱贫攻坚……

脱贫攻坚，是前无古人的伟大事业。在中国反贫困史上，矗立起的光彩熠熠的贵州里程碑，为中国乃至世界的反贫困事业提供了"贵州样本"，书写了中国减贫奇迹的贵州精彩篇章。

编纂"贵州省决战决胜脱贫攻坚重点主题出版物"系列图书，旨在全面总结宣传贵州决战决胜脱贫攻坚的巨大成就、宝贵精神、成功经验、先进事迹，讲好"英雄辈出"的脱贫攻坚故事。系列图书全方位、多角度记录和展现贵州脱贫攻坚的辉煌历程，必将为全省各族干部群众以更加昂扬的精神状态，紧密地团结在以习近平同志为核心的党中央周围，坚持以习近平新时代中国特色社会主义思想为指导，承前启后、继往开来，同心同德、拼搏进取，巩固拓展脱贫攻坚成果，续写新时代高质量发展新篇章，奋力开创百姓富、生态美的多彩贵州新未来提供重要的精神营养和文化支撑。

目 录

CONTENTS

黔南篇

同饮一江水　山海共作证 …………………………………… 005

产业项目

绿色产业富万家 ……………………………………………… 033
优势互补共同发展 …………………………………………… 036
王老吉与刺柠吉 ……………………………………………… 041
中火村里的算账声 …………………………………………… 045
李家院的菜农笑了 …………………………………………… 048
黔南州的"黄埔速度" ……………………………………… 052

市场劳务

让东西部越走越近 …………………………………………… 059
独山群众多了增收路 ………………………………………… 064
"岗位"就在"家门口" …………………………………… 067

"菜篮子"助推"大产业" ………………………………………… 071

文化教育

传播知识传递爱 …………………………………………………… 075
"光荣事业"的接力跑 ……………………………………………… 079
越秀春风染罗甸桃李 ……………………………………………… 082
樟江河畔的"校长爸爸" …………………………………………… 087

医疗卫生

不创"二甲"誓不还 ………………………………………………… 092
医者仁心的温度 …………………………………………………… 096
让大医院的服务"进"山 …………………………………………… 100
新生儿的"守护神" ………………………………………………… 103
组团构筑"生命防线" ……………………………………………… 107

人物事迹

匀山剑水中验证初心 ……………………………………………… 112
"这就是我眷念的地方" …………………………………………… 120
为了心中的信仰 …………………………………………………… 126
南沙来的"惠水通" ………………………………………………… 130
广州"孔雀"黔南飞 ………………………………………………… 133
花开"第二故乡" …………………………………………………… 140

毕节篇

合力攻坚　硕果满园 ··· 153

产业项目

共写一本"穗毕协作经书" ······································ 181
牵手共奏同心曲 ··· 186
大湾区产业挺进乌蒙山 ·· 194
恒大大方不了情 ··· 199
山顶药　山腰果　山下园　遍地花 ··························· 204

市场劳务

"黔货出山"好时节 ·· 210
大湾区拎稳毕节"菜篮子" ······································ 218
帮扶，一个都不能少 ··· 224
山里美味"香"羊城 ·· 229

文化教育

这里有个粤企"订单班" ··· 236
书信搭起的"交流桥" ·· 243
当组团支教遇上互联网 ·· 248

医疗卫生

不停步与"零突破"…………………………………………… 255

生命之光在高原闪耀…………………………………………… 260

打造一支"带不走的医疗队"………………………………… 268

人物事迹

在脱贫攻坚中诠释初心使命…………………………………… 274

此生心系花瓣桥………………………………………………… 280

难舍难分大山情………………………………………………… 288

后　记…………………………………………………………… 294

黔南篇

按照"中央要求、黔南所需、广州所能"的总体思路，来自广州的人才、资金、项目、技术、理念不断注入黔南，以"造血"方式真帮实扶。2016年广东省第一扶贫协作工作组进驻黔南以来，合力把东西部扶贫协作引向深入，开创了东西部"优势互补、长期合作、聚焦扶贫、实现共赢"的崭新局面，交出了一份东西部扶贫协作的高分答卷，谱写了新时代对口帮扶协作的崭新篇章。

同饮一江水　山海共作证

我在山这边，你在海那头。

思君即见君，共饮一江水。

我是黔南，你是广州；我和你，有故事……

广州与黔南，相距千里，山海无界。虽然历史上并没有太多特殊的交集，但都柳江、红水河经年流淌汇入珠江，注定两地将有一段撼天动地的深情厚谊。

2013年，在党中央、国务院的亲切关怀下，对口帮扶黔南的"接力棒"由深圳交给广州。

2013年至2016年11月，广州市各区与黔南结对关系为：天河区结对帮扶罗甸县，越秀区结对帮扶平塘县，黄埔区结对帮扶龙里县，番禺区结对帮扶独山县，白云区结对帮扶荔波县，增城区结对帮扶贵定县，萝岗区结对帮扶都匀市，花都区结对帮扶瓮安县，荔湾区结对帮扶福泉市，海珠区结对帮扶三都县，南沙区结对帮扶长顺县，从化区结对帮扶惠水县。

2016年11月，广州市各区与黔南结对关系有所调整：黄埔区结对帮扶都匀市、三都县、独山县，白云区结对帮扶贵定县、龙里县、惠水县，海珠区结对帮扶福泉市、瓮安县。

广州携手黔南，开启了决战脱贫攻坚的新征程。

每年春节过后，广州数百名干部和技术人才告别家人来到黔南各地"上班"；黔南上千名干部职工打点行囊前往广州各区"上学"。你来我往，倾情倾力于脱贫攻坚、同步小康之伟业。

按照"中央要求、黔南所需、广州所能"的总体思路，来自广州的人才、资金、项目、技术、理念不断注入黔南，以"造血"方式真帮实扶。2016年广东省第一扶贫协作工作组进驻黔南以来，合力把东西部扶贫协作引向深入，开创了东西部"优势互补、长期合作、聚焦扶贫、实现共赢"的崭新局面，交出了一份东西部扶贫协作的高分答卷，谱写了新时代对口帮扶协作的崭新篇章。

上率下效，东西协作有热度

黔南与广州牵手以来，两省、两市（州）主要领导高度重视，着力部署、谋划、推动东西部扶贫协作工作，建立了高层联席会议制度，每年开展互访对接，高位推动协作开展。

2016年至2019年，共召开两地省、市党政联席会议10次，共同签署东西部扶贫协作协议，谋划重点项目落地、重点工作推进。广州市委、市政府召开60次以上专题会议，研究推动东西部扶贫协作具体工作；黔南从州级层面建立了由州委书记和州长任双组长的黔南州东西部扶贫协作工作领导小组，并设立东西部扶贫协作专班。

2017年7月6日，黔南州委书记唐德智，州委副书记、州长吴胜华率黔南州党政代表团赴广州市对接对口帮扶协作工作，与广州市达成系列合作协议。

2017年7月7日，中共中央政治局委员、时任广东省委书记胡春华，广东省委副书记、省长马兴瑞会见在广州市考察学习的黔南州党政代表团一行。胡春华指出，广州和黔南要牢牢抓住合作这个关键，推动单一脱贫帮扶向合作发展转变，进一步深化广东、广州与黔南在产业、农业、旅游业、劳务等方面的合作。要实施项目合作清单化，一项项落实合作项目；

要更加密切联系,通过双方人员互派互访寻求更多合作机会。黔南州要根据产业发展需要,在加强与广州市合作的同时,强化与广东省其他地区的合作与交流。

2017年8月7日,时任广东省委常委、省政府常务副省长林少春带队到黔南对接对口帮扶协作工作。同年8月20日,广州市委副书记、市长温国辉率队到黔南调研。

2018年8月11日,广东省委常委、广州市委书记张硕辅与市委副书记、市长温国辉率广州市党政代表团到黔南考察调研。张硕辅表示,广州市将坚决履行好对口帮扶黔南的政治责任,建立协同监督机制,构建对口帮扶大格局,共同奏响实现全面小康的"大合唱"。

2018年11月16日,中共中央政治局委员、广东省委书记李希和广东省委副书记、省长马兴瑞率广东省党政代表团赴贵州交流对接扶贫协作工作,并在黔南召开两省高层联席会议。

2019年9月25日,黔南州委书记唐德智,州委副书记、州长吴胜华率黔南党政代表团赴广州考察学习,两地举行扶贫协作党政联席会,就如何聚焦解决黔南"两不愁、三保障"、产业发展、民生保障等方面存在的问题进行了深入洽谈。

2020年5月15日至16日,广东省委常委、广州市委书记张硕辅率广州市党政代表团到黔南交流对接东西部扶贫协作工作。5月16日,在惠水召开广州市·黔南州东西部扶贫协作党政联席会议,两地签订了《广州市政府·黔南州政府2020年东西部扶贫协作稳岗就业协议》。

2020年6月18日至19日,黔南州委书记唐德智率队到广州市、东莞市、深圳市开展招商引资活动,通过实地考察、洽谈磋商,与各家企业在化工产业、文化旅游、绿色建材等行业和领域达成合作意向并促成有关县(市)签约一批项目。

高层频繁互访,沟通及时有效,达成了"优势互补、相互合作、互利共赢"共识，出台了一系列针对性帮扶措施，签订了行业对口帮扶协议，推动了各个层面的深度合作。一批批涉及基础设施建设和产业发展的帮扶项目落户黔南，帮扶力度逐年加大，协作内容不断丰富，协作机制更加健全。

《2016—2020年广州市·黔南州对口帮扶合作框架协议》的签署，建立起双方领导互访机制和对口帮扶工作联席会议制度。双方定期召开联席会议，就交流协作中的重要问题进行对接磋商，形成常态化、制度化。

制定的《黔南·广州东西部扶贫协作三年行动方案》，从产业合作、民生帮扶、教育协作、健康扶贫、人才支援、劳务协作、社会帮扶、携手奔小康8个方面明确了对口帮扶目标任务。

黔南12个县（市）与广州5个行政区签订对口帮扶合作框架协议，381个贫困乡镇、村与广州321个街镇（社区）、部门、企业签订结对帮扶协议，并建立了结对帮扶工作机制。广州市委组织部按照"严格条件、扩大视野、人岗相适、好中选优"的原则，精心选派党政干部到黔南各县真扎实驻。

找资源、抓项目、促发展，这些跨越山水而来的"热心人"，在一线"释放"价值，带着他们先进的理念与身后的资源走进生态之州，倾囊相助，不断提升黔南自身"造血"功能，为确保如期打赢脱贫攻坚硬仗，促进社会经济各项事业发展注入新血液与新活力。

2019年7月，国务院扶贫办主任刘永富对广东帮扶贵州工作给予"当了排头兵、啃了硬骨头、作了大贡献"的充分肯定。

补齐短板，对口帮扶有力度

黔南是全国30个少数民族自治州之一，汉族、布依族、苗族、水族、瑶族、毛南族等44个民族420万群众在2.62万平方公里的土地上繁衍生息。全州12个县（市）中，有10个贫困县，其中6个国家扶贫开发重点县，127.18万贫困人口生活在滇桂黔石漠化山区连片特困地区，大部分少数民族群众长期居住在深山区、石山区，地理自然条件恶劣，以麻山、瑶山、月亮山"三山"地区最为突出。补齐基础设施短板，成为黔南脱贫攻坚中的重点、难点。

在这场旷日持久的攻坚战中，黔南历届班子一任接着一任干，全州420万干部群众高举反贫困大旗，以豪迈的气势书写了决战贫困的壮美篇章。

麻山腹地的麻怀人从石山上硬生生凿出一条"麻怀出路"，从没有路到通村达户，从贫困村到万元村，从没有大学生到有了研究生；曾经穷得让新华社记者杨锡铃震惊的瑶山瑶族群众，如今搬进新家园，捧上乡村旅游"金饭碗"，彻底摆脱贫困……

黔南脱贫攻坚补短板的路上，到处留有深深的广州印记。

2017年10月16日，独山县首例膝关节镜手术在独山县人民医院成功完成，该项手术改写了独山县不能开展膝关节镜手术的历史，填补了独山县人民医院在该项技术的空白。这是广州市开发区医院王国亮医师到独山县人民医院挂职帮扶后带来的新技术。

"王副院长不仅自身业务能力强，传帮带也很有办法，手把手教学、面对面讲病理，科室不少年轻医生都从他那里学到了真功夫。"独山县人民医院骨科医生唐玉龙如此称道这位广州来的"老师"。

2019年4月，平塘县人民医院胸痛中心成功被评为"国家基层胸痛中心"，喜讯传来，全院上下一片欢腾。这是平塘县人民医院发展史上具有里程碑意义的一件大事，当中凝聚着广州市第二人民医院马韧凯医生的全部心血。

"没有全民健康，就没有全面小康"，医疗是个民生问题，事关国家发展全局。多年来，广州市凭借先进的技术优势，结合黔南医疗机构急需的儿科、产科、急诊、介入治疗、血液科等学科建设需求开展帮扶，致力于提升当地医疗机构整体水平。

截至2020年9月,广州与黔南265所乡镇卫生院开展帮扶指导,资金帮扶4400万元,与黔南贫困乡镇共建5家"广黔同心"卫生院,将卫生技术人员下沉到乡镇卫生院,黔南各县群众逐渐享受小病不出村、大病不出县的优质医疗服务。

"我在贵州等你,等你和我相遇,等待如此美丽……"2020年1月11日下午,悠扬的歌声在广州市第八十六中学响起,来自黄埔三都民族班的50名学生在寒假归家前,用水族方言唱起了歌曲《我在贵州等你》,向老师和同学表达深情。

"八十六中带给我们的不仅是知识,还有见识。"三都民族班的韦成恩说。"水乡娃"在广州上学的经历梦幻却又真实,在广州的求学时光,收到过广州同学送来的暖心小卡片,吃过一周年蛋糕,举行过比萨小聚会……他们在广州收获了太多太多的感动。

这是广州市黄埔区创新扶贫举措,对三都县开展教育扶贫结出的硕果。从2018年3月起,广州市第八十六中学开办"黄埔三都民族班",把水乡的优秀困难学子"接进来"就读。而越秀区,则采取把优秀教师组团"送出去"的方式,在罗甸一中办起了"越秀班"。

2017年8月,越秀区派出3名优秀教师,赴贵州省罗甸县第一中学筹建"越秀班"。3年多时间,通过特色教育的帮扶引领、示范提升、精准教学等活动,广州先进的教育教学理念和方法扎根于红水河畔,促进了罗甸县教师队伍的思想观念大转变和教学能力大提升。

"接进来"与"送出去"让黔南的孩子缩短了与发达地区的孩子在"起跑线"上的距离,脚下走得更踏实,未来更可期。

2013年以来,广州市投入黔南州教育帮扶资金累计2.81亿元,先后组织实施了小学、初中、职校、幼儿园的校(园)长及各级各类学科骨干教师培训等项目,共培训各阶段各学科教师近15421人次;黔南共选派1300

余名中层干部和骨干教师到广州跟岗学习培训，全州342所学校分别与广州市相关学校"结对"，帮扶方式从"委派教师、送教到校"转变为"政府牵头、联合办班"，成为东西部协作发展的典范。

"因为离家近，所以就想着多干点。感谢政府帮着把孩子转到城里上学，还给我们两口子找了工作。"朦胧夜色中，荔波县易地扶贫搬迁安置点兴旺社区里的扶贫车间灯火通明，贫困户卢凤念一边忙着制作小饰品，一边兴高采烈地谈起搬迁后的新生活。

卢凤念说，以前在村里靠着那贫瘠的一亩三分地谋生计，生活过得十分辛酸。自从搬了新家，她就在扶贫车间务工，上班步行只要4分钟，每个月领3000元左右的工资，日子越来越有奔头。

在广州彩道实业有限公司的支持下，荔波县城安置点兴旺社区建起了2个以小商品加工为主的扶贫车间，80余名像卢凤念这样的搬迁群众，实现"家门口"就近就业，开启了进城安家的新生活。

从医疗事业的创新与突破，"水乡娃"求学路上的收获与感动，群众搬新家、换新工作的喜悦与憧憬，都能窥见山海情深的倾情帮扶。

按照"缺什么扶什么"的原则，广州市将帮扶重点放在长期制约黔南发展的短板上，重点聚焦"两不愁、三保障"、聚焦深度贫困地区和贫困人口，整合运用各种援黔力量，形成助力脱贫攻坚的强大合力。

2019年是打赢脱贫攻坚战的关键之年，广州与黔南同心攻坚，重点聚焦"三保障"中的教育和医疗保障等民生公共服务短板，共投入资金3.49亿元，占总帮扶资金的62.68%，覆盖贫困人口3.51万人，其中用于解决易地扶贫搬迁安置点教育和医疗配套设施建设的资金为2.473亿元，占总帮扶资金的44.43%。同时安排广州的学校、医院对黔南272所贫困乡镇学校和226所卫生院结对帮扶，并通过援建扶贫车间，积极吸纳贫困户就业，确保贫困户搬得出、稳得住、能脱贫。

2016—2019年，广州市累计投入财政资金12.52亿元，支持黔南州就业、安全住房、安全饮水、基础设施、易地扶贫搬迁教育医疗配套和扶贫车间等民生事业，先后安排实施各类项目539个，受益贫困人口20.52万人次。此外，广州市社会各界累计向黔南州捐款捐物折合8472万元，支持解决贫困地区民生短板问题。真金白银的帮扶，为黔南加快补短板，不断改善群众生活环境，提供了资金保障。

资源互补，东西协作有深度

产业扶贫是脱贫攻坚的重要抓手，也是增强贫困地区内生发展动力的关键。黔南，自然资源丰富，生态优美，具有良好的区位优势；广州，市场经济发达，人才聚集，是极佳的目标市场。两地携手，在产业合作上资源互补，坚持"所需"与"所能"结合，"输血"与"造血"并重，在不断拓展对内对外开放新空间的布局中，两地产业结构进一步优化，广州助力黔南绿水青山变成金山银山，黔南助推广州金山银山里得见绿水青山。

2019年，广州在产业项目合作上再加码，以产业发展助推黔南决战决胜脱贫攻坚。

2019年，在广州的帮扶下，新增27家东部企业落地黔南，新增实际投资额22.26亿元（2018年是17.33亿元，同比增长28.44%），直接吸纳贫困人口就业304人（2018年是222人，同比增长36.93%），产业项目带动贫困人口增收17972人（比2018年9207人增长了95.19%），其中，引进16家企业落户县（市）园区，投资额11.07亿元，直接带动了172名贫困人口就业，带动了12713名贫困人口增收。

贫困户王明英就是众多从产业发展中获益的群众之一。

2020年6月18日，刺柠吉惠水工厂里，一罐罐"刺柠吉"正在流水线上灌装生产，流水线上的女工王明英从搬迁小区来到"家门口"的工厂上班。曾经漫山遍野的小野果刺梨，如今成了她脱贫致富的"好帮手"。

"感谢政府让我们搬出大山，住上了新房，在'家门口'就能上班。"对于如今的生活，王明英十分满意。

2018年，王明英一家五口从惠水县摆金镇的深山搬迁到该县濛江街道新民社区，不仅分到了100平方米宽敞明亮的新房，还在当地政府的帮助下就近找到了工作，每月有3700元的稳定收入，一家人的日子越来越有盼头。

享受着新房新工作带来的幸福生活，王明英不知道，自己所在的这家东西部协作企业，是广药王老吉罐装凉茶在贵州省唯一的加工基地，搭上东西部协作的东风，正在不断释放着强大活力，把她时常哼唱的《好花红》变成了受人追捧的抢手货。

2018年12月，广药集团制定《贵州刺梨时尚生态产业"136"发展方案》，举全集团科研力量，用时98天高效开发出了刺柠吉系列产品，要把贵州省刺梨产业发展为百亿级的时尚生态产业。惠水县易地移民搬迁安置点新民社区移民罗连朋所在的贵州潮映大健康饮料有限公司，成为全国唯一的刺柠吉罐装生产线。

2019年4月，广药集团对生产线进行改造。

同年5月14日，首批10万箱罐装刺柠吉复合果汁正式下线，迅速铺向市场，并赢得好评，不到1年，总销售额超1亿元。

这个推动贵州刺梨"野果"变"金果"的举措间接带动超2.8万人脱贫增收，贵州刺梨生产加工企业销售额同比提高30%以上。其中，刺柠吉惠水工厂直接解决数百个工作岗位，包含多户建档立卡贫困户。

到2019年末，黔南刺梨种植面积约60万亩，涉及农民29.6万人。刺柠吉生产落户黔南，有效推动了黔南刺梨产业走向深入，释放更大的能量，带领更多群众脱贫增收。

而在黔南的另一个主导产业——桑蚕产业的发展中，"广州印记"

同样清晰可见。

2020年6月,独山县基长镇林盘村的蚕棚内一派繁忙景象,务工群众各司其职,共同为蚕茧丰收而忙碌。

每年5月至10月,是种桑养蚕用工高峰期,独山县基长镇桑蚕产业中的采桑、养蚕等环节吸纳大量群众就近务工,每天用工量在200人以上,务工群众平均月工资2500元。

据基地负责人韦自能介绍,自2020年初到6月中旬,他们已经养了6批蚕,卖出去3批蚕茧,共计3.5吨,销售额在40万元左右。

独山县基长镇借东西部协作对口帮扶的"东风",利用1000万元广帮"启动资金"在林盘村建成规范化集中饲养蚕房1.16万平方米,以点带面在全镇大力发展种桑养蚕产业,并引进丝绸加工龙头企业拓展产业链,从无到有,从有到优,探索出桑园种植区域化以户为主、桑叶收购市场化以村为主、蚕房建设规范化以镇为主、蚕茧销售订单化以县为主的桑蚕发展思路,走出一条带动面广、群众参与度高、扶贫效益好的种桑养蚕产业致富路。

在整个桑蚕产业链条中,从桑苗种植、桑田管理、桑叶采收、桑叶运输,到蚕苗培育、蚕苗饲喂、蚕茧销售、缫丝加工,群众可通过务工、土地流转、项目分红等多种形式获得收益。

数据显示,截至2019年底,基长镇种桑面积达到1.23万亩,共建成规范化集中饲养蚕棚11.5万平方米;全镇共有5475户21600名群众(其中贫困人口2510户9150人)参与桑蚕产业,占全镇总户数的43%,占全镇贫困户户数的76%。

桑叶除了养蚕还能做什么?与独山相邻的荔波县在广州白云区牵线搭桥下,引进广东省肇庆市德庆县腾龙果品农民专业合作社到荔波注册成立"贵州粤盛生态农业有限公司",采取"公司+合作社+农户"的模式,发展蚕桑养殖、桑芽菜、桑叶茶深加工产业,通过东西部扶贫协作产业合作项目，帮助荔波脱贫攻坚。

在公司标准化加工车间，每天从枝头采下的新鲜桑芽，经过精选、清洗、漂汤、冷却、分包、包装、速冻等工序后，就变成了一包包桑芽菜，随后进入冷藏库，等待销往广东。

公司在小七孔镇尧花村建设了1000亩示范桑园，改造完善蚕房1800平方米，并建设了日产2万斤桑芽菜农产品加工生产线，大大提高了桑叶利用价值，延长了产业链。

桑芽采摘期从每年的4月到11月，一株桑树一年可采摘桑芽15次左右，每亩桑园每年可采桑芽3000斤，按每斤桑芽菜2.5元收购价格计算，农户每亩桑田可增收7500元。

公司进驻，对荔波小七孔镇尧花村村民黄贵川来说，最直观的感受是有了就业的岗位，有了稳定的收入。"我和寨子里面的好多人都来公司找到了工作，每个月有2500元的收入，如果加班的话，工资就能超过3000元呢。"黄贵川笑着说。

和黄贵川一样在公司上班的群众有25名。据介绍，2019年公司共生产桑芽菜13万斤，创利200万元，带动贫困人口160户629人脱贫。

在黔粤两地党委、政府的主导下，江楠集团、粤旺集团等农业龙头企业在黔南建设多品类农产品核心种植示范基地、农产品加工配送中心；温氏、海大、日泉等龙头养殖企业，发展生猪养殖，带领农民实现增收致富……一大批"广州元素"的龙头企业，在黔南投资建设贫困人口参与度高、受益面广的特色农业产业基地，将黔南绿色优质农产品带出大山，形成产品带动产业的发展模式。

以广州为中心的珠三角地区，逐渐成为黔南各种主题招商的目标地。双方以共建产业园为抓手，充分发挥两地资金、技术、资源等方面的互补优势，在招商引资、产业转移、产业合作、园区共建、干部交流、咨询指导等方面展开广泛合作，将扶贫协作推向经济合作、产业对接、互利共赢新阶段。

2019年7月10日，国内首家由对口帮扶企业联合成立的东西部扶贫协作团体性组织"广东援黔企业家联合会"在都匀成立。这是为援黔企业搭建的产业平台，是援黔企业与地方政府部门对接交流的沟通平台。

依托广东援黔企业家联合会以商招商，14家广东企业成功入驻黔南·广州产业园，该产业园现已升格为贵州·广东产业园。其中广州石头造环保科技股份有限公司投资打造的世界领先石塑包装材料产业园占地3300亩，计划总投资50亿元。公司生产的成品在光照下或埋在土壤内3个月后可开始自然降解，这家获得"全球人居环境技术奖"的中国环保技术企业最终成功落户都匀经济开发区。2018年10月，项目顺利试产。2019年正式投产，年产量1万吨，年产值8015万元。

广东企业纷纷在贵州省各县市落户。惠州联韵声学、东莞运祺制衣等一大批劳动密集型企业落户长顺、罗甸等地；广州中汉口腔、文博3D打印、广州聚能力等项目落户平塘；深圳市正大饮食管理咨询有限公司1亿元营养餐中央厨房项目落户贵定；华川纺织生产项目落户独山；珠海港3.5亿元贵广—南亚物流大通道贵州国际陆港项目正在建设……

2016年至2019年，广州共帮助引导93家企业到黔南投资兴业，累计完成实际投资额55.3亿元，带动建档立卡贫困人口2.72万人增收。

互促互进，东西协作有高度

"我们独山县人民医院最大的问题就是留不住人才，技术引进困难，严重影响医疗服务水平的提高。"独山县人民医院院长王绍红的一席话，道出了该医院医疗水平提升缓慢的原因。而缺人才、缺技术，在黔南医疗卫生系统，甚至各行各业都有着深刻的共性。

着力突破"人才"这一竞争力的桎梏，黔南与广州在东西协作中，走出在人才交流中互促互进的新路子，也让协作双方增进了兄弟情义，互助的心贴得更近，协作的手牵得更紧。

仅2019年，广州市共选派40名党政干部（协议为40名），协议完成率为100%；选派223人次专业技术人才（协议为80人次）到黔南州挂职和开展帮扶工作，协议完成率为279%，比2018年（203人）增长10%；为黔南州培训党政干部3215人次，培训各类专业技术人才26147人次，分别比2018年增长258%和311%，向黔南输出技术38项。

一串串数字的背后，是黔南在人才这一核心竞争力的推动下，各项事业的迅猛腾飞。

在贵州省龙里县，有这么一群追梦人，他们离开城市的车水马龙，选择把一年的光阴倾注在这里，远离家乡，陪伴孩子们一起成长。这个群体，就是广州市对口帮扶黔南州龙里县的教育组团——"光荣团队"。

"光荣团队"负责人陈光荣，是广州市南沙黄阁中学高级教师。2018年12月，57岁的陈光荣受广州市教育局委派，带着广州市的教育管理理念、教研教改成功经验来到龙里挂职支教，挂任龙里县教育局副局长和龙里县第三中学副校长。

2019年2月27日，广州市"组团式"帮扶团队成员齐聚龙里三中，开启了一年的帮扶之旅。

"光荣团队"深入班级、深入课堂，扎实开展语文、数学、英语等学科以及班会课的听课、议课活动，找出课堂症结，及时做出研判，帮助教师解决教学疑难困惑。同时，积极在县内巡回培训，仅半年时间，共开展校内和县内讲座12场，培训教师2400多人次。每场培训活动后，教师们反响热烈。龙里中学熊芳校长听完讲座后表达了对陈光荣老师的钦佩之情："在一张张照片里读懂了时光深处老师独有的幸福，在一句句浅浅的文字里写满了对教育深深的热爱。感动于57岁，您重新启航，激励自己，要去走过一段艰难的路程，使原本在管理中遇到很多困难、有许多困惑的我鼓起勇气重新启航。"

自从2016年12月，广州开发区医院与独山县人民医院签订了对口帮扶协议，广州开发区医院派出力量雄厚的专家队伍，通过以"帮"促"扶"、以"帮"促"建"的模式，帮助独山县人民医院在医院管理、医疗质量、能力建设、科研水平等方面取得了长足进步，不断创造着一个又一个"第一次"，医院医疗水平直线提升。

2017年10月，广州开发区医院骨科主任王国亮挂职独山县人民医院副院长、骨科主任仅1个月，就帮助该院成功实施了第一例膝关节镜手术。

2019年2月，广州开发区医院派出赵宏辉等耳鼻喉科专家团到独山县人民医院帮扶。赵宏辉向院里提出了科室建设发展规划建议，并领衔指导科室建设。在他的帮助下，独山县人民医院眼耳鼻喉科电子鼻咽喉镜、鼻内镜及动力系统、支撑喉镜、听力计、中耳分析仪等仪器很快投入使用，硬件实力大大增强。

2019年9月，广州开发区医院儿科主治医师苏达永接过同事的接力棒，到独山县人民医院担任第三任广帮挂职副院长，开展结对帮扶。结合自身经验与科室实际，苏达永从病历书写、诊疗规范、临床路径、病历质控、院感防控、辅助检查等方面提出6项建议，推进科室规范化、流程化建设，使科室运行更加高效、安全。

2020年6月10日上午，一名胎龄仅28周，出生体重仅为1.1千克的极低出生体重儿，经治疗后健康长到2.83千克，在独山县人民医院治愈出院。这是独山县人民医院新生儿科，也是黔南州县级医院首例采用PS（肺表面活性物质）联合无创呼吸机救治成功的最低胎龄、最低出生体重的早产儿。

在儿科专家苏达永的"加持"下，已经有2个28周、1个30周早产儿在这家医院的儿科康复。

院儿科主任何道琴说，早产患儿就近治疗，本地报销，在能为群众节省一大笔医疗费用的同时，降低了疾病转诊率和医保支出，这是独山儿科的飞跃，也是独山新生儿们的福音。

东西部人才交流中，既有广东人到黔南真蹲实驻的用心帮扶，也有黔南人在广州的收获与成长。

2018年6月20日，黔南州从州直有关部门、12县（市）、都匀经济开发区选派的17名干部满怀激情踏上广州热土，开启了黔南州第五批赴广州挂职跟岗学习锻炼的征程。

1个月后，跟岗学习的黔南干部纷纷传来收获的喜讯。

"通过短短半个月的跟岗学习，既开阔了眼界、启迪了思路、看到了差距，又受到了教育、激发了动力、坚定了信心。珠三角地区的发展路径和成功经验，我认为可以借鉴参考，但不可复制照搬，可对照差距、奋起直追，但不可妄自菲薄。接下来我将好好利用跟岗学习的机会，多看、多听、多学、多积累，用学到的招商新知识指导具体工作实践，不断改造自己的思想意识，为推动地方招商引资工作发挥好自身作用。"在番禺区投资促进中心跟岗学习的荔波干部蒙暄感受很实在。

黔南州对外经济协作局副局长肖力说，通过挂职，深感广东人有一种敢为人先的创新意识和忠于职守、认真负责的敬业精神，这种精神在他们的工作态度和工作方式方法中表现得淋漓尽致。下一步工作中，自己将珍惜机会，主动融入，积极参与，通过持续认真的学习和实践，努力把广东人的好观念、好经验、好做法学深悟透，内化于心，外化于形，努力实现思想素质和能力水平的大提升，将所学运用到加大黔南招商引资的宣传和谋划中去，力争在项目引进上有大的成效。

2019年6月19日，黔南州司法局及各县市司法局主要负责人到广州市司法局参加深化对口帮扶协作交流座谈会。其间通过交流座谈、实地观摩，学习"数字法治、智慧司法"司法行政信息化工作经验。

"此次参观学习，开拓了眼界，收获很大，使我们很清晰地认识到自身的缺点和不足，更明确了方向，坚定了信心。"黔南州司法局党组书记、局长骆紫光十分感慨。

2019年8月初，通过从广州市南沙区到贵定县挂职的县委常委、副县长荆茂团的牵线，贵定县有4名干部到南沙区学习锻炼。在广州市南沙区融媒体中心跟岗学习的贵定县融媒体中心副主任吴艳兰，通过10多天的学习，感触颇深："机会很难得，我们都十分珍惜！"她说，"到沿海发达地区，了解了新时代媒体融合新理念、运行模式、管理方法。特别是团队精神的培养，调动了大家的积极性、创新探索精神，开阔了视野，激活了思维，提升了境界。"

2020年6月1日，龙里召开赴广州市南沙区跟岗干部交流会暨第二期跟岗学习动员会，选派17名优秀年轻干部到广州市南沙区挂职跟岗学习。跟岗学习干部朱丹满怀期待："这次到广州南沙区跟岗学习是一次难得的学习锻炼的机会，我将充分利用这段时间，努力学习发达地区先进工作经验和方法，广交朋友，努力把所学知识运用到今后的工作中，绝不辜负组织对我的信任。"

黔南发展日新月异，面对新形势，广州不断加强人才支援创新。加强队伍管理，在10个贫困县建立广东省第一扶贫协作工作组各县工作队，对教师、医生与党政干部进行统一管理，实行队长负责制。充足政策资金保障，2019年专项划拨400万元财政资金用于两地人才交流，通过走出去、引进来，长期的跟岗挂职与短期的交流培训方式，有力地保障双方干部人才的互派挂职和交流。深入开展"组团式"帮扶，有力解决"两不愁、三保障"突出问题，将医疗"组团式"帮扶延伸至乡镇卫生院，通过对医院管理、重点专科建设、人员培训、技术指导、手术示范、义诊巡诊等多种帮扶举措，提升了黔南公共卫生服务能力。教育"组团式"帮扶不断深化，挂职教师在黔南开展同课异构、诊断式培训、研讨交流、课题研修等多层次多形式的"扶志扶智"活动，切实提高贫困地区薄弱学校教师担当履职能力，进一步强化教育扶贫力度，阻断贫困代际传递。

激活市场，东西协作有广度

在黔南牵手广州的东西部协作中，消费扶贫作为产业合作的补充，在一二三产业的各流通环节中实践已久。

2016年12月6日至7日，粤桂黔高铁经济带和援黔招商推介暨产品展示活动在广州举行。广州市携手贵州组织开展"百企千团，十万老广游黔南、毕节"活动，加大与黔南和毕节的交流对接，把黔南和毕节纳入精品旅游推荐线路，推动双方建立起长期合作关系，把黔南、毕节打造为广州重要旅游目的地，开启旅游消费扶贫的新模式。

2018年6月28日，主题为"观中国天眼·品都匀毛尖"的广州千团万人游黔南首发专列抵达黔南。刚下车，黔南清新的空气、精彩的民族风情表演，给许多首次到黔南的游客留下深刻印象。

"一下车就感受到了黔南人民的热情。"来自广东的游客蒋先生喜不自胜，大七孔、小七孔、"中国天眼"，这些都是著名的景点，他对此次行程十分期待。

2017年，广东到黔南州过夜游客为18.11万人次；2018年，广东到黔南过夜游客同比增长40.54%（25.45万人次）；2019年，在黔南的广东籍过夜游客达30.17万人次。充分发挥广东旅游客源强大的输出地优势，黔粤双方强化两地旅游协作，助力黔南绿水青山变成金山银山，广东游客也在生态之州收获了绿色与新鲜。黔南正逐渐成为广州及珠三角重要的旅游休闲目的地。

井喷式发展的黔南旅游，在东西部协作消费扶贫中仅占一席之地。广州市充分发挥庞大的市场优势和强劲的购买力，搭建"黔货出山"销售渠道，线上线下两条腿走路，推动黔南优质、新鲜的特色农产品走向广州市场，黔南逐渐成为广州及珠三角的"绿色农特产品供应地"。一批批从黔南发往广州各大菜市场的新鲜蔬菜，在丰富广州市民餐桌的同时，鼓足了黔南群众的"钱袋子"。

2019年9月27日，黔南3个基地入选粤港澳大湾区"菜篮子"生产基地名单，当天，粤港澳大湾区"菜篮子"黔南配送分中心信息平台正式运营，载满100多吨黔南绿色蔬菜的11辆车在欢快的芦笙演奏和热闹的苗族歌舞中，首发至粤港澳大湾区。

2019年9月28日，得知粤港澳大湾区"菜篮子"工程要把贵州的蔬菜送到广州，在粤打拼10余年的广州"新市民"左世辉异常兴奋。当天18时许，结束了一天忙碌的工作，左世辉急忙奔赴住处附近的菜市场，寻找来自家乡的绿色有机蔬菜，并邀请兄弟们一起尝一尝家乡的味道。忙活了1个多小时，辣椒炒肉、豌豆尖鸡蛋汤、拍黄瓜陆续上桌，菜品简单朴素，左世辉却激动不已。

"我是贵州黔南州独山人，一个人背井离乡在广州闯荡10来年，今天终于在异乡吃上了家乡的新鲜蔬菜，心中莫名感动。"左世辉说，家乡的味道就在眼前，虽离家千里，如今却好像家乡就在眼前。

同样开心的，还有都匀市墨冲镇良亩村村民罗恩香。她把自家土地按照每亩每年1200元的价格流转给公司发展蔬菜种植，自己在基地里务工，1个月有2000多块钱的务工收入。"基地就在'家门口'，我每天走路5分钟就能到，一边工作一边还可以照看孙子，我对现在的日子非常满意。"罗恩香说。

而在线上，黔南州供销系统以"电子商务下农村进社区"工程为载体，与广州奇码科技有限公司签订电商流通战略合作框架协议，共同发展农村商贸流通和物流业。

通过这个平台，都匀毛尖、刺梨产品、食药材、民族工艺品、旅游商品、新鲜蔬果等黔南农特产品源源不断进入珠三角地区，珠三角的皮革皮草、服装、家电、日用小商品等进入大西南地区，实现了"黔货南下""广货北上"，带动双边物资商品和经济、文化交流。

黔南闪亮的名片"都匀毛尖"也搭着"广帮快车"走出山门。2018年，在广州对口帮扶组的支持下，黔南州组建了都匀毛尖茶产业发展有限公司南方运营中心，并于同年4月20日在广州芳村茶叶市场开办了都匀毛尖茶销售窗口，设立了品茗体验中心、电商推广中心，实行线上推广线下体验的经营模式，目前已有多家黔南茶企入驻。

黔南与广州共同推动，制定了东西部扶贫协作消费扶贫工作方案，安排2500万元帮扶资金支持黔南农特产品"泉涌"消费扶贫行动，优先支持面向广东市场的农产品种植基地建设。推动江楠农业集团等农业龙头企业在黔南规模化建设订单农业、标准化打造高原高效有机农业生产基地，助力粤港澳大湾区"菜篮子"建设。积极对接广州市各机关团体、商超，建设、利用好"专馆专柜专区"销售黔南农特产品。利用京东、淘宝、唯品会等电商平台，拓宽线上宣传销售渠道。持续推进"百企千团十万广东人游贵州"活动，擦亮黔南旅游品牌。

就业富民，东西协作有温度

巩固脱贫成果，促进贫困人口就业增收，是全面打赢脱贫攻坚战的重要内容。广州工厂众多，岗位需求数量庞大；黔南劳动力充沛，群众外出务工意愿明显。黔南之所需，正是广州之所能。双方明确就业扶贫工作方向，持续完善就业扶贫工作机制与政策体系，创新措施做法，狠抓贯彻落实，以就业保增收，以增收促脱贫。

2016年至2019年，帮助培训贫困劳动力1.27万人次；

通过东西部扶贫协作累计帮助1.1万名建档立卡贫困劳动力转移到广东（广州）等东部地区就业；

帮助1.7万名建档立卡贫困劳动力实现就地就近就业；

累计援建58个扶贫车间，采取"订单+车间+贫困户"模式，吸纳1546名建档立卡贫困劳动力就业；

通过校企联合办班的培养模式，解决贫困学生就业问题，真正实现"入学即入职、毕业即就业"，在广州就读职业学校的贫困学生达159人。

一组组数据，是黔南与广州加强劳务协作的不懈努力，也是务工群众一人就业、全家脱贫沉甸甸的获得感，更是广州工厂岗位有人、黔南群众口袋有钱的合作共赢。

"很感谢黄埔区政府、三都县委县政府和岭南技工学校给我这次机会，让我再次实现读书的梦想。""我是从农村来的，能有这么一次学习的机会，我非常感谢帮助我的人，今后的学习中我会以更饱满的热情、积极的态度去做好每一件事，努力学好专业技能，用实际行动来回报家乡、回报社会！"这是"黄埔·三都民族技工班"建档立卡贫困学生们的心声。

2018年9月14日，首期"黄埔·三都民族技工班"在广东岭南技工学校东校区举行开班典礼，开启了对口城市教育帮扶的新里程。

为进一步加强广州市黄埔区和三都水族自治县两地间的深度扶贫协作，让贫困家庭学生接受更优质的职业教育，提升就业技能，实现更优质的就业。从2018年起，三都每年向岭南技工学校输送50名学生，通过3年的免费学习，掌握一技之长从而实现就业，达到"培养一人，脱贫一户"的目标。

同时，畅通"黄埔·三都民族技工班"学生就业渠道，签订三方协议，学生毕业后，根据个人意愿100%推荐到学校的校企合作单位如京东、阿里巴巴等电商平台就业。愿意回家乡发展的由三都县人力资源和社会保障局推荐就业或扶持创业。所有学生毕业后，将促进三都县150个家庭脱贫，带动600人以上实现脱贫致富奔小康的梦想，还将彻底阻断150个家庭的贫困代际传递问题。

而在独山县，则通过有效利用广帮资金，将就业培训开到了"家门口"。

"自从来到这里就业后，我们再也不用背井离乡去外省打工了，现在陪伴孩子的时间多了，家人团聚的时间也多了，真的很感谢国家的好政策。"在荔波县瑶山瑶族乡的扶贫车间，许多瑶族妇女正在忙着生产扣子、别针等小产品。在扶贫车间务工的姚女士说，这里专门生产这种充满民族特色的小饰品销往沿海地区，用于做成衣服、背包等装饰品；因为有广州的扶持，销路稳定，妇女们的收入也很稳定。

2018年，黔南州通过争取广州帮扶资金300万元，用于瑶山扶贫车间项目，建成扶贫车间13间。通过招商引资、村级合作社等方式与10家有意向参与扶贫车间的企业签订合作协议书，重点扶持发展瑶族瑶绣、瑶族陀螺、瑶族旅游商品开发、瑶族致富带头人培训等，扶持成立瑶山白裤瑶合作社、瑶山陀螺协会、瑶山民族演艺协会等组织，在拉动就业的同时推动黔南少数民族商品与文化走出大山。

通过积极引导，开展瑶绣、电商、旅游产品加工和销售、民族演艺等培训，培训贫困群众180余人，扶贫车间解决150多人长期稳定就业。同时争取广州帮扶就业扶贫岗位83个，进一步拓宽瑶族群众致富新路子。

黔南与广州两地不断创新举措，充分发挥黔南各县市驻广州的13个劳务协作工作站、带头能人作用，提供就业信息、政策服务和法律咨询，促进精准对接、精准帮扶。同时，在服务务工群众上下狠功夫，保障务工合法权益，让群众不仅能通过务工有收入，更能有"温度"。

独山创新"'劳务超市'+'独山外出务工服务区'公众号"服务新模式，打通服务务工群众"最后一公里"。

"劳务超市"采取"企业+带头能人+村劳务公司+群众"运行模式，形成带头能人在外找岗、村劳务公司在家找人、群众到村办公室找岗的良性循环，大家在"劳务超市"中各取所需、相互促进。

而"独山外出务工服务区"公众号，侧重务工群众后续服务，兼具发布就业创业信息、为外出务工群众排忧解难、为返乡就业创业者提供一站式服务和辅助招商引资4个主要功能。平台启用1个多月，就已经办结45件群众留言反映的求职、劳务纠纷等事项，平均每天办结1.3件，为务工群众撑直了腰杆。

携手小康，东西协作有态度

一人难挑千斤担，万人能移万重山。经济相对落后地区与发达地区结成"对子"，既是一项政治任务，又是一个推动不发达地区经济发展的有效措施。实践中，广州充分发挥各结对主体资源优势，从资金、物资、智力等方面展开全覆盖结对帮扶，集结优势力量向最偏、最远、最贫穷的深度贫困村倾斜，将帮扶力量精准到户到人，助推黔南脱贫攻坚决战决胜。同时，积极动员社会各界力量伸出援助之手、友爱之手，凝聚起助力黔南战胜贫困的强大合力。

为推动贫困村结对实质帮扶，广州市对口支援办正式印发《关于进一步加强落实深度贫困村结对帮扶工作开展的指导意见》作为深度贫困村结对帮扶的指导性文件，新增30个深度贫困村结对，实现对黔南州全部深度贫困地区（深度贫困县、极贫乡镇、深度贫困村）结对帮扶全覆盖，并积极开展消费扶贫、劳务协作、志愿者服务等帮扶活动。2020年1月至6月，广州各结对帮扶单位已对黔南州349个深度贫困村开展捐款赠物合4200多万元。

广州市通过引导发动辖内30个社会组织（商协会、基金会等）与黔南州39个深度贫困村签约开展结对帮扶，充分利用社会资源，拓展帮扶覆盖面。

福泉市陆坪镇翁羊村属于国定贫困村，与广州市海珠区瑞宝街石溪经济联社是结对帮扶关系，两地相隔千里，山高路远。自结对以来，石溪联社采取"党建+扶贫"模式，把党员联络点放在扶贫第一线，推动帮扶走深走实。

石溪联社的党员干部不辞辛劳，一次又一次翻山越岭前往翁羊村调研脱贫攻坚情况，探访贫困户，开展村务交流等活动。这一方土地上的贫困群众，成为石溪联社干部们心头的牵挂。为帮助贫困家庭的子女顺利完成学业，联社23名党员干部主动与翁羊村23个贫困家庭的36名学生结对，每人每月资助300元，减轻困难家庭子女就学经济压力，直至这些孩子完成学业。2019年10月，石溪经济联社党总支还在翁羊村挂牌成立了"党员齐共建，携手奔小康"联络点，把党建工作放在扶贫第一线，以实际行动践行新时代党员的职责担当。

帮扶志

金溪九寨，布苗之村；

农旅发展，优越之地；

承蒙贵友，广州帮扶；

为我村寨，兴建大棚；

梳理沟渠，硬化步道；

为我发展，增砖添瓦；

贵地之举，无尽感恩；

饮水思源，千古铭酬。

在龙里县洗马镇金溪村，一块群众自发树立的感恩石上有这么一首打油诗。这首诗的背后，是广州南沙资产经营集团有限公司（以下简称"南沙资产公司"）结对帮扶龙里县金溪村的明显成效及群众溢于言表的喜悦。

金溪村是布依族和苗族等少数民族集聚区，地处高山峡谷地带，海拔高，地势狭窄，交通不便，基础设施落后，群众生产生活条件艰苦，是龙里县22个深度贫困村之一。

2018年，南沙资产公司正式结对帮扶金溪村。从此，相隔千里的"村企"就这样结下良缘。

南沙资产公司在歌咏比赛过程中滚动播放龙里县旅游推介宣传片，并邀请龙里融入少数民族元素友情出演，帮助宣传推介龙里旅游资源，不断提高龙里县知名度和美誉度，积极助推旅游消费扶贫。

"帮一把、扶一程"，要实现真正脱贫、长远发展，重要的是激发群众内生动力，使其能够主动发展、自我发展。结对帮扶之后，如何激发金溪村群众发展内生动力，南沙资产公司反复研究、充分调研。

2019年3月14日，南沙资产公司扶贫工作组在调研中发现，金溪村有很多本土优质的商品，但是都走不出大山。于是，南沙资产公司以南沙区市场作为突破口，将龙里优质的商品、农特产品带到南沙区去。

2019年3月，经南沙资产公司和龙里县东西部扶贫协作工作队共同努力，广州南沙资产经营集团有限公司在南沙中心市场和南沙天后宫4A级景区申请了2个免费商铺，用于销售龙里农特产品。从启动到开业运营仅用了20天时间，龙里刺梨果脯、刺梨饮料、豆腐休闲食品等50余种特色农产品作为首批销售产品陆续上架，为龙里优质农特产品走进粤港澳大湾区奠定了坚实的基础。

在南沙资产公司的支持下，首次尝试在"妈祖文化旅游节"开幕式里加入"黔货出山""消费扶贫"等扶贫协作精神和少数民族元素，推动龙里产品销售。

仅2019年广州南沙妈祖文化旅游节活动开展的3天内，线下累计销售5000余件商品，销售额30000余元；线上累计成交2000余单，合计销售

12000余元，为龙里在南沙市场树立了一张优质的黔货名片。

南沙资产公司还从打基础和谋发展两个方面同步推进金溪村发展。

为解决群众就医难、就医远等"三保障"问题，南沙资产公司2018年投入50万元帮助金溪村修建村级卫生室，将优质资源统一推荐到金溪村，把金溪村作为脱贫攻坚示范村进行打造，不断完善生产生活基础设施，为产业发展创造良好的条件。

邀请专家到金溪村田间地头实地调研，谋划致富项目，引进贵州康吉药业有限公司在金溪村租用100余亩土地开展菊花种植与加工。紧随其后，金溪村集中连片标准化连栋大棚蔬菜育苗中心、金溪村食用菌大棚及配套设施项目等相继落户投产，形成菊花种植、刺梨种植、蔬菜种植、蜜蜂养殖、稻田鱼养殖等多元化发展的良好局面，为金溪村脱贫攻坚提供了强有力的支撑。

在结对帮扶中，广州坚持政府主导，用活社会资源，充分动员和凝聚全社会力量广泛参与，积极构建政府、市场、社会互动联动的"大扶贫"格局。在良好的氛围下，广州市总工会、妇联、团委、残联和企业等单位纷纷投身脱贫攻坚，开展了形式多样的扶贫活动，比如赴贫困村开展慰问活动，解决贫困户生活困难，改善贫困村的教育卫生条件，为贫困户提供医疗救治，提供物资、支教、义诊等，仅2019年，共为黔南州捐资赠物近4900万元。

截至2020年9月，广州机关团体、街镇、企业、社区、村等结对主体与黔南州12个县（市）的深度贫困村、学校、医院建立了结对帮扶关系，参与结对的广州经济强镇、村（社区）、企业、社会组织共计321个，帮扶黔南深度贫困村349个。广州市304所学校结对帮扶黔南342所学校，101所医院结对帮扶黔南州265所医院。

广州、黔南对口帮扶协作，山海情深，同心筑梦，在黔南大地盛开幸福之花，结下累累硕果。

2020年3月，贵州省人民政府宣布黔南州10个贫困县全部实现脱贫摘帽、349个深度贫困村全部实现脱贫出列，全州农村贫困人口发生率从2014年的24.12%下降到2019年底的0.68%，历史性低于全省平均水平；三都、罗甸两个深度贫困县提前1年出列，在全省3个自治州中率先实现贫困县全部摘帽。城乡居民人均可支配收入分别达34134元和11846元，全州全面小康实现程度达97%。

山海情深共携手，爱如潮水永奔流。广州和黔南，在党中央的扶贫战略指引下，通过"先富帮后富"结下了深情厚谊，利用资源优势互补实现了合作共赢，广州的资本、人才、技术优势与黔南的资源、政策、后发优势深度融合，拓展出一片广阔的发展空间，铺平了黔南脱贫攻坚全面小康的康庄大道。

2020年，脱贫攻坚收官之年，帮扶继续走深，温暖继续传递。

广州紧密围绕坚决打赢脱贫攻坚战、巩固东西部扶贫协作成果、建立解决相对贫困的长效机制3个方面举措，尽锐出战，全力推进东西部扶贫协作各项工作落地。

广州一鼓作气，助力黔南按时打赢脱贫攻坚战的同时，以共同富裕为目标，聚焦缩小城乡差距、推进城乡公共服务均等化等重点工作，着力推动黔南乡村振兴战略实施。

（文／张发扬　莫宇）

山海同心，共赴小康。广州到黔南，相隔800多公里，因东西部扶贫协作深情牵手。两地虽远隔千山万水，但人心相通、人文相亲。广州对黔南的帮扶，更是扶在真心、扶在真情、扶在实事。

产业项目

绿色产业富万家

山海同心,共赴小康。广州到黔南,相隔800多公里,因东西部扶贫协作深情牵手。

按照"中央要求、黔南所需、广州所能"的总体思路,广州"输血"与"造血"并重,不仅帮钱帮物,更发挥沿海产业、市场、金融资本、人才智力等方面优势,引导黔南综合利用生态环境、区位交通等条件,因地制宜发展扶贫产业。

一壶毛尖花开两地,绿色产业带富千万家。黔南践行"绿水青山就是金山银山"的发展理念,大力发展茶产业,奋力做大绿色产业,借力广州的广阔市场,助推黔茶出山。

黔南组建都匀毛尖茶产业发展有限公司南方运营中心,在全国最大的茶叶批发市场——广州芳村茶叶市场开办都匀毛尖茶销售窗口,黔南10余家茶企入驻,建品茗体验中心、电商推广中心,推动都匀毛尖实现线上推广、线下体验经营新模式。

在广州的对口帮扶下,黔南茶产业高歌猛进。全州茶园面积161.8万亩,投产茶园82.25万亩,2017年实现茶叶产量3.2万吨、产值53.98亿元,出口创汇5800万元;截至2017年底,茶叶从业人员45.6万人,吸纳返乡农民工就业5.4万余人,带动3.5万人脱贫,茶农年人均纯收入5112元。

新型工业争相落户,务工增收路子更宽。黔粤两地深化东西部扶贫协

"都匀毛尖"入驻广州（文隽永/摄）

作，狠抓园区共建，黔南的资源优势、政策优势与广州的人才、智力、资本、技术、市场、管理等优势实现互补。

园区内贵州石头造环保科技有限公司，是一家集可降解塑料产品研发、生产与销售于一体的科技企业，项目计划总投资10亿元以上，拟分三期建设，总规划用地约3300亩，总建筑面积约285万平方米。企业2019年正式投产，实现年产值8015万元。

2016年9月至2018年11月，黔南共引进广州66家企业落户黔南投资，实际到位资金35.87亿元，实现利益联结机制带动脱贫5216人。

高铁经济两地连心，黔货出山产销两旺。在黔粤两地东西部扶贫协作的深入推进下，一批广东省农业龙头企业落户龙里、罗甸、荔波等地；借助粤港澳大湾区"菜篮子"工程，黔南农特产品销售渠道日渐拓宽。

自从牵手广州，都匀市良亩大坝1200亩的蔬菜基地再也不愁销路。该基地年产值达1500余万元，每年为村民提供固定工作岗位100多个，发放工资500余万元。黔南的蔬菜不仅丰富了粤港澳大湾区市民的"菜篮子"，也鼓起了黔南群众的"钱袋子"，加快了黔南决胜脱贫攻坚、决胜全面小康的步伐。

仅2018年，黔南累计在广州设立24个农特产品展销中心，建立了59个绿色农产品供应基地，累计销售农产品9.11万吨，销售收入6.02亿元。

多年来，两地山海同心，不断加快推进产业合作，共建了一批产业项目，培养了一批带头致富能人，惠及了黔南万千群众，建立起两地干群深厚的友谊，谱写了"先富带后富"共赴小康的发展篇章。

（文／莫宇）

优势互补共同发展

"轰隆隆……轰隆隆……"

走进位于都匀经济开发区的贵州匀上·石塑产业工业园，贵州石头造环保科技有限公司的厂房内，几十台机器正在忙碌地运作着，发出阵阵轰鸣，厂房外的工人们正准备将机器生产出来的膜袋装车运往各大超市、企业。

这样的场景虽然已是都匀经济开发区的日常，但2年前，这里还是一片宽阔的空地，见不到这般景象。

探索新模式

"匀上·石塑产业工业园项目是第一批扶贫协作工作组做成的。当时他们经过多方考察，发现了广州石头造在用地等方面的需求，又结合了黔南的发展需要，经过协商互访，投放产业试产，最终引进到黔南发展新型绿色产业。"都匀经开区党工委委员、管委会副主任台清介绍，2016年9月，在广东省第一扶贫协作工作组的推动下，广东省与黔南州展开了交流互访。当得知广州石头造环保科技股份有限公司是初创科技环保型企业，因发展需要，急需厂房扩大生产，但在广州原有条件下实施新建厂房不够规模——因广州执行错峰，用电量大、需要扩大产能的石塑项目受到限制——有产业转移的意向时，工作组立即组织力量，多方协调，全力引导企业转移到黔南·广州产业园。

匀上·石塑产业工业园项目是在国家新一轮东西部扶贫协作战略背景下，在广东省第一扶贫协作工作组的全力推动下，都匀经济开发区抢抓东西部扶贫协作机遇，利用黔南·广州产业园平台，按照"中央要求、黔南所需、广州所能"原则，发扬都匀经济开发区"抢晴天、战雨天、斗夜间"的拼搏精神，将东部的资金、技术、人才和西部的资源、政策、交通相结合，实现产业转移、产业合作的成功案例。该项目是2018年贵州省全省观摩会和黔南州全州观摩会项目，以及2019年贵州省全省重大项目。

"我们公司在广州发展已经有8年了，而现在，贵州都匀是我们公司发展的模范基地。"来到都匀经开区建设自己的产业园是广州石头造环保科技股份有限公司做出的一次尝试，经过2年的发展，现今这样的模式已经成为公司发展基地的范本。公司在黔南·广州产业园设立了贵州石头造环保科技有限公司，全力推动匀上·石塑产业工业园项目。如今，广州石头造的生产基地全部转移至黔南·广州产业园。

贵州匀上·石塑产业工业园（莫宁／摄）

就业促脱贫

产业园面积虽大,但目之所及,工人却不太多。

"现在我们已经建设完成了规划中的一期项目,厂房内采取自动化生产的模式,能够培养出具有专业技能的工作人员。"据介绍,一期项目占地174.7亩,已于2019年建成投产,主要生产环保袋、石塑包装箱等产品,2019年产值8015万元,税收约110万元,带动当地220人就业。

引进了新兴产业,就需要在当地进行招工。为保证生产的顺利进行,也为增强工人的技术水平,公司会为每一名新招的员工进行为期6个月的相关岗位的技能培训。

"我在这里工作已经1年多了。工作虽然有点累,但是离家里近,我也方便照顾家人。"王平龙是都匀市奉合乡联盟村的村民,是建档立卡贫困户。2019年,看到贵州石头造环保科技有限公司在招工,他抱着试一试的心态来到这里,一干就是一年多。每天骑着摩托车上下班的他在

贵州石头造环保科技有限公司生产车间(顾彦君/摄)

路上只需花费半个小时，在这里工作既解决了家里的收入问题，也方便他照顾母亲。

与王平龙情况相似的工人，在贵州石头造环保科技有限公司还有10余名。

公司自2018年建厂投产，先后招聘贫困人员19名，并与他们签订为期3年的劳动合同。截至2020年6月14日，有12名贫困家庭人员在公司各岗位就业，贫困人员平均年龄44岁以上。

打造大环境

为了保证贫困家庭人员在工作岗位上能够发挥自身的技能，贵州石头造环保科技有限公司专门设立扶贫车间，对贫困家庭员工进行专业的技能培训。公司每月为员工缴纳"五险一金"，为需要住宿的员工提供住宿，工作休息时间等严格遵照相关劳动法律法规执行；员工月平均收入超过2800元。

广东省第一扶贫协作工作组进驻以来，协调广州市发改委牵头编制了《黔南·广州产业园发展规划（2017—2025年）》，明确了先进制造业、战略性新兴产业、现代服务业等产业合作发展方向。黔南州委、州政府支持出台《关于加快黔南·广州产业园发展的实施意见》（黔南党发〔2017〕8号）等针对黔南·广州产业园招商引资的优惠政策。由黔南州、区两级财政共同出资建立都匀经济开发区产业发展资金池，其中，2017年1亿元、2018年和2019年各2亿元、2020年3亿元的产业发展资金池，专项用于兑现黔南·广州产业园招商引资奖励，为引进广州石头造助推项目建设营造良好投资环境。

广州、黔南两地跨度大，政府政策、产业基础、资源禀赋、营商环境不同，要让企业引得进、落得下、发展好、见成效，需要两地党委政府和企业以更大的决心、更明确的思路、更精准的措施、超常规的力度，众志成城才能促使东西部优势互补、实现共赢发展。都匀经开区将继续做好匀上·石塑产业工业园项目的跟踪服务工作，协调解决建设中遇到的问题，让一期起步区项目尽快释放产能，发挥集聚扩散作用，持续巩固脱贫攻坚成效。

（文／顾彦君）

王老吉与刺柠吉

2014年1月，在广州市和惠水县的共同努力下，贵州省潮映大健康饮料有限公司以西部扶贫引资的重点项目名义，在黔南州惠水县重获新生。

东西部扶贫协作和对口支援，是推动区域协调发展、协同发展、共同发展的重大战略，是实现先富帮后富、最终实现共同富裕目标的重大举措。

2017年，在惠水和广州两地人民政府的关怀重视下，潮映大健康饮料有限公司被正式确定为东西部对口产业扶贫单位，也得到了广州白云山医药集团及其子公司广州王老吉大健康产业有限公司在技术上、业务上的大力支持，并于2018年正式成为广药王老吉罐装凉茶在贵州省的唯一加工基地。

走进潮映大健康饮料有限公司大门，"广黔同心创大业，携手同心奔小康"的红色大字十分抢眼。公司占地面积300余亩，主营生产、研发饮料系列产品，生产车间里每天都是机械发出的悦耳的轰鸣声，工人在生产车间里忙个不停，分拣、装箱和拖运……

公司拥有2条生产线，吸引附近群众近200余名就业。随着订单走俏，王老吉日产量已达120万罐，公司效益蒸蒸日上，群众的工资也跟着"噌噌"地涨。家在附近的员工既可以照顾家里小孩上学，又能够在"家门口"就业务工赚钱，节约了时间，也节约了来往路费。

"贵州省潮映大健康饮料有限公司是与广药集团、广州王老吉大健康产业有限公司合作的大加工企业，主要生产的是王老吉凉茶和新开发的刺柠吉饮料。"潮映大健康饮料有限公司总经理马伟中，一有机会便为企业

"打广告"。

真帮扶、帮真扶。2018年底,广药集团积极帮扶贵州发展刺梨产业,用时98天研发出刺梨饮品和刺梨润喉糖,自此全新的产品——"刺柠吉"应运而生。

2019年初,为加强东西部对口产业扶贫工作,贵州省潮映大健康饮料有限公司在广药集团及其子公司广州王老吉大健康产业公司统筹部署下,在已安装的生产线中,将其中1条改造为专门生产刺柠吉饮料产品。

量产后,刺柠吉饮料日产量可达到150吨(约60万罐),年产量(按300天生产计)可达到45000吨。如果按照配比含刺梨果计算,刺梨果需求量达万吨以上。

刺梨是贵州的幸福果,是黔南的致富果,维C含量十分丰富,营养价值很高。惠水县布依族山歌《好花红》中所唱的刺梨,就是风靡广东的网红饮料"刺柠吉"的原材料——刺柠吉是以贵州刺梨和优质柠檬搭配而成的复合果汁饮料,口味酸甜清爽。

工人正在生产线上忙碌(胡本贵/摄)

刺梨的深加工，不仅使刺梨的价值得到挖掘，还可吸纳群众就业，把贵州的农特产品用新的方式包装起来，输送到全国各地。

群众栽种的刺梨，在龙里形成刺梨浓缩汁，运送到潮映大健康饮料有限公司完成灌装封盖，销往粤港澳大湾区，产销环节形成闭合，原料供应有保障，黔南的刺梨种植户也不愁销路。

自2019年3月刺柠吉饮料上市以来，其独有的味道和包装，让刺柠吉系列产品深受广大群众喜欢。2019年，刺柠吉系列饮料销售额已超1亿元。

从中央电视台到地方电视台，从网络销售平台到线下实体店铺，从微博、抖音、微信等社交平台，都能同步分享有关刺柠吉饮料多种多样的宣传，让全国人民了解刺梨产品及相关产业的发展。

2020年，钟南山院士在贵州刺梨产业发展论坛作发言，并走进直播间，为刺柠吉带货打call，短短1小时，观看人数超过250万，单品销售额超过100万元。

4月底，广药王老吉发放2亿元刺柠吉扶贫消费券，消费者可通过王老吉天猫旗舰店领取消费券，购买刺柠吉。

"王老吉+刺柠吉"，王炸组合出爆品，依托王老吉强大的品牌影响力和销售渠道，刺柠吉等刺梨产品掀起了一场席卷全国的"刺梨热"。

承载贵州发展希望的"刺柠吉号"——从贵阳往返广州的高铁在飞速奔跑。广药集团在贵州的发展，刺梨产业只是一个缩影。

花开蝶自来。南沙区与惠水县，一个是位于东部沿海的经济发达地区，一个是地处西部内陆的贫困地区。因为东西部扶贫协作，一山一海就此结对、许下诺言。

广药集团在东西部扶贫协作进程中，充分发挥龙头企业带动作用，主动作为、开拓创新，围绕做大做强刺梨产业优势单品，结合贵州刺梨产业，研发的刺柠吉系列产品已成为集"健康、扶贫、拉动消费"三位一体、带动刺梨产业发展的"拳头产品"。刺柠吉饮料的创新，推动了龙里、贵定等黔南一批刺梨产业的发展，带动周边的群众增收致富。

贵州省潮映大健康饮料有限公司的发展，拉近了生产与销售的距离，不仅盘活和壮大了落户惠水的企业，还节约了产品运输、员工工资等企业成本，带动惠水当地社会经济发展的同时，也为当地群众提供了更多、更好的就业机会。

广州南沙区与黔南惠水县力推扶贫产业，探索出一条"摸准产业实情，探索合作实路，制定引入实策，求取扶贫实效"的产业扶贫新路子，形成了一条见效快、稳增收的扶贫产业链，有效激活了当地贫困户的"造血"功能。

现在的潮映大健康饮料有限公司，正通过"直播带货"的新方式，向广大网民热情介绍贵州刺梨这一特色产品，向全国人民乃至全世界推广更多的贵州优质农特产品。

（文／陈杨）

中火村里的算账声

芒种刚过，夏天的气息渐浓。

"今天真热啊！快到中午了，天秀妹子，歇一下吧，都干了一上午了。"在瓮安县玉山镇中火村角旁组的辣椒地里，毛光琴停下锄头，抬头看了一下天，用毛巾擦了一把汗。

"毛大姐，我们再努把力，这块地的草马上就除完了，做完再休息嘛。今年我们村的那个蔬菜基地才开始运行生产，这第一年尤为重要，一定要做好嘞。"旁边的王天秀一边挥舞着锄头，一边讲道。

"也是，好好做，等以后发展起来了，大家的生活就安逸咯。"想着以后的生活，毛光琴重新举起了锄头。

"嗯嗯，听村里张支书讲，这蔬菜基地是广州那边帮我们村建设的，帮助我们村农民增收的，花了100万（元）呢！等发展好了，我们村的日子会更好。"王天秀笑着说，往蔬菜基地的方向看去。

远处，大棚连绵成片，那是广州市海珠区在东西部协作中建设的扶贫增收项目——瓮安县玉山镇中火村蔬菜基地。基地建于2019年10月，工程投资100万元，于2019年底完工，2020年初开始运作生产。该蔬菜基地生产、灌溉、运输、办公等各项设施齐全，共有35个生产大棚，总共占地11936平方米；3个育苗大棚，占地3456平方米。蔬菜基地流转周边的200余亩土地，种植精品蔬菜。

视线拉回辣椒地，经过20多分钟的劳作，地里的杂草被除了一遍，满头大汗的两位农家女坐在田坎上一边休息，一边拉着家常。

"有了这基地,你们家日子是越来越好了。男人在基地当管理人员,每月有4000块,平时又干着基地里犁地的活,一天就有一两百,你又在这里做工,一个月怕是有七八千哦!现在出去给外面人讲你家是建档立卡户,别人还不信呢。"毛光琴笑着打趣。

"哈哈哈,没有这么多,我两口子一个月才6000多点,他在基地里犁地啊这些是帮忙干的,不要钱。他跟我讲,家里能脱贫全靠政府的好政策,现在有了这样的生活和收入已经很知足了,在基地里能帮忙的地方就去,做些力所能及的事情。"想着现在家里的好生活,王天秀笑得很灿烂。

"嘿!你俩在干嘛?快起来干活!"突然,一声喊从身后传来,吓得两人赶忙起身,回过头去,迎来的却是一张笑脸。

说曹操曹操到,王天秀的丈夫何泽兵来了。"活干完了?走,吃饭去。"何泽兵刚在基地大棚那边用旋耕机犁完了地,眼看中午了,就过来接妻子回家吃饭。

和毛大姐道别后,王天秀和何泽兵就往家走。路上,王天秀讲了与毛大姐聊天的内容,并问丈夫:"今年是基地开始运行的第一年,真的能赚到钱吗?"

"那当然,前段时间村里犹书记和张支书就和余庆的一个蔬菜批发商建立起联系了,在遵义都是有自己门面的,只要我们能种得出来、种得好,那完全是不怕卖不出去,肯定能赚钱啊!再说了,还有广州那边帮忙,那边市场更大。"何泽兵笑着说。

"嘿,也是,我们老百姓操这种心干嘛,好好干活就行了。家里的娃儿读书学费也不用愁了,这日子慢慢变好了……"何泽兵夫妻俩怀着对以后美好生活的热情,相互依偎着走在回家的小路上……

话分两头,另一边,在中火村的村委会里,驻村第一书记犹昌春和村党总支书记兼村主任张勇正在算着一笔账。

"现在,蔬菜基地以辣椒为主的农产品收益已初见成效,今年预计总产值约40万余元。前段时间基地大棚免费为村民培育的200亩头花蓼苗,就价值人民币2万余元。"张勇高兴地对犹昌春说道。

"真不错，这第一年有搞头！先富带后富，前面有人帮忙，还是比自己摸索要容易得多。广州那边帮大忙了！"犹昌春也笑着。

两人高兴得直搓手。蔬菜基地通过育苗大棚，为玉山全镇育苗农作物3590亩，其中烤烟600亩，辣椒2790亩，头花蓼200亩；在这当中，就有中火村育苗烤烟435亩，辣椒300亩，头花蓼200亩。蔬菜基地在发展本村经济的同时，还为玉山镇发展农业提供苗圃支持。通过解决就业、发展产业、利益联结等手段，可帮助村里143户建档立卡户在原有收入的基础上实现户均增收。

犹昌春和张勇走出屋外向远方眺望，两人思绪万千。

携瓮海倾情之手，联协同发展之心。中火村只是黔粤携手发展的一个缩影。

几年来，瓮安、广州两地用好广州市"三会一节"（广州招商推介会、广州博览会、广州国际茶叶博览会和广州海珠区美食节）等平台，组织开展各种形式的招商宣传和项目推荐，先后组织了8批次150余人（次）赴海珠区有重点、有目标，带项目、带任务上门招商。借助"三会一节"、瓮海公司、电商等销售平台，广州帮助瓮安销售鸡蛋、茶叶等农产品的成交额达1.3亿元。同时，两地搭建了企业互助机制，按照"资源共享、优势互补、合作双赢、共同发展"的原则，"区—县"联合成立了广州瓮海投资运营有限责任公司，瓮安22家企业到广州进行产品展示，有力提升了瓮安企业及产品形象，促成了双方企业深度合作。此外还开展农特产品种植生产、购销合作，开辟"黔货出山"新模式，引导广州胜佳超市与瓮安8家食品企业达成销售协议，瓮安50多种优质农产品在广州成功上市，2019年实现农特产品销售额5173.8万元。

广州市海珠区与黔南州瓮安县跨越900多公里的空间距离，友谊之桥飞架东西。协作双方正在扬帆起征程，迈进新时代，携手共踏小康路！

（文／卢泰铭　陈云龙）

李家院的菜农笑了

夏日，天亮得很早，太阳刚刚爬上山头，清晨第一缕阳光透过薄雾洒落到身上，让人感觉十分温暖、舒适。

在长顺县广顺镇李家院村，村民们早早地起床洗漱，吃完早餐便各自出门。他们手里拿着干活用的农具，脸上挂满了笑容。骑车的骑车，走路的走路，虽然交通工具不一样，但是他们最终的目的地是一样的——长顺·广州江楠集团精品蔬菜产业基地。

早上8点，上班时间到了。村民们分组散落在蔬菜基地四周，有的正在采摘菜心，有的则忙着辣椒的施肥与管种。

村民们个个喜笑颜开，选菜、收菜、装筐，麻利娴熟的动作一刻也不停歇，仿佛他们采摘的不只是菜心，还有家家户户的幸福生活。

"一想到广州的市民们即将品尝到我们大山里的绿色、生态蔬菜，我们就特别高兴。"基地务工人员罗素妹一脸高兴。

罗素妹是李家院村的外来媳妇，两个小孩还在上学，丈夫患有先天性语言障碍，她自己便成了家中唯一的顶梁柱。由于出不了门务工，一直以来她和丈夫都在家中以务农为生，生活压力曾一度让她喘不过气来。2014年，罗素妹一家被纳入精准贫困户，有了政策保护，她身上的担子稍微轻了点。

打铁还需自身硬，幸福是奋斗出来的。罗素妹有了新的心事：守着家里的几亩薄田靠天吃饭，除了仅能养家糊口外，别指望富起来。

2018年，乘着产业革命的春风，长顺县开启了探索农业产业结构调整的路子，罗素妹的生活也迎来了希望的春天，她与蔬菜基地的故事也从这里开始书写。

据罗素妹回忆，自2018年村里开始发展蔬菜种植以来，她便把自家的4亩多土地全部流转给了公司，除了每年每亩可以得到800块钱的收入外，通过在基地务工，每天还有100块钱的收入。

"基地就在我'家门口'，每天走路10分钟就能到。"罗素妹说，现在，一边工作一边还可以照顾到老人和孩子，家里边不管有什么大事小情，随时都可以请假，关键还不扣工资，日子是越过越红火了。

产业扶贫是打赢脱贫攻坚战的治本之策。长顺县牢牢把握省委、省政府农业产业革命"八要素"，狠抓坝区农业产业结构调整，推动产业扶贫和农村产业结构调整有机融合。2018年，长顺借助东西部协作帮扶契机，引进广州江楠集团，建设长顺·广州江楠集团精品蔬菜产业基地。

基地规划4380亩，一期占地面积1380亩，二期规划3000亩，由高标准蔬菜生产区、蔬菜工厂化苗木繁育基地和蔬菜商品化处理中心组成。其中，规划建设高标准蔬菜生产基地占地面积约3800亩，全区采用喷灌设施，规划种植菜薹、菠菜、油菜、油麦菜及芥蓝等叶菜；蔬菜工厂化苗木繁育基地占地面积约200亩，规划年繁育叶菜种苗1000万株；蔬菜商品化处理中心占地面积30亩，其余规划建设蔬菜分级包装车间、冷库、培训中心、办公室、职工宿舍等配套设施。

项目利用县级财政整合农业产业发展资金1000万元，广州帮扶资金1000万元，按照户均2万元的标准带动800户以上贫困户量化入股基地建设。第一年，按投入资金的6%（60万元）予以保底分红；第二年起，按照每年经营净利润的16%（不低于60万元）进行保底分红，至少保证每户每年1200元的分红收入。同时，确保土地流转收入，每年按照田800元/亩、地500元/亩的标准支付土地流转费，增加农户收入。与此同时，对于贵州本地蔬菜产业技术力量薄弱的现状，广州江楠农业集团采取全国调配农技人员、开展讲习培训、田头现场指导、吸引在外务工人员回乡创业等多种方式有机结合，加强技术服务指导。

"2019年，我们发放人工工资大概180万元，用工量每天平均在60人左右；基地蔬菜产量在1000吨左右，产值50万元左右。"蔬菜基地负责人杨丰成介绍。

此外，紧盯"产销对接"，助推"黔菜出山"。根据"精准扶贫，产业扶贫"的基本方略，广州江楠农业集团于广州江南果菜批发市场内，设立了"贵州农产品销售专区"，专一销售贵州省生产的各式农产品，并对档口的租赁费、交易费、装卸费等其他费用予以全额免除。

依托江楠集团在珠三角乃至全国的蔬菜市场销售体系和品牌优势，目前已经建立黔南州与广州市蔬果等农产品市场对接机制，引导江楠集团蔬果营销公司与蔬菜生产基地对接，确保蔬菜产品销售畅通。同时，广州江楠集团对基地3年的经营生产期结束后，负责对合作社组织生产的基地农产品进行"订单式"收购，实现产销一体，不愁蔬菜没有销路。

该基地全部建成后，预计年产量达1.3万吨，产值6000余万元。项目利益联结贫困户800户3500人，每户每年保底分红1200元，有力带动贫困户脱贫；土地流转带动600余户农户年均增加土地流转费用收入3000余元；就地就近务工带动1000余人年均增加务工收入16000余元，有效增加群众务工收入。

自广东省第一扶贫协作工作组黔南组长顺工作队扎根长顺以来，始终以"政府推动、市场主导"为原则，立足帮扶双方资源禀赋和产业基础，引导一批农业龙头企业落户长顺，建设一批贫困人口参与度高、受益面大的特色农业基地，"总部+基地"模式助推长顺农业资源优势转化为可持续发展优势，畅通了"顺货出山"新渠道。

两地携手以来，双方积极探索创新对口帮扶新模式，不断加强各方面的交流与协作，两地产业合作坚持"所需"与"所能"结合，"输血"与

"造血"并重，因地制宜，突出精准。

自对口帮扶以来，广州在长顺先后投入东西部扶贫协作帮扶资金6704万元，实施扶贫协作项目10个，惠及贫困人口16858人，并通过将长顺优质农特产品引进大型商超等形式，帮助长顺农产品走出深山，使长顺绿壳鸡蛋、高钙苹果、紫王葡萄等特色优质农产品走上广州人民的餐桌。

东西部扶贫协作，让广州与长顺凝聚了跨越千里的亲情。两地在越来越紧密的交往中，共建帮扶大格局，奏响实现全面小康的大合唱。

（文／沈长志）

黔南州的"黄埔速度"

在广州，黄埔区、广州开发区因项目建设屡破记录而获得"黄埔速度"的美誉。在2017年确定帮扶关系后，黄埔区、广州开发区第一时间抽调精兵强将，分赴贵州省黔南都匀市、都匀经济开发区、独山县和三都县4个地区驻点帮扶。黄埔区、广州开发区将全区的职能部门与帮扶地区的相关街、镇、乡一一结对，做到"帮扶无死角"。同时，坚持"输血"与"造血"并重，鼓励和引导区内企业与帮扶地区合作，打造了一批可持续发展项目。

都匀市：农产品直销粤港澳大湾区

都匀市委常委、副市长金进是广州市黄埔区派驻当地的扶贫干部，他所引进的粤港澳大湾区"菜篮子"产品配送分中心已经在2017年5月启动建设。

粤港澳大湾区"菜篮子"建设计划1年起步，2年见效，3年建成。在广州以外的配送分中心共有4个，分别位于广东省云浮市、梅州市，湖南省永州市和贵州省黔南州都匀市。配送分中心建好前，在对口帮扶的黄埔区、广州开发区积极推动下，包括都匀毛尖在内的优秀"黔货"已经得到多次"出山"的机会，在2019年黄埔区举办的"2019迎春花市暨粤港澳大湾区名品联展会"上，都匀企业就赴现场参展。到了2019年3月，都匀毛尖、辣椒、"6+1"营养粉、野生蜂蜜等多种黔味十足的纯绿色产品，又

产业项目 053

粤港澳大湾区"菜篮子"配送分中心项目将帮助茶农把农产品直接销到粤港澳（李应华/摄）

登陆人气爆棚的黄埔"波罗诞"千年庙会，赚足了人气。

通过这两次参展，更进一步拉近了匀城与花城之间的距离，进一步促进了消费扶贫，推动了都匀市东西部扶贫协作工作的开展，贫困农户成为其中主要的受益者。

在都匀，带动贫困户脱贫的"拳头产品"除了毛尖茶叶还有黑毛猪。黄埔区协助都匀引进广东海大集团投资4.5亿元，负责建设养殖场培育幼猪，育成的工作则交给当地农户，预计项目投产后农户年收入可以增加750元，贫困户增收可以达到1500元。若养殖效率高、用料节省、生猪死亡率低，农户还能领到额外的奖励。

类似的项目还有广东新农人公司。经黄埔区推荐，在都匀投资2.1亿元建设墨冲农业科技产业园。"我们的目的是除了在当地收购蔬菜等农产品，还要培养一批'新农人'。"新农人科技董事长邓肖辉口中的"新农人"，就是职业农民，他们需要掌握更多现代农业技术。"新农人"的培养可以改变年轻人对农民这个职业的成见，吸引更多年轻人投身农业。企业利用大数据分析的优势，让农民接受订单式生产，避免了因为信息不对称而导致农作物滞销，影响收入。

根据统计，2017年至2019年，都匀市与广州市相关企业签约产业合作项目7个，总投资额17.48亿元，截至2019年5月累计完成投资1.9亿元。

都匀经开区："石头+塑料""玩"出新花样

"这些塑料袋、包装箱的成品原料几乎都来自碳酸钙石头，在光照下或埋在土壤内3个月后可开始自然降解。"在匀上·石塑产业工业园项目的厂房中，项目负责人如此现场解说。"石头+塑料""玩"出新花样，这是广州石头造环保科技股份有限公司的专利。

这家企业是广州开发区与都匀经开区共建的平台，依托这个平台，都匀经开区已经引进了一批重大高新技术项目。广州开发区援黔以来，广

匀上·石塑产业工业园一期核心区项目（李应华/摄）

东省（广州市）企业、投资商在黔南·广州产业园工商登记注册企业有16家，注册资本7.9亿元。

匀上·石塑产业工业园（一期核心启动区）项目分三期建设。项目达产后产值18.5亿元以上，税收1.71亿元以上，可以解决就业1000人以上。

随着企业的引进，园区共建还在进一步完善，两地共建的内容包括：招商引资、产业转移、产业合作、园区共建、干部交流、咨询指导等6个方面。黄埔区区属国企也积极共同参与园区的招商引资及建设工作，力争在较短时间内将都匀经开区打造成为国家级经济开发区，将黔南·广州产业园打造成为国家两地协作产业帮扶示范园区。

此外，科学城（广州）投资集团有限公司与都匀经济开发区签订了《广州科学城—都匀大健康产业园项目框架协议》。该产业园规划占地1868亩，采取整体规划、分期实施的方式建设。

科学城（广州）投资集团有限公司已经注册成立贵州科城怡康置业有限公司，全面负责该项目的投资、建设、运营。2019年年中，该公司顺利竞得约100亩项目用地，产业园建设取得了关键性进展，2019年下半年已经正式开工建设。科城怡康置业董事长刘晓俊说，产业园将在服务人员用工方面，优先录用当地建档立卡贫困户，可为当地提供不低于100个工作岗位，助推脱贫攻坚。

独山县：蚕室连成片，车间建到村

在自家的蚕室内，村民周于扬正和妻子采摘蚕茧。面前是一堆堆已经采摘好的雪白蚕茧，身后是一张张结满蚕茧的方格蔟。这片多达20个的蚕室位于贵州省黔南州独山县基长镇林盘村。周于扬说，没养蚕之前，他家只种水稻、苞谷等传统农作物，日子总是过得很紧。自从2016年底开始种桑养蚕之后，家庭经济收入慢慢好起来了。

为了发展壮大这一"无中生有"的产业，独山县成立种桑养蚕农民专业合作社，得到广州市黄埔区对口帮扶资金支持，在基长镇林盘村实施了1.7万平方米的蚕房建设，产业覆盖407户贫困户。项目总投资1500万元，其中项目扶持资金1000万元，镇、村自筹500万元。

项目与当地的贫困户进行利益联结，无偿提供蚕房给贫困户进行种桑养蚕，未养蚕的贫困户可以出租蚕房获得收益。种桑养蚕产业的用工，优先选择贫困户；种桑养蚕产业的用地，优先租用贫困户土地。"村内赋闲的老人都可以前来出工，摘叶、拔草、施肥都可以，他们量力而行，我们按照工时结算工资。"林盘村村支书蒙正勇说。

为让养蚕的村民吃下"定心丸"，林盘村早前引进贵州恒盛丝绸科技有限公司，与种植户签订了蚕茧、桑叶保底收购协议，保证种植效益。不过，村民只能在自己家里养蚕，规模受到环境限制。在黄埔区的精准帮扶与多方协作下，村民建起了蚕室，平均每户村民有28.5平方米可以供自

养蚕农民走上规模化生产之路（李应华/摄）

林盘村90%以上的村民参与种桑养蚕产业（李应华/摄）

家使用，不养蚕的村民可以出租自己的份额，需要扩大规模的村民可以租用。技术和管理交给了合作社，销售交给了公司，场地则由黄埔区出手相助。这些举措给周于扬及其他村民注入了"强心剂"。截至2019年年中，种桑养蚕惠及全镇5475余户21600余名群众，其中，贫困户2510户9150人参与产业发展。

从"输血式"扶贫转为"造血式"扶贫，林盘村这片蚕室只是黄埔区、广州开发区"精准助攻"脱贫的缩影，这样的例子在独山县遍地开花。在百泉镇旗山村，黄埔区链接区内企业兴森快捷捐赠43.3万元建设了扶贫车间，车间就建在村内贫困户安置区旁。据统计，到车间参加轴承加工、饰品加工、棒球加工等培训的各类人员有800余人，其中贫困群众462人，车间共有在岗人员100余人，带动就业300人，其中贫困群众、易地移民搬迁群众54人，人均月收入达到1500元至2000元。

三都自治县：小小黄桃带动农户增收

2019年6月12日，"三都首届黄桃节暨威农黄桃坝开园仪式"在周覃镇威农黄桃坝举行。"园区环坝跑""垂钓大赛""品桃大赛""摘桃大赛"等丰富多彩的活动陆续登场，天空下着小雨，参赛选手依然热情高涨，大家沉浸在欢乐的气氛中。

"轻点、轻点，别捏坏桃子了。"在周覃镇的黄桃采摘园，村民蒙小鹏正爬在树上采摘成熟的桃子，小女儿月月在树下着急地看着他。他们采桃子所在的周覃镇农业产业园项目总投资397.3万元，全部由广州财政帮扶资金支持。近年来，三都自治县在周覃、大河、三合等镇（街道）大力发展黄桃产业，使其成为带动群众创业增收的主要产业。黄埔区对口帮扶建设的这片农业产业园既可以满足种植的需求，也可以为日后发展农业旅游产业提供空间。包括蒙小鹏一家在内的受益贫困户有94户，受益贫困人口381人。

在黄埔区、广州开发区的帮扶下，2018年，三都自治县发展各项种植业共覆盖贫困户1.5万户（次）、5.5万人（次），实现户均增收2950元。同时，强化"互联网+产业扶贫"，通过电商平台拓宽销售渠道，全年共销售农产品14.2万吨，实现销售总额6.9亿元。

（文／李应华）

市场劳务

让东西部越走越近

"如果确定入职的话,我们怎么去呢?"

"包吃包住吗?"

"加班工资怎么算?"

"上班时长是多少?"

"住宿条件怎么样?"

……

新冠肺炎疫情期间复工复产,为有序组织劳动力返岗,帮助有就业意愿的劳动力就业,经都匀市人力资源和社会保障局与毛尖镇劳动力输出专班共同商议决定,2020年2月22日,一场由都匀市人社局主办的岗位推荐会在都匀市毛尖镇举行,推荐会有来自都匀市、广东省、浙江省、江苏省、福建省和海南省的共4万个岗位供村民选择。

许多有着外出就业意向的村民来到岗位推荐会现场,在"企业用工需求岗位信息表"前细细研究,走过每一个招聘摊位,都认真询问相关事项,看到满意的岗位后就填表报名。现场一派轻松有序的景象。

"我觉得这次的岗位推荐会非常好,对我来说很方便。"来自都匀市凌湾村的杨志豪刚刚填报了一份岗位应聘的报名表。本来一直都在都匀附近打零工的杨志豪因为疫情的影响,久未出门工作,有机会通过岗位推荐会找到外出务工的机会，他觉得很便利。

专场招聘促就业

这样的招聘会在都匀已经举办了许多场，为诸多有外出就业意向的群众提供了就业岗位。

2017年以来，都匀市与广州市黄埔区联合开展"春风行动""就业援助月"等各类招聘会10场，其中现场招聘会8场，累计提供广州地区就业岗位2.6万余个。

2018年5月21日，为加强与对口帮扶的广州市黄埔区的协作，都匀市相关工作人员赴广州市黄埔区就两地劳务协作工作进行了深入的交流，并在黄埔区挂牌成立了都匀市驻黄埔区劳务协作服务工作站。

工作站成立后，都匀市与广州市黄埔区加深了劳务协作。为帮助因疫情影响不能正常通过招聘流程解决就业问题的务工人员，2020年都匀市与广州市黄埔区联合开展"黔南州2020年'春风行动'暨就业援助月暨广黔劳务协作网络招聘会（都匀专场）""广州市黄埔区、广州开发区—都匀市劳务帮扶网络招聘会"等招聘活动，促进建档立卡贫困劳动力和易地扶贫搬迁劳动力转移就业。

疫情期间，为贯彻落实疫情防控和复工复产工作，都匀市与广州市黄埔区联合召开网络招聘会2场，提供就业岗位4000余个。

2020年5月27日，都匀市与广州市黄埔区签订2020年稳岗就业协议，促进都匀市在黄埔区务工人员稳定就业。同时，与广东省茂名市，浙江省义乌市、宁波市、海盐县等建立劳务协作机制，广泛收集省外企业用工岗位信息，通过"都匀人社"微信公众号、"劳务输出报名点"等线上线下平台进行岗位推荐，实现劳动力就业意愿与就业岗位的精准对接。

协作培训增技能

"服装材料有哪些？"

"服装型号有几种？"

……

5月16日上午9点，由都匀市人社局、都匀市总工会主办的"2020年都匀市沙包堡办事处金恒星移民安置点缝纫工职业技能培训班"在都匀市金恒星易地扶贫搬迁安置点内的扶贫车间正式开班。培训共有45名群众参加，其中建档立卡贫困群众和易地扶贫搬迁群众共29名。

培训以实操为主，理论知识为辅，重点为学员传授缝纫及缝制的基础、服装面料的外观鉴别、裁剪工艺分类、常用工具的认识及设备的使用、手缝及车缝技术、熨烫技术与方法等缝纫工相关实用技术知识，让参

社区居民在都匀市金恒星易地扶贫搬迁安置点内的扶贫车间工作（顾彦君／摄）

训学员学以致用，增加就业机会。

"对于我们个人发展来说，参加技能培训的好处是显而易见的。培训合格还有机会留在扶贫车间工作，这样的好事哪里去找？"从班庄移民安置点前来培训的宋燕说，之前由于没有一技之长，在外务工不仅没挣到什么钱，家中的大小事也照看不了，这次听说举办技能培训，她第一个报名了。

为体现培训的针对性，提高就业率，培训结束后将安排合格学员在金恒星移民安置点扶贫车间从事缝纫工相关的工作，让学员进一步强化所学技能的同时，就近就地实现就业。

为推动东西部扶贫劳务协作工作进程，提高贫困劳动力就业技能水平，2018年，都匀市与广州市黄埔区共同开展劳务协作培训3期，培训建档立卡贫困劳动力375人；2019年，都匀市与广州市黄埔区共同开展劳务协作培训11期，培训建档立卡贫困劳动力401人。

扶贫车间助脱贫

为助力决胜脱贫攻坚，都匀市在全市9个易地扶贫搬迁安置点共建成8个扶贫车间。

其中，匀东镇坝固安置点建成鞋帮车间，匀东镇王司安置点鞋帮车间，阳立安置点建成服装加工车间，金恒星安置点建成成衣制造车间，小围寨城南安置点建成服装加工车间，绿茵湖怡安小区建成巾帼手工坊车间，墨冲镇墨冲安置点建成服装加工车间，班庄安置点建成花圈厂，8个扶贫车间累计带动300余人就业，其中贫困劳动力150余人。

为促进贫困劳动力就业，都匀市用广州帮扶资金在全市深度贫困村和易地扶贫搬迁安置点开发就业扶贫专岗400个，解决因大龄、（轻度）残疾、技能低下及特殊原因难以实现就业的建档立卡贫困劳动力和易地扶贫搬迁劳动力就业问题；充分借助东部省份及广州企业在黔南州投资发展合作的契机，通过给予岗位补贴的方式，鼓励东部省份援黔企业吸纳贫困劳动力就近就地就业。

（文／顾彦君）

独山群众多了增收路

"6月23日,我们又有一场东西部扶贫协作劳务帮扶现场招聘会,广州黄埔区将有24家企业到独山来开展现场招聘。我们统计了一下,这些企业提供的岗位超过2000个。"2020年6月17日,在独山县人社局的一间办公室里,工作人员陆帅红一边忙着在"独山外出务工服务区"微信公众号上解答务工群众的问题,一边介绍起正在筹备的招聘会。陆帅红说,微信公众号上不少留言的"粉丝",都是在广东务工的独山人。

翻阅独山人社局相关微信公众号,以往发布过的招聘信息里,除了一些本地企业的,其他多为广东或者广州黄埔区相关企业的。"我们与广州黄埔建立了常态化的用工合作关系,两地互通企业用工信息,更新、整理企业用工和需求情况,那边有什么岗位,我们随时都能了解到。"在独山人社局工作3年多的陆帅红对此见怪不怪,她说,自从开展东西部协作以来,广州市在劳务输出、就业培训等方面,给予了资金、资源等很多方面的支持。

新冠肺炎疫情期间复工复产,2月19日,独山县首批25名东西部扶贫协作务工人员顺利登上返岗务工的大巴,目的地是广东东莞。

"太暖心了,不仅有专车,还有补助和物品。返岗后我要保护好自己,多挣钱减轻家里负担,不辜负家乡厚望。"对于这次返岗乘车的特别体验,在广东东莞做五金加工的下司镇新同村村民刘云波打心眼里高兴。

除了独山直发广东的大巴,疫情期间,独山还先后组织两批次共239名群众从都匀高铁站搭乘返岗复工专列外出复工,目的地仍是广东。

频繁地往广东输送务工群众,这背后有什么"秘密"?记者从一份招聘会简章中找到了答案。

"建档立卡贫困劳动力,可享受以下优惠政策:签订1年以上劳动合同的,黄埔区按照缴费下限给予企业社会保险费全额补贴;就业并连续缴纳社会保险费9个月以上的,给予务工人员一次性1000元补贴……"既有对企业的补贴,又有对务工群众的补助,企业用工成本降低,务工群众收入增加,在优惠政策的刺激下,在广东务工的独山群众达到2万之众。

为了做好这部分务工群众的服务工作,独山在广州黄埔区设立劳务协作工作站,派专人进行务工信息收集,服务务工群众。仅2019年,工作站就收集黄埔区适合贫困群众的就业岗位2000多个,有效保障了东西部扶贫劳务协作工作的健康可持续。

"清扫寨子卫生,本就是我们的分内之事,在政府关心下,为我们设置了就业扶贫专岗,每个月能有400元的岗位补贴,太暖心了。"50岁的韦自兵是玉水镇玉丙村贫困群众,也是寨子里的保洁员。每个月定期对村寨进行4~5次的清扫,已经成为他与其他3位"同事"的共识。

在独山全县,共开发有像这样的扶贫专岗6880个,其中广州市帮扶黔南州劳务协作项目在深度贫困村与易地移民安置点开发扶贫专岗630个,有效解决了困难群众的就业问题。

积极吸纳独山群众赴粤务工、出资开发扶贫专岗,这样"输血式"的帮扶有效拓宽了群众的务工增收渠道;同时,广州还通过资金扶持、技术培训等方式,积极帮助独山进行劳务"造血",培养群众就业技能,提升劳动者素质与就业创业激情,为独山各产业的发展提供技术人才支持。

"2018年和2019年,我们先后获得广帮资金383.5万元,争取到东西部扶贫协作培训项目4个,用于全县贫困劳动力就业技能培训和致富带头人培训。"独山县人社局副局长杨芳说,为用好帮扶资源,独山秉承"让每个学员都能学有所成、让每个学员都能实现就业、让每一笔就业培训资金都用在刀刃上"的理念，紧紧围绕"社会有需求，贫困户能提供，政府搭好台"的原则，在"全覆盖"和"有实效"上做文章，以培训促进就业，为贫困劳动力等群体提供就业技能培训和服务。

仅2019年，独山县开展东西部扶贫劳务协作就业培训班36期，共培训2180人。其中开展建档立卡贫困劳动力培训30期，培训贫困劳动力2050人，培训项目涉及紧缺工种挖掘机驾驶、家政服务、农村实用技术、创业培训、生态护林员技能培训等多个方面。同时与3家援黔企业联合开展贫困劳动力以工代训职业技能培训512人，有效降低了企业培训压力。

"致富带头人本身能力较强，通过培训，能进一步增强他们的专业技能，扩大带头人所经营产业对周边群众的覆盖面。"杨芳说，在技能培训中，独山将致富带头人培训作为增强内生发展动力、促进群众持续稳定增收的重要抓手。

2018年，独山贫困村创业致富带头人培训项目共计培训150人，培训后成功创业140人，创业率93%；2019年，独山开展贫困村致富带头人培训班4期，培训创业致富带头人130人，成功创业105人，创业成功率81%。

这些致富能人在拉动群众就业、推动独山农业产业革命走向深入的事业中，都发挥了非常积极的作用。

（文／莫宇）

"岗位"就在"家门口"

　　东西协作友谊长，对口帮扶情谊深。广州市白云区对口帮扶黔南州荔波县以来，白云区、荔波县两地的人社部门通过加强劳务协作引进广州彩道实业有限公司在荔波县创建就业扶贫卫星工厂，合力打通脱贫通道，有效帮助荔波县建档立卡户和易地扶贫搬迁户实现就近就业增收脱贫，让村民在"家门口"就能挣钱。

　　宽敞干净的休闲广场、温馨舒适的卫生室、童趣满满的幼儿园、维护和谐的警务室……这里是荔波县易地扶贫搬迁安置点，更是搬迁群众的幸福新家园——荔波县玉屏街道兴旺社区。

　　"搬得出"之后，如何"稳得住，能致富"？白云、荔波两地的人社部门通过加强劳务协作，共建就业扶贫卫星工厂，解决易地搬迁劳动力的就业难题，打通脱贫通道。

　　就业是民生之本，收入乃民生之源。在位于易地扶贫搬迁安置点内的荔波彩义文创实业有限公司扶贫车间里，几十名工人正在各自的岗位上专注地进行彩绘加工。

　　35岁的谢吉英是从"一方水土养不活一方人"的瑶山瑶族乡菇类村搬迁到县城易地扶贫搬迁安置点的，搬迁过来后，生活环境得到了很大的改善。在这个新家园，也留下了广州市白云区真情扶贫的种子。在广州市白云区的帮扶下，搬迁群众实现了"家门口就业"。谢吉英说，2018年刚来时，培训几天就上手了，活儿不难，但跟自己所擅长的瑶族刺绣比起来，同样需要耐心和专注。

工作1年多后，谢吉英已成了车间的熟练工，有了稳定工资，1个月能拿到2000元左右。每天早上，送孩子上学后，她就来"家门口"的车间，下班后，又刚好赶上接孩子放学回家做饭，真正是"赚钱顾家两不误"。

像谢吉英所在的荔波彩义文创实业有限公司这样的扶贫企业，在荔波共有3个。2019年，以广州彩道实业有限公司为主的荔波县彩道实业股份有限公司、荔波彩义文创实业有限公司和荔波康道实业有限公司已在县城、小七孔镇、佳荣镇、茂兰镇、黎明关乡、瑶山乡等6个乡镇成功创建中心工厂和卫星工厂10个，可提供工厂就业岗位300多个、居家就业岗位50个，就业村民月均工资可达2200元左右。

31岁的李元珍是荔波县小七孔镇和平村村民，她上班的地方就在离家不远的小七孔镇播尧创业园荔波县彩道实业股份有限公司扶贫车间。

2020年5月6日，一早，50名村民陆陆续续从附近村寨走进扶贫车间，坐在工作台边，开始一天的工作。

拿出细细的画笔、五彩的颜料，李元珍小心、快速地给面前的一盘冰淇淋造型的小挂件涂上美丽的颜色。"这些都是发往浙江义乌、广东广州，再出口韩国等地的小挂饰呢！"李元珍说，"上色9分钱1个，我1天可以做900来个，上个月拿了2500多元的工资。"

扶贫车间负责人陆源全告诉记者，这家让深山里的群众拿起画笔，"绘"出七彩幸福生活的扶贫车间背后有广州和荔波牵手脱贫攻坚的帮扶故事。

2018年底，为了帮助大山里的群众致富，在广州白云和荔波两地的共同努力下，广州彩道实业有限公司传统手工小饰品产业中的彩绘工序项目成为培训荔波"致富带头人"回乡创业的项目。

2019年，荔波小伙欧云涛成为在广州参加培训的第一批荔波人之一，并在广州驻荔波工作队的帮助下，成功在荔波县城易地扶贫搬迁安置点兴旺社区创办了2个扶贫车间。"公司给我们下订单，我们组织移民生产，他们负责销售。"欧云涛笑着说，如今，扶贫车间稳定解决120人就业，成为移民脱贫致富的好帮手。

除了培养脱贫致富带头人带动群众之外，广州驻荔波工作队还在谋划创造更多的扶贫岗位。

广州市第一扶贫协作组黔南组综合部负责人王栋介绍，由于饰品挂件的原料需要从外地购买，制作好后又运回广州总部统一销售，导致成本增加。为此，广州彩道实业有限公司决定注册成立荔波县彩道实业股份有限公司，并于2020年初落户荔波小七孔镇播尧创业园创办扶贫车间。

荔波县彩道实业股份有限公司负责人陆源全介绍，现在公司在荔波就能进行工艺品制模及彩绘加工，不仅节约了生产和运输成本，还为当地提供了大量的就业岗位，将园区闲置的厂房盘活起来。2020年5月，公司在荔波县茂兰、佳荣、黎明关等乡镇建立3个卫星工厂，村民通过彩绘培训，就能快速上岗。

2020年，新年伊始，突如其来的疫情使群众不得不"宅"在家里。不能出去务工，没有了收入，外出务工的群众可急坏了。

"疫情期间，我们采用'家庭作坊'的方式组织生产，这样既可以避免人员大量聚集，也让群众在家也能够增加一定收入。"陆源全介绍说。防疫不松懈，生产不停工，"家门口"的扶贫车间让许多群众有活干、有收入。

群众在公司微信群里就可以学习简单的加工技术，并挑选自己喜欢、易上手的手工活，到车间领取需要加工的工艺品后回家进行加工制作。通过居家生产的模式，让家里厅堂变"厂房"，实现群众就地就近灵活就业，破解了疫情带来的外出务工不便和增收难题，进一步创新了"就业在家门口""足不出门就业"的务工方式，带动更多的群众稳定就业。

"如今，我们已经成功带动了小七孔镇近150名当地群众就地就业，每人每月2000元～2500元收入。"陆源全说，"下一步，我们准备在荔波县每一个乡镇都开设扶贫车间,发挥广州的帮扶力量,带动更多的群众增收致富。"

到2020年底,以广州彩道实业有限公司为主的3个就业扶贫中心工厂将建成辐射荔波县所有安置点和部分贫困村的就业扶贫卫星工厂,预计可提供工厂就业岗位1000多个和居家就业岗位2000多个,全面打通荔波县就业脱贫通道,为荔波县巩固脱贫攻坚成效和促进乡村振兴建设助力。

君住珠江头,我在黔山尾。友谊之桥飞架东西,白云和荔波虽远隔千山万水,但人心相通、人文相亲,两地通过东西部协作,成为同舟共济、精诚合作的兄弟县区,广州市白云区对荔波的帮扶是扶在真心、扶在真情、扶在实事。

(文／张云开)

"菜篮子"助推"大产业"

2019年4月底,贵州省政府正式批准黔南州贵定县和惠水县2个县脱贫出列,加上2018年9月通过国务院评估脱贫出列的黔南州龙里县,由广州市南沙区帮扶的黔南州3个贫困县已全部脱贫出列。可以说,在东西部扶贫协作工作中,南沙区交出了一份令帮扶地区群众满意的答卷。

落户小山村的14万平方米蔬菜大棚,成为粤港澳大湾区的"菜篮子";在石漠化山区建设8公里长的佛手瓜产业带,利用"小捧瓜"发展扶贫"大产业"……自2017年南沙区与黔南州贵定县、惠水县、龙里县结对帮扶以来,南沙区助力黔南深化产业扶贫、就业扶贫,增强贫困地区"造血"功能,为助力打赢脱贫攻坚战、推进实施乡村振兴战略,打造出了新的"南沙速度"。

大山变成"菜篮子"

在龙里县湾滩河镇现代高效生态示范园区,南沙区于2018年投入近600万元资金,打造了一片面积近14万平方米的连片蔬菜大棚,不仅带动了当地260多户贫困户、1000多名贫困人口脱贫,生产的西红柿、黄瓜等蔬菜还远销广州等地。

"有了大棚后,吸引了很多种植大户过来,也带动了很多农民就业。"湾滩河镇农林水中心主任魏明艳说。大棚每年可以带动用工2万多人次,务工收入加上土地流转的租金,可以给贫困人口每月带来近3000元收入。种植大户解道矫说，有了大棚，蔬菜产量和品质都提高了，价格也上去了。南沙区还帮他们对接广州的大学，通过农校合作，让蔬菜直接进入学校食堂，实现产销两旺。

与此同时，南沙区帮扶团队大力推动"黔货出山"和消费扶贫，让更多农产品走进大湾区。2019年4月26日，一年一度的南沙"妈祖"文化旅游节开幕，"黔味"成为现场一大亮点。龙里县50余种特色农产品亮相南沙天后宫景区、南沙中心农贸市场；位于南沙中心市场的龙里县农特产品展示销售中心也正式开张营业；共青团南沙区委在"创汇谷"港澳青年文创社区设立了"黔货专区"；团区委、资产公司、东涌镇已设立"黔货"展销点共4个。

据南沙区挂职干部，龙里县委常委、副县长杨勇介绍，截至2019年7月已搭建了广州江南市场、佛山中南市场农产品交易平台，还通过电商平台、线下实体店铺在广东地区销售龙里的刺梨、豌豆尖、腊制品等农特产品，2018年龙里县销往广州地区的农特产品价值约7906万元。

在惠水县好花红镇佛手瓜扶贫产业园，此前经过扶贫干部大力推进，攻克了"散、小、弱"难题，统筹涉农财政资金和广州对口帮扶资金1000余万元，在好花红镇东部石漠化山区建成8公里长的佛手瓜产业带。截至2019年7月，园区种植佛手瓜总面积8500余亩，年产量达3.5万吨，实现产值约4200万元，户均增收5000余元，成为全省最大的佛手瓜种植基地，书写了"小捧瓜"助推"大产业"的华章。

为解决移民群众就业问题，政府还将扶贫车间建在社区旁。在紧邻新民社区的一家鞋服企业帮扶车间内，数十名工人在缝纫机前紧张忙碌着。该社区现有1550户5962人，都是从贫困程度最深的瑶山、麻山、月亮山"三山"地区搬出来的。

对此，南沙区挂职干部，惠水县委常委、副县长赵晓红说，南沙区提供资金帮扶建设的3个扶贫车间分布在3个移民社区，可提供650个工作岗位，已解决了280余名移民搬迁户和建档立卡贫困户的贫困人口就业，工友们每月收入2000元以上。

南沙区相关负责人说，虽然三县已顺利脱贫摘帽，但南沙仍将一如既往地开展结对帮扶工作，与三县保持长期的交流合作关系，携手奔向小康。

"志智"双扶见实效

南沙区扶贫干部在利用当地特色资源，积极谋划培育发展富民产业，走出一条特色产业帮扶之路的同时，也探索出一套行之有效的"志智"双扶的工作方法。

在贵定县昌明实验小学，990多名小学生中有近三分之一是留守儿童。从2018年底到2019年初，来自南沙区岗城小学的李桐华、南涌小学的麦嘉霖和东涌小学的何润滔相继在这里支教。

初来乍到，3位老师发现学生饮水难，于是利用社会资源，为学校添置了2台共计1.3万元的饮水机。2019年年中，来自南沙区东涌镇的民营企业家到学校慰问，募集资金共4.7万元，帮助学校进一步完善基础设施。

"马路小路一样脏，牛屎马尿到处淌。沟边路坎堆垃圾，河边树枝摇白旗……"贵定县沿山镇杨柳村是一个深度贫困村，卫生环境一度非常差。

针对这一情况，南沙区扶贫挂职干部，贵定县委常委、副县长荆茂团推动在杨柳村开展脱贫攻坚"小手拉大手"思想扶贫项目，通过学生带动家长，进而全村参与整治脏乱差。2018年"六一"前夕，400多名学生和家长一起拉开整治脏乱差的序幕。南沙区还提供125万元帮扶资金，大大改善了杨柳村的基础设施。

现在，村口瀑布边的垃圾池变成了花台，村中处处有民族风情画和寨训，户户有"家训"，新建的凉亭和长廊成了村民的休闲场所，茶马古道的古石桥边竖起了"春风扶杨柳，永远跟党走"的村训。

2018年9月，杨柳村的"小手拉大手"项目开始在贵定推广，通过在全县开展"小手拉大手、文明家家有"主题教育活动，实现了"教育一个孩子，带动一个家庭，影响整个社会"的良好效果。

（文／朱清海　齐华伟　莫道庆　舒霞）

文化教育

传播知识传递爱

"你是老师心目中的好学生,如果你能改变一下学习方法,多接触语文知识,你会对语文越来越感兴趣,加油!老师相信成功离你不远!"

2018年1月,在平湖一小,王永芝老师的这堂课与平常有些不同。学期结束,王老师让同学们谈谈自己一学期的收获,并将所有同学分成4组,将每组编号写在黑板上,哪个小组的同学发言一次就可为自己所在的小组获得一次积分,这样的教学方式让同学们迅速活跃起来。

"赏识教育就是尊重学生的生命,就是要善于发现学生身上不同的闪光点,然后给予他们鼓励,这样的话学生就会在情感上面得到满足,心情就会变得愉悦,认知、感觉、价值观方面,就会起到一种积极向上的作用。"王永芝说。

2017年11月,王永芝带着队伍建设、后勤管理、教学管理、教学常规等学习任务,到广州市白云区同和小学进行跟岗学习。赏识教育就是王永芝在广州学习最大的收获,回到平湖一小后,她根据学校实际情况,将这一教学方式在全校推广。

"通过这种以赏识强化学生行为的方式,激发学生的兴趣,这一人性化、人文化的教学理念,让同学们更加积极地参与到课堂教学中。"王永芝说道。

"我非常喜欢这种上课方式,这让我们感到有团队意识。当我们成为最棒的一组的时候,我们会感到非常开心,因为我们的努力得到了认可,这让我们觉得越来越有信心。"平湖一小的学生熊恩贤谈自己的感受。

1个月的学习让王永芝收获颇多,她说,在广州期间学到了先进的教学理念和教学方式方法,回到平湖一小后也及时对全校教师进行了培训。

广州市白云区也选派了领导层教师到平塘挂职交流,张立巍就是其中一员。张立巍从小在贵州长大,对山区有着很深的感触。

"从小就看到贵州贫困山区的现状,吃不饱、穿不暖,更别说接受教育了,所以我心里一直有一个愿望,如果将来我有能力去帮助山区的孩子,我就义不容辞。"张立巍神态十分坚定。

2018年12月,来到平塘县的张立巍并没直接开始教学活动,而是去了解学校的历史、发展现状、管理机制、部门设置、师资力量、教学水平等情况。用她的话来说,只有经过深入了解,才能对症下药,才能更好地做好帮扶工作。

通过参与学校的行政会议、校园安全管理、党风廉政建设等一系列活动,在全面熟悉工作环境、了解学校基本情况之后,张立巍积极地为学校发展建言献策,取得了不错的效果。

在张立巍的推荐协助下,平塘县民族中学开始使用"钉钉"办公软件,提高了学校办公效率,优化了管理程序。之后提出的学校统一班会课时间、统一班主任培训时间、统一学科组备课及教研时间,考试后各相关部门要进行测试成绩深度分析、及时把握教学实情、形成科学性评价等许多很好的建议,均得到学校的采纳运用。

不仅如此,她还针对学校青年教师较多,名教师、学科带头人较少,教育教学水平经验有限的现状,提出要进行青年教师培训,培养名教师、学科带头人需要顶层设计的建议,而张立巍本人也成了"老师的老师"。

"我平时通过随堂听课、进行教学诊断、开展'同课异构',指导民中教师，特别是青年教师的课堂教学。近1年来，已累计听课、评课100余节。在日常教学中，对民中青年教师进行'一对一'或'一对多'帮扶指导，与20多名民中青年教师结成帮扶对子或师徒关系。"

在张立巍的指导下，平塘县民族中学青年教师参加州、县级优质课大赛，并取得较好成绩。例如参加黔南州化学优质课比赛的李光胜和张娜2位老师，均在大赛中获得州级二等奖。

张立巍不仅自己带"学生"，还主动联系广州优秀教师，让民中的老师与他们展开远程教研，让民中的老师学到更多先进的教学理念和教学方法。

"我们既然来到这里，就要给这里打造一支带不走的队伍，那将是我们给这里的教育做出的最大贡献，是给山区孩子最宝贵的财富。"张立巍笑道。

此外，为更好地达到帮扶目的，在帮扶期间，帮扶团队成员积极参加贵州其他地区的教育教学研讨活动，探讨符合贵州实情的行之有效的策略，再结合平塘民族中学的实际，帮助学校破解教育教学中的难题。例如：参加"六校联盟"在石阡中学举办的第四次会议——"聚焦学科核心素养，构建优质高效课堂"，听取了贵阳市清华中学宋文琳副校长的报告"脚踏实地，立足课堂"；参加"广州—黔南教育对口组团帮扶瓮安教育教学现场会"，张立巍还担任了主题班会公开课的评课专家；参加"广州—黔南教育对口组团帮扶荔波二中教育教学现场会"，现场听课、评课，指导任课教师提高课堂效率；参加"荔波二中、广州教育帮扶团、平塘二中两省三地毕业班备考策略研讨会"，为该校毕业班的老师提供复习策略；等等。

在帮扶团队的帮助下，2019年4月，平塘民族中学2名学生参加全国天文奥赛进入决赛；2019年4月，平塘民族中学资助中心被平塘县政府评为"平塘县脱贫攻坚工人先锋号"；2019年8月，平塘民族中学被贵州省教育厅评定为"贵州省高考综合改革样本校";2019年10月,平塘民族中学学生男子足球队参加黔南州2019年中小学校园足球联赛获第四名佳绩。

自2019年4月至2020年5月,在组团帮扶平塘名师的引荐下,平塘县有效利用广州市白云区优质教育资源,开展校长、中层干部及骨干教师一系列培训活动,县级层面培训达5场次1079人次,学校间培训帮带2500人次。通过互派教师交流培训,倡导爱心人士捐资助学近100名贫困学生,出资3000多万元援建学校基础设施建设等,使一批教师迅速成长,部分镇乡教育基础设施得到改善,平塘的教育教学理念和学校精细化管理也得到阶段性提高,为东西部教育的均衡发展打下了坚实基础。

(文／陈庆)

"光荣事业"的接力跑

回首往昔，一张张感人的照片，展示着时光深处教师独有的幸福。

他，是学生心目中的"老顽童"，他们亲切地称他为"光荣兄"。

他就是广州市南沙黄阁中学语文高级教师陈光荣。2019年9月，陈光荣获"全国优秀教师"称号。

岁月染白了他的头发，却改变不了他对教学的热爱。他依旧风趣，依旧年轻。

2018年12月，陈光荣受广州市教育局委派，赴龙里县开展"组团式"教育帮扶工作。他带着广州市先进的教育管理理念、教研教改成功经验，来到龙里挂职支教，挂任龙里县教育局副局长和龙里县第三中学副校长。

年近花甲的陈光荣离开城市的车水马龙，以顽强的毅力、饱满的工作热情，克服年老体弱、生活不习惯等诸多困难，坚持奋战在基层扶贫第一线。培训教师、推广教改成果是陈光荣挂职期间的主要任务。在龙里三中外聘名师讲学活动中，陈光荣做了题为"师生成长，教育之元"的专题讲座，听课教师反响热烈。于是，培训活动升格为全县巡回培训。陈光荣在培训中积极担任主讲，先后在县直管学校、龙山镇、洗马镇和湾滩河镇，呈现了"克服职业倦怠，乐享幸福人生""技术与学科融合，应用促教学提升""生命因教育而精彩""应用信息技术转变学习方式""教育是最美好的相遇""做智慧教师，享幸福人生"等专题讲座。半年时间内，陈光荣共开展校内和县内讲座12场，培训教师2400多人次。

"光荣团队奔走忙，培训交流不停歇。学以致用看今后，共创佳绩乐悠悠。"龙里县的老师们用原汁原味的龙里山歌,表达对"光荣团队"的感激之情。从此,"组团式"教育帮扶好声音响彻龙里山乡。

始于"教育情怀",敬于"光荣使命",忠于"重大责任"。这是支撑陈光荣以及"光荣团队"成员忘我工作的信念。"光荣团队"老师的宿舍门口,挂着"二〇一九,安家贵州"的"光荣之家"门牌。

陈光荣带领团队协调组织龙里县教育局、龙里三中领导以及骨干教师教育交流团赴广州,南沙黄阁中学、榄核中学骨干教师来到龙里县展开教育交流活动,进一步加大了南沙区与龙里县教育交流的力度,加深了两地教育人的友谊。

陈光荣不是唯一为发展龙里教育事业呕心沥血的广州人。

2019年7月,郭子强将结束他在龙里县第一小学为期1年的支教工作。

"人总要在有限的人生里做一些有意义的事情。"郭子强这样跟家人解释自己的想法。妻子知道没有办法说服他改变主意,只好默默地帮他准备行李,独自担起孝顺老人的责任。

来到龙里一小,郭子强才发现龙里县第一小学虽然是县城第一小学,但没有完整的运动场,学校围墙低矮,校园文化空白,还没有形成规划,办公、教学设备缺乏,每个年级科组办公室都只有1台办公电脑……

郭子强积极与当地同事们交流工作、互相学习,很快就和大家打成一片。他还联系了一家广州的企业,为学校进行校园文化规划建设。

如今,走进龙里一小校园就能明显感觉到浓浓的文化气息。校门口有孔子塑像,校园围墙和课室门口有了传统文化标牌,教学楼横梁上有选自《论语》等古籍的名言名句……孩子们在校园里处处都能受到传统文化的熏陶,就如校园文化墙上的"君子义以为质,礼以行之,孙以出之,信以成之"一样,在春风化雨中领略到人生总要做一些有意义的事。

临别之际,热衷文化建设的郭子强还收到老师们的一组赠诗:粤贵相隔万千米,不忘初心赴龙里。他日功成还复去,师生如何舍得你?

一茬接着一茬干,延续前任留下的任务与使命继续干。2020年4月,谌清泉夫妇从广州市南沙区东涌中学来到龙里县第三中学,接过接力棒。同来的还有南沙一中的地理老师罗春香,3人组成了新的帮扶团队。谌清泉一行的到来,没有太多创新,也没有大刀阔斧的教育实践与行动。

谌清泉坚信,教育需要慢功夫。"受援地所需,我们所急。"不折腾、不添乱是他坚持的原则。

一到龙里,他就在思考自己能做什么,杜绝帮扶不成反添乱。

"了解的尽快做,不能做的反映上去,后面的人有条件了继续做。"

授人以鱼,不如授人以渔。2020年5月24日到6月20日,近1个月时间里,谌清泉在4个地方进行了调研。他发现,龙里在教育方面最需要观念的更新,以及师资队伍培训、校长培训。用他的话说:观念不更新,教学方法不改进,就是白用功。

"教育是一个'高危'职业,毕竟现在网课这么多。"谌清泉以为,只有提升教学质量,让课堂有趣、有效、有范,课堂增效了,老师学生才能减负,学校教师才能无可替代。

对待学生,谌清泉也总抱着宽容、亲切的态度。"要在学生生命长河中留下闪光的一瞬。"谌清泉说,学生有一个成长的过程,不能把他们当作成年人看待。学生犯了错,要以平等宽容的姿态,用老师的言行与品格感化教育,以春风化雨、润物无声的方式潜移默化影响他们。

"组团式"帮扶工作开展以来,团队真抓实干,从教师培训、教研教改等方面大力开展帮扶活动。接下来,团队将持续发力,加强与原所在学校及教育局的对接交流力度,借助强大后盾——广州优质资源的力量,开展全方位帮扶,当好"传经送宝人",助推龙里县教育事业健康发展。

(文/袁鹏)

越秀春风染罗甸桃李

越秀区，是广州市古老的中心城区，是广州行政、文化中心，经济发达，商贸繁华，科技实力雄厚，教育资源丰富。

罗甸县，是贵州得天独厚的"天然温室"，著名的水果、蔬菜之乡，罗甸水晶及罗甸奇石闻名全国。但由于河谷深切、交通闭塞、石漠化严重、经济基础薄弱等诸多因素，导致罗甸贫困面积大、贫困程度深、脱贫难度大，被列为新阶段国家扶贫开发重点县。

红水河古有"牂牁江"一称，是珠江流域西江水系的上游干流段，秦汉时期便是联系巴蜀、夜郎与番禺的水上交通要道，《史记·西南夷列传》记载："道西北牂牁江，江广数里，出番禺城下。"

2017年2月，随着《越秀·罗甸东西部扶贫协作和对口帮扶合作框架协议》的签订，越秀区接过帮扶罗甸县的接力棒，怀着强烈的责任感和使命感，带着炽热的情感，继续诉说着粤黔山海情缘的新篇章。

援　　建

2020年仲夏之初，走进罗甸县第五小学，宽敞的操场上，孩子们在奔跑锻炼；崭新的教室里，座椅摆放得整整齐齐；多媒体电子讲台上，老师播放着有趣的教学演示。校园里到处充满着孩童的欢声笑语。

这是一所特殊的学校，753名在校学生中有90%以上来自易地搬迁安置点；这是一所标准的学校，城里的孩子能享受到的优质教育资源，这里一样都不少。

"校区今年正式投入使用,预计能够提供2200个学位,可彻底解决服务片区搬迁群众子女就学问题。"罗甸县第五小学校长田敏介绍,新校区的设施设备更加齐全,学生的活动场地更大,学校的功能更加完善,不仅给孩子们提供了一个优良的成长环境,更丰富了老师们的教学手段,教学质量也得到了极大的提升。

不仅如此,有了充裕的教学场地,罗甸县第五小学还为孩子们开设了第二课堂,舞蹈班、合唱班、朗诵班、手工刺绣班,在丰富课余活动的同时,也解决了家长下班和学生放学中间无人托管的"真空期"。

罗甸县第五小学是越秀区援建的项目之一。越秀区派驻罗甸县政府办公室副主任汤云华了解整个帮扶过程:"越秀区一直立足扶贫先扶智的原则,率先厘清教育这根'线头',从教育上解决贫困根源。"

3年多来,越秀区对罗甸的帮扶既是真情实意,也是"真金白银",累计投入财政帮扶资金2亿元,其中6900万元用于边阳越秀实验小学、罗甸县第五小学、罗甸特殊学校、边阳镇安置点幼儿园、学府家园安置点幼儿园的建设,进一步完善移民扶贫搬迁教育配套基础设施,资金投入占比高达34.5%。每一所援建学校,都是这份山海情缘的见证。

支 教

2020年6月,在罗甸县第一中学"越秀班"的教室内,同学们正在聚精会神地听越秀支教教师李角猛讲课,全力备战高考。受疫情影响,今年高三开学比以往晚了1个月,复学后李角猛的第一件事便是马不停蹄地设计、优化教学方案,帮助同学们把耽误的课程补回来。

李角猛是来自广州市育才中学的优秀高级数学教师,2018年8月,他响应东西部协作教育扶贫的号召,来到罗甸县第一中学开展教育帮扶。任教期间，他亲和友善、风趣幽默，教学亮点多，学习上严格要求，生活上倾情照顾，心理上循循教导。至2018年期末考试，"越秀班"学生成绩突飞猛进，在全校平行班级排名上，班上学生所有科目成绩均名列前茅，年级个人总成绩排名前三名也均出自"越秀班"。

短暂的一年支教时光，让李角猛和同学们结下了深厚情谊。2019年8月，李角猛圆满完成支教任务回到广州。回到广州后的李角猛一直与同学们保持着联系，看到"越秀班"同学们在QQ群里的朴实话语，他心里很是惦念。于是，2019年11月，李角猛再次请命，回到罗甸开展支教工作，与同学们一起奋战高考。

"高三是同学们冲刺的关键时刻，如果再换老师，学生们会有不适应的过程。"李角猛经过反复考虑，还是想继续留在同学们的身边，跟他们一起奋斗，把高三这个学年继续带完，让他们取得更好的成绩。

在罗甸，像李角猛这样的老师还有很多。广州市第十六中学的教师马淑建支教期满后，同样也选择和同学们一起奋战高三。在支教期间，马淑

罗甸县第一中学携手越秀优秀教师共建"越秀班"（韦瑞/摄）

建还撰写了《改进薄弱学校化学实验教学的策略研究》，为罗甸改进薄弱学校的实验教学提供了思路。

从2017年开班至今，越秀区共派出多名优秀教师到罗甸一中、边阳中学开展教学交流活动。

如今，"越秀班"成为穗黔两地教育交流合作的亮点项目，不同文化理念、教学教研方式方法等产生的碰撞、交流与融合，使越秀教育理念、经验与罗甸教育实际相结合、相优化，形成因地制宜、因校制宜的教育合作帮扶方案，彰显了合作办班的魅力。

在"越秀班"的帮扶引领、示范提升、精准教学与深度融合下，罗甸县第一中学在教育教学质量、综合管理、校本教研等方面有了很大的提高，学校团队建设日臻完善，办学品质不断提升，品牌影响力逐步扩大。

培 训

结对帮扶以来，越秀区多次派出广州市何芳名师工作室、李晓玲历史名师工作室、崔昌淑心理名师工作室等名校长、名教师和学科带头人到罗甸进行教育理念和教研学术等领域的交流指导，帮扶领域包括语文、数学、英语、化学等学科教育，以及班主任管理等，积极帮助培养罗甸地区干部教师队伍的骨干力量和领军人物。

2019年以来，越秀区在罗甸组织举办教师专业技术培训班4期共433人次，组织教师交流课堂20余场，举办公开演讲课10余次，听课老师、学生达2000余人次，有力地提升了罗甸教师的理论水平和学生素质。

越秀支教教师不仅兢兢业业、勤勤恳恳、尽心尽力工作，还乐于指导帮扶学校教师，帮助学校教师成长。在越秀区支教教师的指导下，罗甸一中部分教师在省、州、县级教师技能大赛中均有获奖。

不仅如此，从2020年3月2日开始，越秀区还把疫情期间录制和整理的

"空中课堂"所有课程和资源（一至九年级及高中学习专辑共692节），通过"越秀区优质视频资源共享平台"向黔南州罗甸县及长顺县师生全部开放共享。

"中央要求，罗甸所需，越秀所能"，三年春风化雨，倾情相助，千里跨山越海，赓续情缘。越秀区毫无保留地输送资源、传经授典，久久为功，终成就"越教品牌深入人心，罗教水平跨越提升"。

这一次山海相聚，黔穗相依，绘就了一幅壮美河山图；精准施策，谱写了一部麻山脱贫史；同心共筑，编织了一场同步小康梦！

（文／何登成）

樟江河畔的"校长爸爸"

2019年7月，由荔波县委、县政府与广州市白云区委、区政府对接，广州市白云区教育研究院院长、广州大同中学原校长袁闽湘携同妻子熊燕和广州大同中学办公室主任田清福一行3人，"组团式"帮扶荔波县内唯一的普通高中——荔波高级中学。

一年来，袁闽湘一直秉承着"我将无我，无负今日"的工作态度，怀着"捧着一颗心来，不带半根草走"的奉献精神，带着"善待每一位孩子，呵护每一个生命"的工作使命，全心全意用心、用力、用情做好帮扶工作，被学生们称作"校长爸爸"。

下足功夫提升内涵

"人人具有对学校的领导力，人人参与决策。"这是袁闽湘坚持的管理理念。刚到学校，他就要求每位教师针对学校现状反映三个问题、提出三点建议、进行三个反思，借此广泛了解学校的教育教学情况和教师们的思想状况。以问题为导向，运用"三个三"调查法，全面深入地了解学校的基本情况。

"三个三"调查法得到了教师们的积极响应，他们纷纷为学校发展建言献策。不到一星期，校长信箱里和校长手机短信里就存满了教师们给学校提出的发展建议。袁闽湘就此梳理出制约学校发展的"瓶颈"。

据统计，"三个三"调查法共收集到师生建议100条。袁闽湘耐心回复每一位老师，并将收集到的建议汇编成册，一件一件解决，一件一件落实，做到事事有回音、件件有落实。

帮扶团队聚焦学校长远发展，通过调查找准问题后，明确将理念体系构建和制度体系建设作为主要工作目标，将2019年作为学校的"制度建设年"。同时结合实际，提出"12345"工作思路和"管理育人""环境育人""文化育人""活动育人"的育人理念，以治理促发展，落实学校治理"六大工程"；以举措抓落实，推进学校工作"七项举措"；以强化升内涵，做实做细"八个强化"。通过制度体系的构建和完善，把全新的理念融入学校管理，推动学校管理科学化、规范化。

工作开展以来，荔波高级中学的制度建设得到加强，教育教学理念得到更新，教科研工作得到了创新发展。党员干部方向更加明确，课堂教学改革落到实处，教育教学质量得到巩固提升；校园文化氛围浓厚，学生活动丰富，校风学风得到改进；管理进一步规范，理念得到更新；高考备考工作跨越式提升，学校各项工作得到"长远式"发展，师生精神面貌焕然一新。

统筹推进成合力

高考对于每位高三学子来说，都是人生转折点上的一次重要大考。这是一场不容许有一点懈怠和马虎的考试，因为它不仅关系着学子的未来，也承载着父母的期盼。

开展帮扶以来，袁闽湘带领团队把高考备考作为学校的"一号工程"来抓，举全校之力做好备考工作。袁闽湘迅速组织会议，加强顶层设计，深入建设"优生培养工程"，提出"科学备考、精准备考、和谐备考"理念，实施主动"走出去"、诚意"请进来"的师生培养策略。

"袁校长的理念把我们的思路理清楚了，激发了高三师生的斗志，鼓舞了全年级的士气，大家明确了目标，坚定了信心，吹响了冲刺高考的集结号。"荔波高级中学教务处主任李式贵说。

主动"走出去"。借力广州市和白云区教育研究院，精准施策，在优生的试卷讲评、精准分析、心理支持方面为优生提供全方位辅导；让优生到广州、湖南的重点高中跟班学习，成效明显，收获颇丰。

诚意"请进来"。2020年5月27日，学校邀请贵州省教育厅教研院带领九大学科教研员到校指导，使备考工作得到了跨越式提升。同时，学校借助贵州省教育厅定点帮扶和广州市教研院等优势资源，邀请贵州省和广州市知名高考备考专家到校或通过远程指导师生复习备考，并与北京师范大学贵阳附属中学签订"一对一"帮扶协议。

"捧着一颗心来，不带半根草去"

"我是捧着一颗心来，不带半根草去。"这不仅是袁闽湘履行人生使命的信条，更是他发自内心的真挚感情，而这真挚的感情，也将继续在荔波这片热土上温暖着、奉献着。

走进荔波高级中学大门，一条红色的标语格外醒目：善待每一个孩子，呵护每一个生命。

这是袁闽湘校长给学校设计的第一条标语。在贵州支教帮扶的这段时间里，他深刻地感受到，大山里的这些孩子们需要的不仅仅是物质上的扶持，更多的是无微不至的关爱。

上任伊始，袁闽湘就对受国家精准资助的建档立卡户学生特别关注。一次，得知高二理（14）班建档立卡户韦泉同学未到学校已经一星期，他立刻赶往韦泉家中进行家访，了解到韦泉的父母常年在外打工，奶奶病重卧床多年，姐姐又即将上大学，家庭条件比较困难……一系列因素使韦泉产生了辍学去广东打工的想法。

了解情况后，袁闽湘鼓励韦泉把书读下去，学校会尽力帮他解决经济上的困难，鼓励他一定要通过自己的努力去改变命运。最后，他把自己的电话号码写在纸上留给了韦泉。在他的关心鼓励下，韦泉第二天便返回学校上课了。

培养一个孩子，振兴一个家庭。看到孩子们开心的笑容，袁闽湘说："坚持'绝不能让一个孩子因贫困辍学'思路，从精准资助、心理健康、倾情关怀等方面全方位关爱贫困家庭孩子。"

袁闽湘还利用学生服务中心，对建档立卡的贫困学子进行全面摸排，做到精准资助，资助育人，精准扶贫不漏一人；开通"心理健康热线"，为贫困学子提供心理支持；组织各类家访及关怀活动，做到爱心到家、关怀到位。对于个别特别贫困家庭的学子，他采取个人资助的方式，切实将东西部扶贫协作"爱心工程"融入每一位贫困学子的心中。

和煦春风轻拂面，朝日微光洒满园。在学校的运动场上，学生跑操的队列中总会出现一个熟悉的身影，那是袁闽湘在与学生一起跑步，相互交流，谈论学习情况。

"陪伴学生跑步、做操，这是我在广州就一直坚持的习惯。"袁闽湘沉稳的脸上总是挂着慈祥的笑容。"陪伴"，这是一个多么有温度的词语。

为了更好地了解学生们的备考需要，以及与全校师生有良好的互动交流，袁闽湘还将他的联系方式向全校师生公布。

"袁校长，我们向您致敬！"

"学校因您的到来而充满希望，我们学习也更加充满动力。"

"在课间，您是我们的好朋友，陪我们打球、聊天，陪我们度过了最美好的时光。"

……

这些是学生和老师发给袁闽湘的短信里最常出现的话。经过沟通交流，学生们更愿意把自己的学习进展与老师分享，师生关系更加和谐。

"我将无我，无负今日"，这是袁闽湘来到荔波高级中学后在第一次教工大会上说的第一句话。在教育帮扶的这段时间里，他忘却了自己的生日，却记挂着黔粤两地学子的学习；他忘却了多病的身体，却牵挂教师、学子的身心；他忘却了自己，却永远没有忘记肩上承担的责任。他用一颗初心，践行着"无负今日"的光荣使命；他用一腔赤诚，照亮了黔粤山海也挡不住的浓浓真情，为脱贫攻坚全面小康做出了教育工作者应有的贡献。

（文／张云开）

医疗卫生

不创"二甲"誓不还

2020年6月19日,龙里妇幼保健院大厅里的工作人员如往常一样繁忙。

"各位准妈妈,有什么建议,或者喜欢在哪个时段来听讲座,都可以写下来,我们好改进工作。"一件白大褂套在她瘦弱的身躯上,要不是亲眼所见,你很难把她和救死扶伤的医生、东西部协作南沙区帮扶龙里妇幼保健院挂职副院长联系在一起。

别看她身躯不高大,能量却巨大。加上和蔼可亲的性格,她和医院的医生、病人打成一片,深得大家的认可。

她是李梅,广州市南沙区第一人民医院主任护师、创建办主任。伴随着东西部协作广州对口帮扶黔南的东风,2019年7月3日,李梅来到龙里县妇幼保健院挂职任副院长,主抓创建二甲妇幼保健医院工作。

时光飞逝,日月如梭。2017年—2020年,近3年时间里,按照"龙里所需、南沙所能",南沙区一批批帮扶医务人员前赴后继来到龙里,与龙里结下了深厚的友谊。

2017年9月13日,广州南沙卫计局签署《援黔医疗卫生县妇幼保健院对口帮扶协议》,南沙东涌医院与龙里妇幼保健院形成结对子帮扶医院。南沙东涌医院通过学术交流、技术帮扶、资金帮扶和人才帮扶等方式"牵手"龙里妇幼保健院,较快提升了妇幼保健院的服务能力。

"我自愿加入抗'新冠肺炎'的大军,随时听候医院的调遣,服从医院的安排……"2020年初疫情来袭，在龙里县妇幼保健院医护人员递交的一份"请战书"上，南沙区派驻支援该院的医疗专家李梅、王桂兴、陈丽珍的名字赫然在列。

"在家待不住了，这个节骨眼上应该和大家一起奋战才对。"疫情来得突然，原本打算在新疆好好陪伴八旬老父的李梅，提前结束了自己的春节假期。2月2日，她从新疆老家出发，其间为配合防疫检查管理，她辗转拿到一份医务人员的特别通行证明，经过重重困难，历时一个星期最终得以返回黔南龙里，并立即投入一线防疫工作中。

在医疗资源相对匮乏、群众防疫意识比较薄弱的山区村镇，一旦出现遗漏病例，可能会造成严重后果。疫情出现后，龙里妇幼保健院预检分诊的流程早已启动，来诊患者需要先在医院门口测量体温，发热病人将被分诊到发热门诊。从宣传科学防疫知识到加强体温监测，一时间，该院的医疗工作压力骤增。

作为龙里县妇幼保健院的挂职副院长，李梅的重点工作之一是协助完善预检分诊处、发热门诊等重点科室的管理，规范疫情防控相关制度、流程及应急预案。"规范工作就是为了更好地应急。"她丝毫不敢掉以轻心。

同样选择提前"归队"的，还有南沙援黔医疗专家、龙里县妇幼保健院挂职妇产科主任王桂兴。协助在县内交通要塞的检测点监测群众健康状况是龙里县妇幼保健院的一项防疫任务，在元宵节这一天，王桂兴主动请求和志愿者一同参与龙里北站检测点值守。

从2019年10月8日来到黔南，王桂兴始终忙碌在临床一线，从专家门诊、住院病区查房到疑难病例讨论，都能见到她的身影。

2020年6月19日，从上午八点半开始，王桂兴在妇产科门诊一坐诊就是2个小时，许多在贵阳等地看过病的病人慕名而来。

"关键要和病人聊天，了解清楚病灶才好对症下药。"王桂兴说。她有时候一坐诊就是一整天，连吃中午饭的时间都没有。就在2天前，一名多年不孕四方求医的患者送来一面锦旗，却也难表内心的激动与感谢。

"很多病人都有我微信，经常在上面问我问题。"面对病人们的热情与"打扰"，王桂兴总是认真对待，给予她们关爱与鼓励。

针对龙里妇幼保健院管理架构不完备、医疗技术和经验欠缺、院科两级之间职能科室缺失、管理体制机制不够完善等问题，南沙区在提供技术支持的同时，还积极帮助完善管理机制。

3年时间里，南沙区共派出6批医疗队员来到龙里县妇幼保健院开展帮扶工作，通过"组团式"帮扶模式，以1名副院长加2名专业技术人员的"管理+技术"模式，实现"输血"与"造血"无缝对接。

南沙区先后共派驻8名专家到龙里长期挂职帮扶，组织50余人以讲座、带教查房、手术示教等方式开展短期帮扶；龙里县妇幼保健院也先后派出5名专业技术人员前往广州妇儿中心、中山医科大学第一附属医院和东涌医院进修学习。

龙里县妇幼保健院面临创建二级甲等妇幼保健院，提升医务质量与保障医疗安全，搭建儿科、新生儿科住院部和新建放射科四大重点工作，设施设备急需配套。鉴于此，南沙区卫计局出资300万元帮助购置医疗设备，2018年新购DRX光机、救护车、阴道镜、医用臭氧冲洗治疗仪和康复设备已逐步投入使用。

抓好龙里县妇幼保健院四大重点工作，关键是搭建院、科两级之间的职能科室。为此，南沙区挂职技术人员充分发挥各自经验和技术专长，积极帮助龙里县妇幼保健院规范产检中心、儿科门诊、检验科、影像科等专科建设，新开展了儿科住院业务、妇科病专家门诊、乳腺超声影像诊断技术和放射诊疗技术，切实满足患者看病需求。

为使帮扶工作形成长效，南沙区挂职干部将南沙卫生系统成熟先进的管理理念和经验"拷贝"到龙里，积极协助龙里县妇幼保健院组建"质量与安全管理委员会""护理质量管理委员会""医院感染管理委员会""药事管理委员会""病案管理委员会"等九大管理委员会，新成立了医务科，逐步开展院级质控工作，切实发挥职能科室在提升医疗质量与保证医疗安全等方面的作用，并于2018年11月15日正式启动创建二级甲等妇幼保健院工作。

通过1年多来的"牵手"，龙里县妇幼保健院门诊人次、出院人次、手术例次、分娩量等大幅提升，年门诊人次从2017年的30010人次增加至2019年的64752人次，2019年与2017年相比翻了一番。

"本来7月份就到期了，整个团队都申请留到年底，帮助医院完成创甲工作。"挂职副院长李梅说，2019年7月3日来到龙里县妇幼保健医院，她们把这里当成工作阵地，创建二甲医院工作不通过，她们的任务就没有完成，不会离开。

（文／袁鹏）

医者仁心的温度

"您翻过身来我看一看……我按的这里痛吗?"

"不痛。"

"这里呢?"

"哎哟,有点痛。"

来自广州市南沙区东涌医院的骨科主任、贵定县人民医院挂职副院长何轶健,带着贵定县人民医院的骨科医师们在县医院骨科病房内查房。

该名患者因右侧腰臀疼痛住院。结合患者当前病史、体格检查和影像资料,何轶健初步诊断该患者为腰椎间盘突出症、老年性骨质疏松并陈旧性胸腰椎骨折、原发性高血压等。

在对病人进行一番详细检查和询问后,何轶健与县人民医院的医师们商讨起来。

"这位患者现在主要先予系统的药物治疗。下一步,我们要对患者进行进一步的检查,排除其他的疾患。"何轶健拿着该患者的医学影像图,与县人民医院医师深入地交换意见,"经过一段时间治疗后,如果患者病情不见好转,必要时就要进行手术。"

制定好该名患者的诊疗方案和用药情况后,骨科医师们又接着转到下一张病床前察看病人……

何轶健是南沙区选派到贵定县人民医院开展医疗卫生帮扶工作的医疗骨干。2020年1月,根据广州市卫健委关于开展"组团式"帮扶工作相关要求,南沙区派出新一批挂职帮扶人员到黔南州贵定县、惠水县、龙里县继续开展南沙区医疗帮扶工作，何轶健便是其中一员，他被派驻到贵定县人民医院挂职副院长，开始为期1年的医疗卫生帮扶工作。

自2017年以来，南沙区医疗帮扶组已在贵定县逐步形成了基层战斗堡垒作用。通过在"医院管理、医疗质量安全管理、学科建设、技术引进、人才培养"等方面开展多元化的帮扶工作，贵定县人民医院的医疗质量、安全管理理念也得到更新，各项规章制度、服务流程得到完善。

在近3年的对口帮扶下，医疗帮扶组利用南沙先进的现代医院管理理念和方法，帮助贵定县人民医院建立健全了《贵定县人民医院十八医疗核心制度管理汇编》《贵定县人民医院远程医疗服务实施方案》等制度体系，为县人民医院的运行和优化各项服务流程打下坚实基础。

在负责医院管理的同时，帮扶组结合自身专业优势，参与消化内科的科室管理，每周1~2次到科室指导科室运行、医疗质量安全、继续教育、学科发展计划等，并参与拓展消化内镜业务。

来自南沙区第一人民医院的麻醉科主任施如光，在1年的帮扶期满之后，又主动申请延长半年的帮扶期。

在帮扶期间，施如光积极主动参与贵定县人民医院麻醉科的科室管理，把南沙先进的管理方法融入贵定县人民医院麻醉科的科室管理当中，使得该科室的管理水平明显提升。同时，施如光还引进了6项麻醉新技术，并培养了1名技术骨干。

"自从施如光老师到县人民医院开展帮扶后，我们麻醉科的学习氛围在增强，大家通过集体讨论也不断提高了业务技术水平，凝聚起了团队意识。"贵定县人民医院麻醉科医师皮成俊心中怀着一份感激之情，"施老师的指导，也让我们更加体会到，为患者进行治疗，不仅仅是为患者治病，也要去关心他们的心理和医疗费用等等方面，真正践行以人为本、为民服务的思想理念。"

"这里的人很淳朴，同事们也好学、爱钻研。到基层工作，不仅是对我的一种锻炼,也让我感受到了国家政策的落实见效。"施如光在一年半的帮扶中,看到县域百姓的医疗条件逐步改善,心中也描绘起一个愿景,"我们就像一家人,在相互磨合交流中,建立完善了规范的管理和医疗制度。如今,各村寨都通了硬化路,群众的精神面貌也焕然一新,更多的百姓将实现就近就医。"

在完善管理制度的同时,帮扶组还不断推动学科建设,通过引进新技术、培养人才等保障医疗工作持续性发展,真正做到"人走了,技术要留下"的诺言。

脑卒中(又称"中风""脑血管意外")是贵定县域内的常见病、多发病。多种客观原因造成脑出血病人比较多,而贵定县人民医院长期以来没有神经外科专科,此类病人除每年有几例请外院专家到本院实施手术外,基本都是转到100公里外的医院救治。

2019年1月,广州市南沙区组织第4批医疗对口帮扶团队来到贵定县人民医院,这其中,就有来自南沙区中医院的神经外科主治医师——白金喜。

白金喜医生到来后,经过人员的选定和培养、医疗器材的配备和改进、手术技术的引进、专科知识的授课、现场手术带教等一系列的工作,使得贵定县人民医院神经外科"从无到有"。

到2020年,白金喜医生为贵定县人民医院引进了11项新技术、新项目,开展手术145例,其中颅脑微创手术59例,弥补了贵定县神经外科手术的空白,建立了真正意义上的神经外科专科,颅脑外科手术也基本达到不出县便可救治的水平。

为发挥"传、帮、带"作用,白金喜还手把手地带出一名神经外科专科医生。

"白金喜医生来到县人民医院后,几乎每天都在科室里,和我们同吃同住、同讨论同手术。就连小手术他也会亲自上阵,给我们教导技术知识。"得益于白金喜医生的长期带教，贵定县人民医院神经外科医师展辉辉如今已经可以独立进行基本的颅脑手术，"跟着白医生一起学习，让我对行医有了更加严谨的态度，也深化了我的诊疗思想，让我明白看病不只是救治，还要经常对患者电话回访，了解康复情况。"

过去2年多的时间内，帮扶组还带教5名医务管理人员，每月组织人员到一线科室进行医疗质量指导、督导，组织全院PDCA质量巡查14次，参与人事、绩效、固定资产管理等工作；自2019年8月起，通过参与贵定县医疗集团的建设工作，贵定县中医院也顺利通过了二级甲等医院复审。

为实现医疗帮扶全覆盖，帮扶组利用休息时间到全县19个卫生院和2个社区卫生服务中心现场调研、指导等；3次邀请中山大学附属医院的40名教授组团到贵定县人民医院进行义诊、学科建设帮扶，并推动耳鼻喉科、治未病科、消化内科先后与中山大学附属医院建立帮扶关系。与此同时，在帮扶组参与下，贵定县人民医院完成了胸痛中心的认证，成为贵州省能对急性心肌梗死患者进行急诊支架手术的两家基层医院之一，使得县域内心肌梗死患者死亡率直线下降；在中医科业务上，引进近10项中医治疗新技术，治疗手段明显增多，为科室直接创造超100万元的经济效益，特别是针灸技术的应用，得到了当地领导、群众的赞誉。

"通过近3年的东西部医疗卫生对口帮扶，现在，贵定县人民医院已基本形成了管理、技术、人才等医疗建设体系。"何轶健表示，接下来，希望把东部地区的医院管理理念与当地生产生活进行融合，取长补短，完善相关医疗措施，帮助贵定县打造出可持续发展的医疗服务体系和专科人才梯队，整体提升当地医疗卫生保障水平，以满足当地人民群众的健康需求。

（文／虞思滔）

让大医院的服务"进"山

自2017年对口帮扶贵州省黔南州平塘县以来,秉承"平塘所需,白云所能"的帮扶理念,广州市白云区以组团攻坚模式,大力推进卫生医疗帮扶工作,帮助提升平塘县医疗救治水平,并引入白云模式,创建国字招牌,填补技术空白,开设医疗专科,架设交流平台,取得了一系列硕果,实现健康扶贫。

"不能吃辣的啊!"

"啊,不能吃甜的,不能吃辣的。"

"对对,辣的先别吃,记得不要让他吃了。"

在平塘县大塘镇卫生院里,黄思铭医生正耐心地为群众检查身体、询

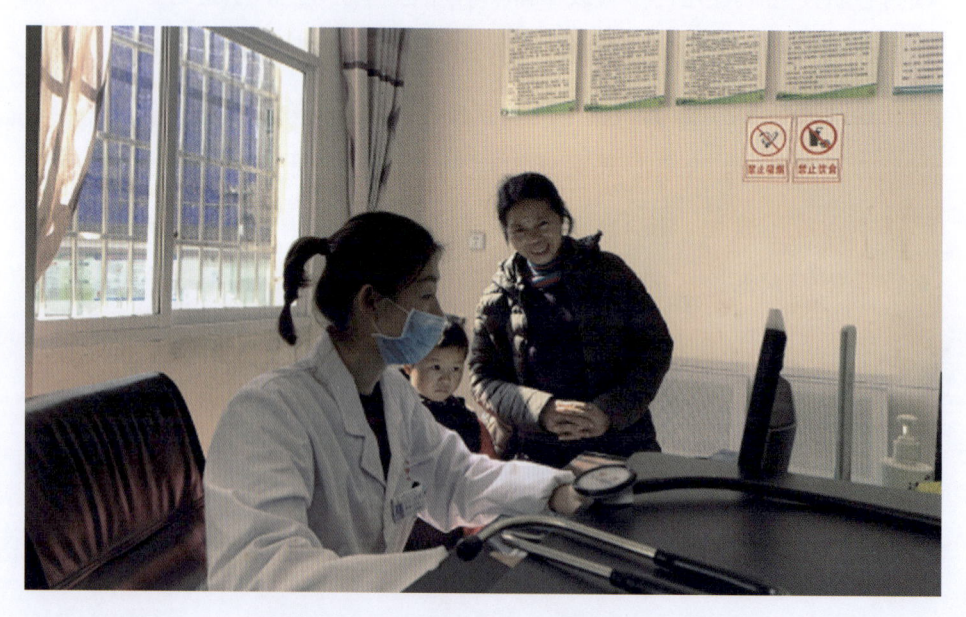

黄思铭医生在门诊窗口给病人看病(陈庆/摄)

问病情。

黄思铭是东西部扶贫协作医疗扶贫队的一员，她来自广州白云区石门街社区卫生服务中心，有着多年的门诊诊断经验。2019年9月，她响应号召来到极贫乡镇大塘镇中心卫生院支援，主要负责全科，守护群众看病就医的第一道门槛。

"我们能够给病人确诊、用对药，那绝对是第一道防线。在第一道防线上，我们就能将他治好了。不行的话再去上级医院就诊。没有病就做好防病，有病也好得到及时的治疗。"黄思铭说道。

大塘镇中心卫生院院长陈仕军说起白云区医疗专家对他们的帮扶，非常激动："他们到我们医院来，首先做的是看我们的药房、药品。我们提出了需要增加的药品，他们也及时地把药品补充了。他们还帮助我们规范诊疗、规范教学查房，还有一个就是培训我们本院的医务人员。"

与黄思铭一起来的还有广州白云区第三人民医院内科医生周巨彬，他在大塘镇中心卫生院挂职副院长，在日常工作中除了开展重点学科建设、手术示教、教学查房、业务培训、临床排班等一系列对口帮扶工作外，还带着"专家团"，走村入户、送医上门。

公峨村75岁群众王荣芬以前要是身体不舒服就扛着，现在就医比较方便了，"我头昏得很，就来检查一下。头昏输点液，腰杆痛又扎针又输液，感觉好多了。"

依托东西部扶贫协作机遇，大塘镇中心卫生院医疗设备和技术水平有了很大提升，"专家团"来到家门口，让当地群众享受到了"高档"医疗服务，助力脱贫攻坚。

村民吴维清有切身体会："以前我们有什么大病，都要到省医或者北京、上海检查治疗；现在，专家都到我们镇上来了，治疗、服务很好的。"

从2018年9月开始，广州白云区进一步加大卫生技术人员互派力度，实施"组团式"帮扶活动以及进行医疗帮扶全覆盖，白云区医疗帮扶专家通过业务培训、学术讲座、教学查房、巡诊义诊等帮扶形式对平塘县19家乡镇卫生院进行结对帮扶全覆盖，从而提升基层医疗服务能力。

广州市白云区对口帮扶平塘县工作队利用技术优势，发挥桥梁纽带作用，邀请了广东省中医药学会儿科专委会主任委员许尤佳教授，中山大学孙逸仙纪念医院方建培教授、檀卫平教授，广东省中医院杨京华教授、黄腾副教授、胡彬文博士，广东省广州市白云区中医医院张小林主任，以及贵州中医药大学第二附属医院彭玉教授、陈竹教授，贵阳市妇幼保健院靳蓉教授等，就儿科中西医诊治新进展做了专题授课，与贵州省、黔南州、平塘县各医疗机构儿科、中医科、儿童保健科近500名医务人员分享了多年来的临床救治经验，并就当地医务工作者在日常工作中遇到的疑难问题答疑解惑。

广州市白云区帮扶团队还建立远程交流平台，由白云区医疗专家坐诊，白云区妇幼保健院提供技能培训、专家义诊、远程会诊等多种形式的长期技术支持，让偏远山区的孕产妇能享受到和大都市里一样的保健服务。

在广州市白云区团队的帮扶下，现已培养出一支专业服务医疗队伍，将为平塘县人民健康提供更加科学的指导，为他们的身心安康保驾护航。

（文／陈庆）

新生儿的"守护神"

2019年11月19日，相比较广州的冬天，贵州要寒冷许多。虽然来到瓮安县人民医院进行帮扶工作已经快1个月了，但李浩彬还是适应不了这儿的天气。

"克服寒冷可是一节必修课啊！"在屋内却依然瑟瑟发抖的李浩彬不禁莞尔一笑，随即又低下头继续写着次日培训的教学课件。突然，一阵手机铃响让他的笔锋顿了一下……

"李老师，抢救室有个儿童心跳呼吸生命特征非常微弱，您在哪儿？"瓮安县人民医院儿科丁主任急切的声音从手机中传来！丁主任毕业后可以留在黔南州首府，但仍毅然决然地选择回到瓮安，为县人民医院的儿科奉献了30余年青春，是李浩彬非常敬佩的一位长者。在这之前，他从没有看到她如此紧张。

"马上到！"了解到情况紧急，李浩彬电话还没挂就往儿科住院部冲去。

不到4分钟，李浩彬就看到儿科病房外围满了家属和群众。

"怎么回事？"看着正在做胸外按压的何医生和熊护士，李浩彬询问道。

"一个颅脑外伤的小孩，来的时候呼吸心跳都没了！我们正在给她做心肺复苏！"丁主任一边继续抢救，一边对李浩彬说道。

"多大的小孩？体重多少？"李浩彬开始检查瞳孔。

"2岁！22斤！"一个家属回答道。

看着瞳孔一大一小左右不对等，对光反射消失，李浩彬初步判断这是颅内出血和脑疝，中枢性的心跳呼吸骤停。

"用了一次肾上腺素！复苏有两三分钟了！"一旁的何医生说着。

"准备气管插管！甘露醇110ml推！500ml生理盐水，1400ml每小时的速度扩！"李浩彬对护士说道。

血氧有了！45！李浩彬接过复苏囊，打开患儿的口腔，重新调整面罩。血氧70！

"抽血查血气、血糖、电解质、生化、血常规、血型、凝血功能！"李浩彬继续对护士下着指令。

"停止按压，听心率！维K 5mg肌注！"

血氧90！心率110！呼吸不稳，有脑脊液和血水从鼻腔涌出！患儿开始抽搐！

"安定4mg推，5ml冲管！准备气管插管！吸引鼻腔口腔，注意保护颈椎！准备呼吸机，把管道接好！护士请继续维持通道……"李浩彬一道道指令发出，瓮安县人民医院的儿科团队此刻都高效地运作了起来。

经历了3次脱水、2次镇静、1次扩容、1次纠酸，连接上呼吸机，患儿的血氧、血压、心率、血糖、外周灌注逐渐稳定，瞳孔有了反应，咳嗽反射也开始出现了。患儿有了生命迹象后，成功转送至120公里外的贵州医科大学附属医院。

家属的情绪从绝望到感激。李浩彬从家属感激的目光中感受到那份对医学的尊重和对他们的信任，他身边的同事显得尤为兴奋和激动。虽然李浩彬知道，复苏成功只是代表着孩子有继续治疗的可能，但医生的意义就在于给人以生之希望，全力以赴救死扶伤是他们的责任和义务。他们这些从千里之外跨山过海而来的人，不就是为了这一个目的吗？

2019年10月8日，秋风送爽，李浩彬离开工作多年的广州市海珠区妇幼保健院，踏上了履行内心那份责任的道路，来到贵州省黔南州瓮安县人民医院挂职任副院长，开展医疗卫生健康帮扶工作。

在瓮安县人民医院，李浩彬充分运用自己儿科主治医生的专业知识技能，以丰富的临床经验、扎实的专业知识对瓮安县人民医院进行对口技术帮扶，积极发挥"传、帮、带"的作用，给医院儿科及新生儿救治中心带来了全新的医疗技术和管理理念。

秋去春来，又一转眼，李浩彬到瓮安也已经大半年了。其间虽然因母亲脑膜瘤复发动手术，为了照料母亲回过广州一次，但也在母亲手术成功后还没出院，又急匆匆赶回了瓮安。

"我必须对得起这份信任，担负起这份责任！技术扶贫的工作不能因为个人的原因被耽搁！"信念，是在一切道路上越行越远的支撑。

这大半年里，李浩彬对帮扶科室的日常运作与管理、软硬件支持、制度建设、能力提升、技能培训等工作做到悉心指导及支持，使瓮安县人民医院儿科医务人员的专业水平、专业技能、服务水平得到快速整体提高，积累到丰富的临床经验，深受当地群众的好评。在他的帮助下，医院实现了新生儿科与产科之间的无缝对接，医院危重新生儿患儿的救治水平得到进一步提高，有效降低了新生儿死亡率及新生儿转诊率。

新生儿重症是李浩彬擅长的领域。这半年时间，中心救治了大量既往无法攻克的脓毒性休克、难治性休克、肺动脉高压、肺出血、新生儿重度窒息、重度缺氧性脑病、极低出生体重儿、三级肺透明膜病、败血症及呼吸循环衰竭病例。

不仅如此，李浩彬还对儿科及新生儿救治中心的抗生素使用率进行管理。为了规范抗生素的使用，他倾注了极大的心血。在医院领导的指导和儿科医护以及临床药学等部门的协助下，2020年3月，儿科（新生儿）的抗生素使用率降到了48.6%，4月份降到31.54%。儿科的平均住院日从5.8天减少到4.0天，人均药费金额从709元/人直降到289元/人，人均节省医疗开支近500元。

志合者，不以山海为远。李浩彬的事迹，更是东西部协作成效的一个体现。

2016年，广州市海珠区卫生和计划生育局与瓮安县卫生和计划生育局建立了对口帮扶关系，并签订了5年帮扶协议。截至2019年底，海珠区中医医院、海珠区妇幼保健院、海珠区口腔医院和区属14家社区卫生服务中心都分别与瓮安县人民医院、瓮安县妇幼保健院、瓮安县中医院及24家乡镇卫生院（街道社区卫生服务中心）达成"一对一"结对帮扶关系并签订帮扶协议。

4年时间如白驹过隙，对口帮扶成效已显。瓮安县人民医院中医科的业务水平得以提升，填补了该院在糖尿病患者教育、新型药物的使用、妊娠合并甲状腺疾病诊治等方面的空白，促使医院内分泌疾病的诊治水平取得长足进步。海珠区中医医院的帮扶医疗团队还多次参加"千医下基层"义诊，把医疗工作推进到基层农村，切实帮助贫困群众解决健康问题。

截至2019年底，两地对口帮扶医疗机构双方对接沟通互访26次，海珠区派出到瓮安挂职交流帮扶人员65人次，派出帮扶1个月以内的人数51人，派出帮扶1—12个月的人数14人，开展各种培训工作培训医务人员2100余人次，现场工作指导179人次，教学查房494人次，手术示教8次，学科建设和新技术开发各1次，参与义诊服务医生31人次，接收34人次到广州市海珠区属医疗机构和广州市三甲医院进修学习。

现在，瓮安建立健全了医疗卫生人员的挂职交流锻炼制度，利用海珠区人力资源富集和技术水平领先的优势，补足瓮安医疗领域存在的技术、人才和理念短板。

（文／卢泰铭　顾桥）

组团构筑"生命防线"

2019年5月10日,"中国基层胸痛中心(贵州平塘)"在贵州平塘县人民医院正式挂牌。对于33万平塘人民来说,中心的挂牌意味着看病难的日子逐渐远去。对于广州市白云区扶贫"追梦人"来说,这是他们通过坚守和努力收获的硕果。

作为贵州省黔南州2019年全国首批通过认证的基层胸痛中心,平塘胸痛中心的成功创建,成为白云区甚至整个广州市在对口帮扶贫困地区"组团攻坚"中的典范,同时也为平塘人筑牢了一道强有力的健康"生命线"。

挂职干部两次延长帮扶期

"平塘胸痛中心是黔南州第3家通过认证的,也是贵州省第24家挂牌的中国基层胸痛中心。"平塘县人民医院院长谢勇说。此前,由于对胸痛不够重视,且专业技术不足,医院在胸痛中心建设上一直存在空白。"胸痛患者的诊治越早越好,最好是在半小时内确诊并加以救治。"

说到从无到有的胸痛中心,不得不提起一个人,那就是白云区第二人民医院医务科科长马韧凯。2017年,马韧凯被选派到平塘县人民医院挂职任副院长。2018年5月11日,在他的积极推动下,医院全面启动创建胸痛中心。有了胸痛中心,患者可在第一时间确诊,通过医院开辟的绿色通道得到及时的、专业的治疗。

本来，马韧凯在平塘挂职为期1年，为了胸痛中心运作顺利和如期进入认证阶段，他主动向领导提出申请延期到2018年底。之后，为帮助该中心通过认证，他又一次延长了自己的挂职时间，"好事做好，善始善终"。其间，白云区先后派遣多位胸痛中心骨干力量到平塘进行专科帮扶。2019年4月11日，平塘胸痛中心一次性通过中国胸痛中心国家认证委员会认证。

"填补一个空白，打造一个品牌，培育一支队伍，留下一种精神。"据统计，2018年5月至2019年5月，该胸痛中心共收治胸痛病例1075例，溶栓成功率接近100%，急性心肌梗死、主动脉夹层、肺动脉栓塞三大类急症抢救成功率接近99%。胸痛中心不仅减少了因心梗引起的死亡率和致残率，也大大提高了群众就医的满意度和幸福感。

效果就要"立竿见影"

自广州白云对口帮扶贵州平塘以来，白云区聚焦特色产业发展、教育、卫生等重点领域实施"组团式"精准帮扶。2017年8月，两地签订《广东省广州市白云区、贵州省黔南州平塘县卫生计生系统携手共建备忘录》，从人才交流培训、学科建设、健康产业等方面，助推平塘县健康事业发展。

白云区先后选派了区第二人民医院等4家三级医院11名专家常驻平塘县人民医院、县妇幼保健院，进行医院胸痛中心重点学科建设、新生儿科建设、医院内部管理等。平塘县也选派了11名医务人员到南方医科大学南方医院、白云区第二人民医院、白云区妇幼保健院等进修学习。

在平塘县妇幼保健院，来自白云区中医医院、妇幼保健院、石井人民医院的张小林、邹缄、周霞等医疗骨干人才，不仅成为儿科、妇科、产科的中流砥柱，而且在最短时间内实现了"立竿见影"的成效。

"儿科有4名医生，其中2人临近退休，还有2人是刚毕业的新人，人才'青黄不接'。"2018年底到平塘县妇幼保健院挂职任副院长的张小林说。此前这里的儿科连病房都没有，妇科仅有5张床位，使用率还不高。现在，原用于行政办公的4楼已改为儿科病房及儿童保健科，5楼也将作为新的产科病房。在专家人才的带动和指导下，医护人员的技术水平不断提升，一些以前需要转院治疗的病人，现在在该医院也可以得到救治，病人的负担得以减轻。

"基础薄弱是贫困地区存在的典型问题。"黔南州委副秘书长、广东省第一扶贫协作工作组黔南组组长黎建明表示，"组团攻坚"是白云区在黔南州实施精准帮扶的一个亮点，"胸痛中心就是组团帮扶的一个典范，它给地方留下了一支带不走的医疗队伍。"

平塘县全县2800多平方公里，约33万人口。截至2019年5月，白云区帮扶平塘县投入资金达到1.2亿元。到2018年底，全县贫困发生率已从2014年的32%下降到4.33%。2019年，贫困发生率下降至1.35%。2020年3月，贵州省人民政府公示平塘县退出贫困县序列，平塘终于历史性地摘掉了贫困县的帽子，彻底撕掉了绝对贫困的标签。

困难难阻前行路

周霞，一位3岁小孩的母亲，广州市白云区石井人民医院妇产科主治医师，2019年2月，按照省市统一部署，她主动申请赴黔南州平塘县开展东西部扶贫协作工作，挂任平塘县妇幼保健院产科主任。同年，周霞被广州市白云区卫健局授予"优秀医生"光荣称号。挂职以来，周霞共收到病人感谢锦旗13面、感谢信1封。

既往，平塘县妇幼保健院产科以管理低危孕产妇（绿色）的产检及分娩为主要业务，每天维持数个住院病人，2018年全年剖宫产量只有24台。

周霞来后，每周开展1次教学查房、每周组织科室人员进行1次业务学习培训，每月组织进行1次产科危急重症团队演练，如新生儿窒息复苏、产后出血、重症孕产妇的急救等；规范门诊及住院病历书写，并陆续开展各种危重症产妇的诊治工作，如胎盘早剥、重度子痫前期、妊娠期糖尿病、高龄孕产妇、疤痕子宫、妊娠期肝内胆汁淤积症、妊娠合并中度贫血、羊水过少等，病人满意度得到明显提高。

平塘县妇幼保健院产科人才"青黄不接"，组团帮扶以来，周霞不仅要日常坐诊、查房，进行救治手术，还要开展教学培训，加强临床科室业务知识指导及培训。截至2020年1月底，周霞组织开展了剖宫产手术100余台，抢救重症患者7例。

2019年3月起，周霞在平塘县第三中学、平塘县中等职业学校、平塘县民族中学等多所学校，对近3000名青少年开展了以"关爱成长，呵护花季"为主题的青春期性教育专题讲座，让健康知识走进校园，让女同学认识到青春期心理、生理上的变化。更为重要的是教导女同学增强隐私意识，规避和预防性侵害，养成良好生活习惯，杜绝不正常交往。

2019年5月15日凌晨，周霞组织实施了平塘县首例初产妇镇痛分娩，整个产程进展顺利，未出现产程延长、产后出血、新生儿窒息等一系列风险。此次镇痛分娩技术的成功开展，不仅填补了平塘县妇幼保健院在该领域的技术空白，也标志着该院医疗技术又迈上了一个新的台阶。

2019年7月9日，平塘县孕产妇陈兴凤因被诊断为"妊娠期糖尿病、妊娠期高血压"入院，病情较重，需提前终止妊娠，但孕妇宫颈不成熟，引产失败率高。周霞因地制宜采取双腔导尿管促进宫颈成熟然后引产，确保了孕妇及胎儿的生命安全，同时也避免了剖宫产手术，更减轻了病人的经济负担。此项技术再次打破该县在医疗技术上的又一个空白。

2019年8月，由周霞主导并全程负责，在平塘妇幼保健院成功开设了黔南州唯一的县级孕期营养专科门诊，针对高危孕妇进行有针对性的饮食指导及体重管理，有效预防和降低妊娠期高血压、糖尿病等疾病的发生。截至2020年初，已有90多名高危孕妇接受了孕期个体化营养指导及体重管理，血糖控制良好，避免了胰岛素治疗，其中20多名孕妇已顺利分娩，妊娠结局良好。孕期营养门诊规范化建设的实施，提高了孕产期保健服务质量，降低了巨大儿发生率、低出生体重发生率、出生缺陷发生率、剖宫产率、孕产妇及围产儿死亡率，同时有效利用医疗资源，降低患者的医疗费用。

（文／朱清海）

人物事迹

匀山剑水中验证初心

他，是一名革命烈士的后代；

他，是一名有着24年军旅生涯的老兵；

他，是一名投身贵州脱贫攻坚主战场的坚强战士。

他勇挑重担、主动作为、扎实工作、无私奉献，对都匀的脱贫攻坚倾注了责任担当，倾注了赤诚之心，倾注了无限情怀。

他，就是中共广州市委派驻都匀市开展对口扶贫协作干部，挂任都匀市委常委、副市长的金进。

1964年3月，金进出生于湖南长沙县开慧镇葛家山村。金进的爷爷金鹤钦1925年加入中国共产党，1926年在当地参加国内革命斗争，创办农协会并任主席，组织赤卫队，加入中国工农红军，任红三军团三营营长，积极开展武装斗争，为平江起义部队攻打长沙提供给养。1930年10月，金鹤钦与毛泽东之妻杨开慧等革命人士在对敌斗争中壮烈牺牲，年仅36岁。中华人民共和国成立后，民政部批准金鹤钦为革命烈士。

金进从小受祖辈对党忠诚、坚贞不屈、不畏牺牲的革命事迹的影响。1981年，年仅17岁的他应征入伍，从湘江河畔橘子洲头出发，先后辗转河北、北京、湖北、内蒙古、黑龙江、广州等驻地部队锤炼，先后任战士、学员、排长、指导员、教导员、秘书、副处长、团政委等职。24年，部队的"大熔炉"炼就了他勤奋好学、不畏艰苦、敢于担当、乐于奉献的高贵品质。

"铁打的营盘、流水的兵。"2004年11月,金进响应国家军队改革号召,转业分配到广州市黄埔区委党校任教员、办公室主任。

要派会打"扶贫仗"的兵

2011年,金进受广州市黄埔区委委派,从黄埔区委党校启程,赴梅州市丰顺县开展扶贫工作,任扶贫工作组组长,兼任九河村党支部第一书记,在丰顺县一干就是3年。因工作业绩显著,2013年4月,金进被广东省委、省政府授予"优秀驻村干部"荣誉称号。

2016年,中共中央办公厅、国务院办公厅印发《关于进一步加强东西部扶贫协作工作的指导意见》明确:广州市帮扶贵州省黔南布依族苗族自治州和毕节市。

时任中共广州市黄埔区鱼珠街道办事处工委委员、武装部部长的金进主动向黄埔区委及广州市委组织部报名,申请参加东西部扶贫协作和对口支援工作。

这一决定,开始遭到家人反对。家人认为他年龄偏大,又曾在贫困地区扶贫工作过,没有必要再去贵州这样偏远贫困的地区工作,且儿子远离广州就读大学,家中老人又无人陪伴。有着强烈的事业心和社会责任感的金进,经过多次耐心细致的思想工作,终于取得了家人的支持。

年过五十的金进,为什么还能进入扶贫队伍?

中共黄埔区委负责东西部对口帮扶的有关领导介绍,虽然金进年龄偏大,但他政治觉悟高、整体素养强,勇于担当、激情高涨,具有扶贫工作经验,因此才特批他为对口帮扶干部。

2017年3月,中共广州市委组织部通过严格挑选,帮扶人员离开珠江之滨,直达都匀剑江河畔。从此,两江水相依、两地情相连。

在中共黔南州委、州人民政府举行的欢迎援黔干部座谈会上，中共广州市委组织部领导现场指定金进作为唯一帮扶干部代表发言。

金进即兴发言：感谢组织委以重任，深感这次东西部扶贫协作工作责任重大、使命光荣，我们一定不忘初心、主动作为，本着"怀激情、查实情、献真情、做事情、脱贫情、结友情"的思路和方法，提高政治站位，挂职不失职、勇挑重担、敢于担当，廉洁自律、扎实工作，倾情帮扶、无私奉献，向党组织交上优秀的"脱贫攻坚全胜答卷"。

脚踏实地把脉问诊

金进到都匀市的第二天，就到边远、高寒、贫困地区——海拔1860米的毛尖镇摆桑村和距离市区最远的归兰水族乡极贫村翁奇村进行调查研究，探摸致贫原因和实情。

金进到都匀市仅1年时间，走遍了全市52个贫困村，平均1周就走1个村。有的少数民族聚居的贫困村寨位于距离市区60多公里的大山深处，当地一些干部工作了十几年都没有走进去过，金进却都在大山深处留下了自己的足迹。

"看、闻、问、切"。金进在调研中发现，都匀虽然是黔南布依族苗族自治州州府城市，是大西南出海通道上的城市节点，但是，由于历史、自然环境等多方面影响，存在自身财力有限，基础设施及公共服务设施较为滞后；属于典型的喀斯特地貌，土地破碎化，种植养殖业难以形成规模，带动能力不强；多数贫困村以传统农业为主，农业"接二连三"的效益，特别是茶旅融合的山地特色旅游业效益未能突显；部分少数民族贫困群众难以接受新思想、新事物，外出务工存在语言交流障碍；贫困群众离"我要脱贫"还有距离等系列问题。这些实情研判分析为他日后开展东西部帮扶奠定了扎实的调研基础。

根据都匀市委、市政府领导分工，金进除主要负责东西部扶贫协作和招商引资工作外，还承担毛尖镇双堡村等贫困村及多户建档立卡贫困户的脱贫帮扶工作。

精准扶贫"有的放矢"

金进充分发挥桥梁纽带作用，有的放矢抓产业。

他根据都匀的实际情况，结合广州企业的资源，做最优化的双方配置。积极引导广州企业参与都匀市资源开发，加强经济技术合作，努力做到"都匀赢、广州赢、贫困人口赢"的三赢局面。

2017年以来，金进先后拜访或沟通协调广州、深圳、东莞、佛山、香港、澳门、台湾等地70余家企业赴都匀考察调研，寻求合作项目，同时大力宣传都匀地理、交通、人文、生态优势，解读都匀招商优惠政策。

通过各方的努力协作，都匀成功引进我国东部相关企业签约产业合作项目9个，总投资额17.48亿元，截至2019年8月累计完成投资2.21亿元。

通过高效率的资源对接，还促成4个大项目签约落地。其中，广东海大集团（注：中国500强企业之一）投资3.8亿元建设平浪生态养殖项目；广东新农人农业科技股份有限公司投资2.1亿元建设墨冲农业科技产业园项目；广州三佑生物科技有限公司投资3亿元建设都匀大健康产业园项目；贵州峪丰源生态农业科技有限公司投资5500万元，在归兰乡合心村建设峪丰石蛙产业园项目。这4个项目建成后，将带动500多个合作社或家庭农场，帮助2000余贫困户脱贫，促成3000多人就近就业。

同时，黄埔区（广州开发区）扶贫资金中120万元用于扶持贵州省级少数民族深度贫困地区都匀市归兰水族乡合心村养殖石蛙生态循环养殖基地建设，采购9000只种蛙、2000斤黄粉虫（饲料），发放给168户贫困户602人饲养，由公司负责技术指导、管理及销售。

汇聚合力奔小康

金进依托在政府机构工作的平台优势，舒广袖，善起舞，频频出招。通过一个又一个的"组合""联盟"，将扶贫工作各个领域的涓涓细流汇成大河，将一股股力量凝聚成一股绳，合力奔小康。

招数一：积极探索以亲情结对、旅游互推、商业互惠为内容的街（镇）村结对、部门结对、企村结对的帮扶模式开展帮扶。

3年来，发动和组织广州市黄埔区和海珠区46家机关企事业单位分别与都匀市33个街道或贫困村（其中深度贫困村30个）开展结对帮扶，实现深度贫困村结对帮扶全覆盖。黄埔区结对帮扶都匀市学校45所（其中幼儿园4所），实现结对帮扶都匀市学校幼儿园全覆盖；黄埔区结对帮扶都匀市医院24家（其中基层医疗机构22家），实现都匀市基层医疗机构结对帮扶全覆盖。

据不完全统计，黄埔区（广州开发区）企业面向贫困劳动力提供就业岗位，吸纳贫困人口到广东地区就业354人；在都匀设立就业扶贫车间5个，吸纳贫困劳动力100多人。

招数二：聚焦民生工程，拓宽资金渠道。

3年来，在黄埔区委、区政府的大力支持下，帮助都匀市财政资金共计2563.24万元，实施项目35个。在金进的沟通协调努力下，"黄埔区（广州开发区）对口帮扶黔南州领导干部能力提升专题培训班"已开办近10期，培训了近200名干部。同时，广泛发动"百企帮百村"，加大社会帮扶投入。3年来广东社会各界捐资捐物合计496.5万元。在资金使用上聚焦"两不愁、三保障"，如：2018年投入100万元实施建档立卡贫困户危房改造，解决了60户贫困群众的住房安全问题。

招数三："扶贫先治愚"，"智志双扶"。

金进极力推动教育帮扶，沟通协调2名黄埔区优秀校长到都匀市挂职

1年，现场带实地教，开展两地幼儿园及学校结对活动，提升本地教育管理水平。积极动员和沟通协调民营企业捐赠50万元，完成毛尖镇摆桑小学（幼儿园）新校后续建设，极大地改善了教师和学生的工作和就读环境；积极开展"扶贫济困红色育苗"助学公益活动，动员自己的家人、亲朋好友及社会爱心人士自愿按月支付固定助学金，资助100名建档立卡贫困生完成学业，同时捐赠财物220多万元帮助山区学校改善办学条件。黄埔与都匀两地教育系统通过优势教育互补，缩小教育差距。

牢记初心方得始终

扶贫落实到行动上、实际上，但金进并不满足于此。扩展视野，在更高层次和更长远的合作上，金进又往前走了一步。

他沟通协调制定并落实《黄埔区（广州经济开发区）东西部扶贫协作对口帮扶都匀市（2018—2020）三年行动方案》，确保东西部扶贫协作各项工作有序推进。

此外，金进充分利用粤港澳大湾区名品联展会、广州民俗文化节等平台，发动都匀毛尖、匀酒、小引子巧克力、营养餐等20余家有品牌影响力的企业多次赴广州展览推销。

金进以扶贫干部身份积极为都匀站台打广告做宣传。他对都匀工作有着真切感受：广州的旅游者"开始不敢来，来了不想走，走了又想来，来了就不走"；从起初的畏惧到现在的流连忘返，这一心态的转变，得益于都匀得天独厚的"天然氧吧"和"大空调"优势，优美的自然风光和热情好客的人文环境。都匀正是一座宜居、宜业、宜投资的活力城市，金进称之为"一往'黔'行，终身'南'忘"。对他的宣传和赞扬，市民点赞为：都匀的"金代言"。

他了解到广州市筹备建设粤港澳大湾区"菜篮子"工程信息后，及时奔走黔粤两地有关部门协调，成功将黔南州都匀市列为该信息平台配送中心。2019年5月9日，粤港澳大湾区"菜篮子"工程墨冲镇良田坝蔬菜示范基地正式启动。

2019年8月16日，以"锦绣黔南，黔货出山"为主题的黔南优质农特产品广州展销中心品鉴推介会在广州隆重举办。金进向现场1000多名嘉宾及企业界客商竭力推介都匀良好的区位优势、生态环境及发展潜力等，给酷暑的大湾区添上"一把火"，加深了广州市民对都匀的了解和认识。

2019年9月28日，粤港澳大湾区"菜篮子"信息平台正式启用，都匀市墨冲镇良亩大坝蔬菜生产基地被列为第二批粤港澳大湾区"菜篮子"生产基地，成为贵州省2个基地之首。

通过加强两地联络联系，开展绿博园建设和产业园发展深度合作，强化资金帮扶、产业帮扶、人才帮扶，构建"一联两园三帮"的工作体系，着力打造东西部扶贫协作样板。

金进带着责任、带着感情，引项目、筹资金，以一个共产党员的优秀品质，尽心尽力地开展帮扶工作，助推都匀市脱贫攻坚工作取得明显成效。截至2019年12月，都匀市52个贫困村全部出列（其中2019年出列13个），贫困人口14611户53115人实现脱贫（其中2019年减少贫困人口3307户8684人），贫困发生率从2014年的13.65%下降到0，实现贫困村全部出列、贫困人口全部脱贫目标。

2019年7月1日，金进分别被中共贵州省委、中共黔南州委、中共都匀市委授予"脱贫攻坚优秀共产党员"荣誉称号。

了解金进的同志们感慨地说，金进这名革命烈士的后代，一个"老兵"出击进山，在匀山剑水中守住了初心。都匀少数民族同胞为金进编了一首山歌，这首歌，就如金进的"军功章"：

金进扶贫到都匀,

担当使命守初心;

东奔西走为脱贫,

田间地头说不停;

匀山剑水留足迹,

无私奉献民心中。

(文／江华)

"这就是我眷念的地方"

"这里雄山环绕,层峦叠翠;这里碧水长流,绵延不绝;这里的布依族群众民风淳朴,宁静悠然又热情好客……这就是我眷念的地方——贵州独山,我深爱这里的民众,我将守护这方净土。"

2019年9月,广州开发区医院儿科主治医师苏达永接过同事的接力棒,到独山县人民医院担任第三任广帮挂职副院长,开展结对帮扶。到独山9月有余,苏达永饱含深情写下工作日志,字里行间,这个广东医生早把独山当故乡。

笔者与苏达永的初次见面,是2019年11月12日的下午。

一个步履匆匆的身影走进医院,身形略显消瘦,却十分干练。

陪同的医院工作人员说,眼前这个人是刚来挂职不久的广州儿科专家苏达永,前几日到广州对接帮扶资源,一下车就直奔医院来了。我瞄一眼墙上的时钟,已经17时30分,心中不禁疑惑:仅有半小时就要下班,苏医生此时到医院,是有什么紧急事务?

简单地相互介绍,打完招呼,苏达永便匆匆走进儿科更衣室换上白大褂,朝病房走去,我紧跟上去,要探个究竟。

儿科病房中,苏达永操着"广普"与同事及患儿家属交流,熟络而自然。我有些诧异,这个到独山不到2个月的广东肇庆人,显然已经是大家的"老相识",这大概就是他一下车就匆匆赶往医院的"秘密"。

2020年6月9日,再次见到苏达永,是在办公室里,因为提前预约,他没有初次见面时的匆忙。一番交流后,我意外发现,眼前这个广东医生的言行举止，十足像个独山人，不禁让我这个本地人感觉多了几分亲切。

苏达永坦言，接到被派往独山县人民医院开展为期15个月的结对帮扶通知时，心里多少有些忐忑。

与两个孩子分别15个月自不用说，能否适应贵州喜辣的饮食习惯？同事们好不好相处？独山民风如何？带着一连串问号，2019年9月26日，苏达永坐上了北上独山的火车。

"我现在超级能吃辣，感觉自己都不像个广东人了。"当我问苏达永是否适应独山饮食，这个广东医生突然欢脱起来，"现在隔三差五我就会吃一顿虾酸，不然就馋得慌，而且每次都要吃最重口味的虾酸牛肉肥肠才过瘾。"

苏达永没料到，这个位于贵州最南端、少数民族聚居的独山县，会给他带来许多惊喜和感动。

"记得有一次，我在收拾宿舍时肘部不小心被划破，儿科何道琴主任知道后，着急忙慌领着我到医院处理伤口，还特地做粤式炖汤给我喝。何主任对我就像亲弟弟，不，像亲儿子一样好。"苏达永突然调转话锋，引得在场同事们爽朗大笑起来。一片笑声中，苏达永接着打趣说，"我们科室的不少同事家里，都被我蹭过饭哩。"

苏达永说，院领导和同事们关怀备至，让自己很快就融入这个集体，全身心投入工作中。

科室设备不齐、病历质量不高、年轻医生基础不够扎实……虽然从到过独山开展帮扶的同事们那里打听过情况，做了不少功课，到任后通过观察和调研，苏达永还是发现了不少问题和短板。

"缺什么就补什么，一定要发挥自己的专业特长与资源优势，将科室的整体业务水平提起来。"梳理出问题，苏达永决定逐一解决。

结合自身经验与科室实际，苏达永从病历书写、诊疗规范、临床路径、病历质控、院感防控、辅助检查等方面提出6项建议，推进科室规范化、流程化建设，运行更加高效、安全。

"你别看一本小小的病历，在关键时候对于保障病患权益，防范医疗风险发挥着大作用。"指着桌上的一本病历，苏达永说，医疗无小事，处理好每一个环节和细节，是为了对群众生命健康负责。

带着儿科的年轻医生进行教学查房，开展疑难病例讨论，参与危重病人抢救，成为苏达永帮扶中重要的工作内容。面对面讲，手把手教，这样的"传、帮、带"，让科室里的年轻人成长很快，有些已经成为能够独当一面的骨干，与这位广东来的专家建立起了亦师亦友的深厚友谊。

"苏院长平时对我们倾囊相授、知无不言，还曾带着我和2名同事到广州开发区进行为期1周的学习，为即将开设的新生儿护理门诊做准备。"新生儿科室护士长曾丹丹说，自苏达永帮扶以来，科室取得了不少新突破。

独山县人民医院的儿科，也是独山县危重新生儿救治中心，承担着独

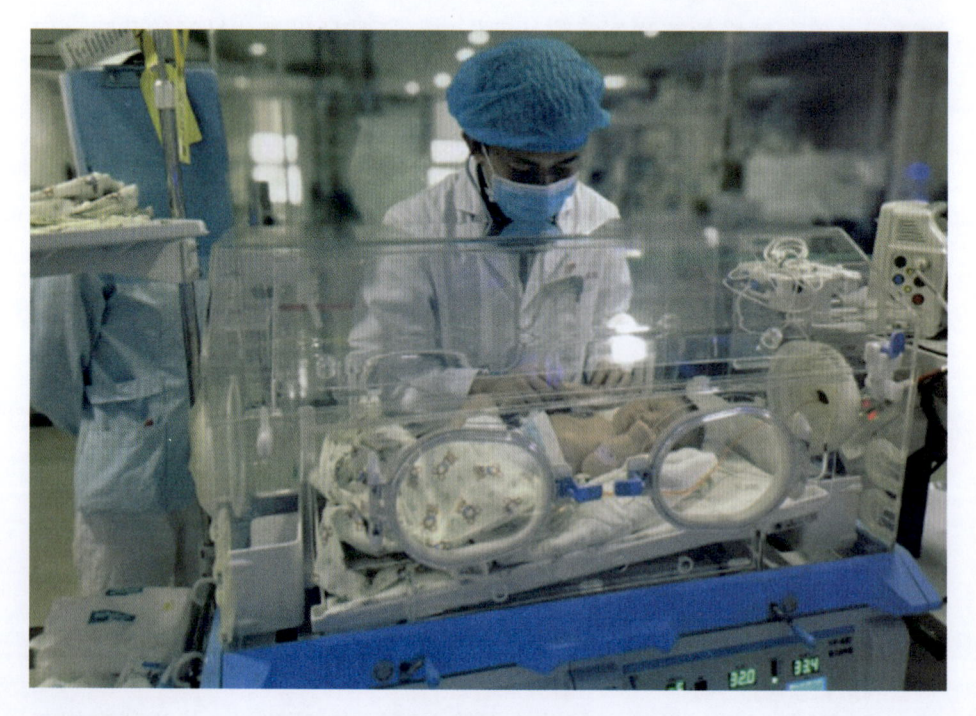

苏达永查看新生儿情况（毛红丹／摄）

山及周边县市危重新生儿救治的重任。随着社会环境不断变化，新生儿疾病谱也在发生变化，早产儿、足月小样儿、黄疸儿等患儿日益增多，对医疗设施、医疗技术要求越来越高。

为提高中心救治水平，苏达永积极与医院沟通，引进了呼吸机、新生儿肺表面活性物质、呼吸兴奋剂等设备及药物。这一决定，很快就在实践中发挥了作用。

2020年3月17日，医院产科分娩一个胎龄28周的胎儿，该胎儿出生时体重仅有1.1千克。当时患儿全身皮肤呈胶冻样，面色发青，呼吸急促。

苏达永意识到，必须马上进行抢救，否则婴儿很快就会呼吸衰竭而亡。新生儿肺表面活性物质应用，无创呼吸机辅助通气……儿科全体医务人员投入紧张的抢救中。当患儿发出第一声大哭，同事们疲惫的脸上露出了笑容，但这仅仅是开始。

接下来的60天，孩子陆续出现新生儿呼吸窘迫综合征、新生儿肠外营养、新生儿坏死性小肠结肠炎等状况。依托先进的设备和医护人员的精心照顾，孩子的呼吸从70~80次/分到50~60次/分，逐渐顺畅；体重从1.1千克，到1.5千克、2.0千克……苏达永说，截至笔者采访当天（2020年6月9日），孩子体重已经到2.83千克，即将康复出院。

"早产儿救治需要过五关斩六将，每一关都很惊险；在救治过程中，每一个细节都很重要。在儿科全体医护人员齐心协力下，取得了新突破，我为能成为这个团队的一分子而深感骄傲。"回想当时面临的种种状况，苏达永心有余悸的同时却也自豪。

"这在以前，我们想都不敢想，一旦发现28周早产儿，只能马上转院，现在做这个项目我们底气十足。"曾丹丹说，这是黔南各县中首个新生儿科采用PS（肺表面活性物质）联合无创呼吸机救治患呼吸窘迫综合征早产儿获得成功的案例。截至2020年6月9日，已经有2个28周、1个30周早产儿在独山县人民医院儿科康复。

"今天刚办理出院的一户建档立卡贫困户，早产患儿治疗费7万多元，经过医疗报销后，仅需支付7000余元，极大减轻了该户就医资金压力。如果外地就医，报销比例会大打折扣，一般家庭估计很难承受这样高昂的费用。"医院儿科主任何道琴进一步解释说，这一技术的突破，使独山的早产儿实现了就近就医，在极大地降低就医成本的同时，有效避免了医保资金的外流，对独山县危重新生儿救治工作具有里程碑式的意义。

2019年11月中旬，广州开发区医院又分别与独山县中医院及独山八家乡镇卫生院签署帮扶协议，将帮扶拓展到乡镇，实现了独山县城乡医疗帮扶的全覆盖，苏达永身上的担子也更重了。

"要让乡镇老百姓在'家门口'就能够享受到一线城市优质的医疗服务。"带着信念，前行的脚步就更加坚定。苏达永与其他帮扶专家先后到各乡镇卫生院，通过座谈交流、教学查房等方式把儿科常见疾病处理流程送到各家卫生院；常常利用周末下乡义诊，星夜为困难群众送医送药。时常风吹日晒、长途奔波，苏达永的足迹踏遍独山每一个乡镇。

初到乡村义诊，有不少年长者听不懂普通话，且口音生涩难懂，交流起来十分困难，苏达永只能连比划带猜。他说，虽然语言上有些障碍，但从村民们质朴的笑容、真诚的眼神里，总能感受到尊敬与温暖。

"苏医师，留下来七点少午再回克嘛。（注解：苏医师，留下来吃点午饭再回去）""苏院长，不慌走，来克家头七吃果！（注解：苏院长，别急着走，先去我家吃个饭吧）"村寨走得多了，苏达永慢慢听懂了村民们这些"土里土气"的方言，也才渐渐明白，邀请客人到家里吃饭，是独山布依族群众对客人最大的敬意。

2020年，是决胜全面建成小康社会、决战脱贫攻坚的收官之年。苏达永给自己定了新目标。他与同事们到独山各个村卫生室逐一走访摸底，同时积极争取广帮资金，将通过支持医疗设备、开展村医培训等方式，提高村级卫生室医疗服务水平，真正打通村寨群众就医"最后一公里"。

"作为一名医者、一名党员，我只是做了我应该做的事，无愧于国家和开发区医院的嘱托，无愧于受援医院和独山人民的期待。"采访结束时，苏达永说，这段交织着喜悦、感谢、感动、牵挂的日子，必将成为他一生难忘的记忆。

我想，独山百姓也会记住这段交织着喜悦、感谢、感动的日子，牵挂这个早把独山当故乡的、叫苏达永的广东医生。

（文／莫宇）

为了心中的信仰

陈传宝，大学文化，1979年3月出生，2002年7月加入中国共产党，2014年12月从军队转业至广州市海珠区市场和质量监管局（现市场监督管理局）。在部队和地方，他先后9次受嘉奖或被评为优秀共产党员。2018年12月，陈传宝随广东省第一扶贫协作工作组参加东西部扶贫协作工作，任瓮安县工作队队员，挂任瓮安县对外经济协作中心副主任。2020年5月起，陈传宝挂任瓮安县人民政府办公室综合科副科长。

"在这儿再干3年"

"决定了吗？继续留在那儿！"

手机上又传来了一条信息，这是亲朋好友第几次询问了？陈传宝已经记不得了！自从前段时间主动向组织申请继续留在瓮安县后，就开始陆续收到亲朋好友的询问信息。不解困惑者有之，钦佩激励者亦有之。

"嗯嗯，我决定在这儿再干3年！都说'穷则独善其身，达则兼济天下'，我虽不是特别有能耐，但我从农村出来的，对'三农'工作相对熟悉，也想帮助下广大农民们，做一点有意义的事情，让人生变得更有意义。而且在部队里，可是一定要坚决完成任务的啊！再说了，我蛮喜欢这地方的。"

回复了亲朋好友的信息，陈传宝看向窗外，外面又下起了小雨。

2019年12月，瓮安的冬天常常夹杂着细雨，比广州要更冷些。来到这里都1年了,陈传宝还是有点不适应这里的天气。看着飘洒的细雨,他的思绪仿佛被拉回到了去年刚来瓮安的时候,那时候好像也是这样的天气。

从"门外汉"变成了"内行人"

瓮安的冬天冷得刺骨,从陈传宝刚到瓮安,下车时紧了紧身上的衣服就可以看出,虽然有过一段在军中打熬过身体的经历,衣服穿得少了还是有点遭不住。

不过,没过几日,陈传宝有点想脱了身上的衣服,因为在与新同事第一次吃火锅时,他感受到了瓮安的"热情"。在火锅店里,陈传宝满头大汗,纵然将食物在身前那杯清水里涮了又涮,却还是抵挡不住那如针刺舌头、火烧喉咙般的感觉,"真的太辣了!"

陈传宝这一刻不禁想起,出发来瓮安前广州那边的朋友们三三两两汇

陈传宝(中)带领贫困村致富带头人参加培训班(瓮安县委宣传部/供图)

编的"贵州生活指南建议",其中曾提到这边的少数民族众多,各个方面差异巨大,特别是饮食方面,需要特别注意。

同样是吃火锅,咋这火锅和自己想象中的味道不太一样呢?看着一旁同事从麻辣锅里捞出肉片在辣椒蘸水里翻来覆去"搅"了差不多10秒,然后一口吞下大呼过瘾的姿态,陈传宝陷入了沉思:看来在工作安排中要紧急加一条任务了——学习吃辣,融入当地生活。

经历过"火锅事件"后,陈传宝明白了一个道理——没有调查,没有发言权。之后的工作中,陈传宝始终坚持着这一理念,为了迅速进入工作角色,他一边学习理论,一边深入村镇进行调查研究。在短短1年多的时间里,他走遍全县13个乡镇(街),实地走访了数十个村寨、企业、农民专业合作社,以及部分农户,全面了解掌握村镇实际情况,掌握了大量的资料和数据,为帮扶工作打下了坚实的基础。

白天上门入户、熟悉情况,他利用"课余时间"深入思考琢磨,主动与海珠区、瓮安县有关部门充分沟通后,加班加点主笔起草了涉及组织领导、人才支援、资金支持、产业合作、劳务协作和携手奔小康等方面的《瓮安县2020年东西部扶贫协作工作要点》,受到了工作队领导和同事的充分肯定。陈传宝坚持个人学与集中学相结合,坚持"学"与"干"相结合,不断提高自身综合素养,主动适应不同岗位的需求,逐步从"门外汉",变成了"内行人"。

每一个终点都是新的起点

500多个日日夜夜里,出差19次,行程3万多公里。陈传宝将全部精力都投入东西部扶贫协作工作中,倾情为瓮安县老百姓奉献。

工作中,他一马当先,勇挑重担,在瓮安县工作队同事的参与下,与瓮安县的干部群众并肩作战,潜心发展,砥砺奋进,巩固脱贫攻坚成果。

一分耕耘,一分收获。来到瓮安以来,陈传宝积极发挥东西两地之间的桥梁纽带作用，走访结对帮扶单位、企业，促进结对帮扶单位开展工作。截至2020年4月，海珠区和瓮安县两地开展结对帮扶68对，促成海珠区教育、医疗单位分别与瓮安县37个教育联合体、27所医院签订帮扶协议，教育、医疗"一对一"结对帮扶已实现全覆盖。

2019年，陈传宝累计走访企业、商会、研究会等20余家（个），联合举办专场招聘会5场次，开办就业培训班11期，培训贫困人口502人，帮助实现新增就业726人，其中转移瓮安县建档立卡贫困户到广州市稳定就业74人。

他多次前往广州对接工作，维护原有销售渠道，开拓新型销售渠道：引导多家瓮安企业与广州中洲农会、胜佳超市、58优选等平台对接；与广州特写信息科技有限公司沟通，促成瓮安苹果桃首次实现线上销售；走访广州江南果菜市场，争取两地深度合作；依托后方资源，紧急帮助菜农销售蔬菜2次，解决了菜农的燃眉之急；依托"一亩田""惠农网"等，发布货源消息，积极服务直播带货，促进黔货出山。1年多以来，陈传宝帮助、引导、服务瓮安向广东等东部地区销售茶业、肉鸡、鸡蛋、桃子、黄粑等农特产品，累计实现销售总金额达7800多万元。

2019年，瓮安县收到东部财政帮扶资金合计2692万元。为高效使用有限的资金，陈传宝深入项目地调查研究并进行比对筛选，确保面向基层、民生优先。在陈传宝的监督下，2692万元帮扶资金分别用于新建瓮安县朵云一小教学楼、贫困村致富带头人培训、中火村蔬菜基地等3个项目，100%完成任务目标，资金使用安全高效。

心中有信仰，脚下有力量。陈传宝所在的广东省第一扶贫协作工作组黔南组瓮安县工作队，被评为"2019年贵州省脱贫攻坚先进集体"，陈传宝本人被中共黔南州委评为"全州脱贫攻坚优秀共产党员"。

时光依然流淌，脚步依然前行。每一个终点，都是新的起点。2020年，陈传宝又踏上了巩固脱贫攻坚成果的新征程。

（文／卢泰铭）

南沙来的"惠水通"

2019年，广州市南沙区综合行政执法局的王德成向组织提出申请，到千里之外的贫困山区参与东西部协作工作，后经组织选任赴贵州省黔南州惠水县。2020年2月28日，经中共黔南州委常委会会议讨论决定，任命王德成为惠水县委常委、副县长。

2020年3月，王德成到任后，一头扎进工作。白天进村入户搞调研，熟悉县情；晚上整理笔记、学习政策，分析致贫原因，思考脱贫门道。全县各镇、相关部门、产业园区跑了个遍，调研笔记密密麻麻记了好几本，惠水县的贫困现状、数据分析他烂熟于心，资源禀赋、潜在优势他了然于胸。在和笔者聊起东西部协作的政策时，王德成说得头头是道。

4个月的时间，他的足迹踏遍惠水39个深度贫困村、11家惠水县直机关单位、17家南沙区结对帮扶单位。利用工作接触、回广州对接事项等契机，他主动通报情况，群策群力，扎实推进东西部扶贫协作工作。

王德成深知，身为挂职干部，必须主动融入惠水，听懂惠水话。能说惠水话，是做好工作的基本前提。

只要有休息时间，王德成便换上便装、穿上运动鞋，去公园与群众攀谈，了解风土人情、生活习俗，用脚步丈量县情，以此了解并深度分析致贫原因，切实找准致贫病根。

为了把广州的领导及客商"请进来"交流思想、支持发展、扶贫济困，那段时间，随时都能听到他与外界沟通联系的电话声，通话中讲得最多的就是惠水的山好水好资源好，希望能过来看一看、帮一帮。

"我工作的地方换过不少，以前在部队，后来转业到南沙，省里、市里、县里，省内外我都工作过，到不同的地方，能体会不同的风土人情。来了惠水后，能感受到民族风情和韵味很浓。"王德成说。

惠水的山山水水、资源特色他更是如数家珍。肩负着组织重托和扶贫重任，王德成从经济发达的沿海地区来到群山环绕的贵州山区，挂职时间有限，只有一天当作两天用，尽可能地为惠水多做一些事，才对得起组织的信任、群众的期盼和自己的良心。

2020年5月15日，经王德成工作队协调，成功引进贵州王老吉刺柠吉产业发展有限公司落户惠水，把刺梨种植、收集、提取、加工、销售等整条刺梨产业链整合起来，带动农户和整个产业链里的各个生产环节的贫困劳动力可持续增收，带贫成效明显，助推"黔货出山"。

6月3日，与韶关金朝农牧发展有限公司签订种、肉鸡发展项目，计划年养殖肉鸡1000万羽，通过"公司+农户"的合作方式养殖，带动农户增收；通过资金投入，扶持佛手瓜、海花草、百香果、花椒等16个项目种植。

全县3个街道、10个乡镇，产业基地、项目现场，王德成都跑了个遍，哪里需要他，他就出现在哪里。

2020年6月10日，在前往断杉镇上坎村走访的路上，王德成谈起了申请来贵州前后的一些趣事。

"我申请来贵州，家里特地开了家庭会议，（我来）是通过家庭会议批准的。"

"去村里面走访，群众特别热情，早上10点过去他们都想着留你吃中午饭。"

"来了后发现和想象中有区别，村里面环境特别好，空气清新，群众幸福获得感强。"

随车抵达上坝村，王德成便下车给客人们介绍村里的情况，还有帮扶资金的去处，仔细地听取驻村工作队队长对资金情况的汇报。

"我就是惠水和南沙之间的一座桥梁，哪里有需要，我就到哪里去。我最大的责任就是帮助惠水的群众发展，不管是资金上还是项目上，都要竭尽全力。"王德成说。

说起王德成，他的同事宋政霖是这样评价的：工作上认真负责，很细心，时间观念强；生活上会关心人，经常嘘寒问暖。平时他不是在下乡就是在下乡的路上，不在村里就在产业基地。

工作4个月，王德成积极发挥工作队前、后方桥梁纽带作用，主动加强与南沙、惠水两地对接，把上级精神要求、工作中遇到的问题和解决的办法等，充分体现在两地党委会、专题会上，细化在工作方案上，落实在工作一线上。王德成带领工作队与惠水县扶贫办、农村农业局等单位一起，对深度贫困村结对帮扶资金项目进行评审和提前预立项30个，指导资金项目用于具有长期带贫效果的产业扶贫上，带动建档立卡贫困户增收，巩固脱贫成效。

他积极推动惠水39个深度贫困村与南沙17家结对帮扶单位续签结对帮扶协议，完成结对协议续签工作。所有结对帮扶单位已经到结对帮扶村开展实质性对接，商讨帮扶措施、资金使用、项目开展情况。

从断杉回县城的路上，王德成说起了在上坝村走访时的一些工作细节。整个谈话过程中，他也一直在强调自己能做的工作有限，只能作为南沙与惠水之间的一个联系纽带。

"群众现在都在积极配合工作，我希望能做出一些实事，让南沙的单位、企业了解到惠水的实际情况，让他们加大帮扶力度。"王德成说。

（文／陈杨）

广州"孔雀"黔南飞

2019年6月,中共黔南州委授予刘正军"全州脱贫攻坚优秀共产党员"称号。2019年11月,贵州省扶贫开发领导小组办公室授予其"贵州省脱贫攻坚先进个人"称号。

从2016年9月受命奔赴贵州,4年时间,刘正军双手捧过的沉甸甸的证书,述说着他在贵州的故事。

刘正军现为广州市文化广电旅游局市场管理与安全处副处长。2016年9月,受广东省委组织部派遣,他代表广东和广州赴黔南执行东西部扶贫协作任务,任广东省第一扶贫协作工作组组员、黔南组产业部部长。2017年3月起,刘正军挂任都匀经济开发区党工委委员,主要负责指导协调广州对口帮扶黔南州的招商引资、园区共建、消费扶贫、旅游合作等工作。

他协调粤黔对接,同心协力,引产业落地,引旅游资源,为黔南的经济发展做出了踏踏实实的贡献。

建园助游引产业

刘正军在"黔南·广州产业园"的前期工作中付出了大量的心血和劳动。

就任产业部部长不久,他就随工作组领导深入全州10多个省级产业园区调研,推动两市州共建产业园选址落户都匀经济开发区;积极推动黔南州委、州政府制定《关于支持都匀经济开发区黔南·广州产业园发展的"黄金20条"招商引资优惠政策》；积极推动和参与广州市发改委关于"黔南·广州产业园"发展规划的编制工作，并提出"将'黔南·广州产业园'打造成东西部产业扶贫协作的典范"的先进理念，引起与会领导和专家的共鸣，由此奠定了"黔南·广州产业园"在粤黔产业协作中的重要地位。

在前后方的积极努力下，刘正军先后协助引进了第一家国企（广州港集团）和2家民企（广州纳丽生物科技有限公司和广州驰远电子有限公司）签约"黔南·广州产业园"。

2017年4月，在前往广东科技金融促进会考察的过程中，他以独到的眼光发现了会员企业广州石头造环保科技有限公司的发展前景，建议都匀经济开发区主要领导将此项目列为重点招商引资对象，并利用广州石头造企业总部在广州的独特优势，在组长杨伟强的大力协调下，最终促成广州石头造"万里挑一"落户黔南，使黔南一举成为全球最大的先进环保包装材料生产基地之一，成为粤黔产业扶贫协作中耀眼的明星，受到广东和贵州省领导的充分肯定。

在"黔南·广州产业园"逐渐走上正轨之后，刘正军仍十分关注"黔南·广州产业园"的发展。他利用各种机会促进产业园区职工宿舍、饭堂、超市等生产生活配套设施建设，积极推动在省、市、州的层面强化对"黔南·广州产业园"的组织领导，在用地、融资等方面给予必要的政策倾斜。

到2019年底，共有18个产业项目进驻"黔南·广州产业园"；都匀经济开发区申创国家级开发区工作通过国家商务部核准，进入2年辅导培育期。

让东部产业留得住、扎下根

刘正军为提高东部产业吸纳当地贫困户就业的积极性，提出从广州对口援助资金中拿出部分资金予以扶持的想法，得到工作组大力支持。同时，他还推动黔南州人社局制定400万元东部企业产业稳岗补贴政策。

为帮助企业缓解融资难题，他随同工作组领导多次拜访两地金融主管部门和金融机构，得到包括贵阳银行在内的多家金融机构的积极回应。贵阳银行都匀办事处主动提出与广东省第一扶贫协作工作组黔南组缔结战略合作协议，并提出为东部企业落实1.83亿元的贷款额度。此外，他还利用工作组产业部部长这一特殊身份，多次向两地党委、政府呼吁采取有效措施帮助广东援黔企业解决用地难、融资难、招工难等"三大难题"，引起两地党委、政府高度重视。

2019年，黔南州政府发文要求各级政府主动积极为东部援黔企业解决实际问题；广州市政府首次对东西部产业协作提出"硬指标"，要求每个对口帮扶区必须引导4家企业进驻黔南，其中2个落户当地县市，另2个落户"黔南·广州产业园"。

从2016年9月开始，截至2019年6月，先后有92家东部企业落户黔南，完成实际投资额50多亿元，带动1.9万余名贫困人口增收。

为加强广东援黔企业的内部资源整合，刘正军战略性提出成立广东援黔企业家联合会的设想，并会同黔南州工商联开展筹备工作。

2019年7月10日，由74家企业参与的广东援黔企业家联合会正式在黔南州挂牌成立。贵州省委、省政府对此也给予高度评价，在2019年全省东西部扶贫协作联席会议上把它作为一条重要的经验成果进行推广。

联合会成为东西部扶贫协作国内首家由对口帮扶企业联合成立的团体性组织，联合会的成立亦成为粤黔对口扶贫协作史上的重要事件。

打造百亿时尚生态产业

位于黔南州惠水县经济开发区的贵州省潮映大健康饮料有限公司，这个曾经濒临绝境的问题企业，短短1年内竟由死复生，成为东西部产业扶贫协作的样板企业，成为贵州省发展，甚至是广州扶贫工作的一个佳话。

工作组进驻以前，潮映大健康饮料有限公司曾经是当地政府的沉重"负担"，也是企业老板的一块"心病"。这个固定投资近2亿元的公司由于前合作伙伴毁约，致使建成的逾2万平方米的厂房和数千万元的成套设备成了摆设。

2017年5月，黔南州政府一名领导找到工作组，希望引进广药王老吉合作，帮企业渡过难关。当时广药王老吉在西南地区的生产加工基地已布局完毕，从市场和经济的角度看，很难在黔南再设生产基地。

推动广药王老吉项目落户惠水，帮助陷入困境的贵州潮映大健康"起死回生"，成为扶贫工作组的一件大事。

刘正军在工作组领导的大力支持下，分别向广州市国资委和广药王老吉联系求助，工作组主要领导、黔南州主要领导更是轮流出马攻关协调。

2017年，贵州潮映大健康饮料有限公司在黔南州、惠水县和广州市人民政府的关怀重视下，被确定为东西部对口产业扶贫单位，得到了广州广药集团在技术上、业务上的大力支持。

2018年，公司正式成为广药王老吉罐装凉茶在贵州省的唯一加工基地，有力地为产业扶贫奠定了基础。

2019年，广药王老吉更是将粤黔刺梨产业合作的重要成果"首款新品果汁饮料王老吉刺柠吉"的生产基地设置在此。

广药集团确定项目后，即成立了专门的研发攻关团队，对刺梨产品进行口感调配和营养价值研究，仅98天就高效地开发出新品。

2019年3月18日，贵州省人民政府与广药集团正式签署全面战略合作。引人注目的是，由广药集团王老吉研发的刺柠吉系列产品在签约仪式上首次亮相，该系列新品包括刺柠吉复合果汁和刺柠吉润喉糖。

2019年6月5日，"地球绿宝石·浪漫黔南州"主题推介活动期间，广药集团在北京举办了王老吉刺柠吉新品发布会。黔南州党政领导和广州王老吉大健康产业有限公司一起，共同为刺柠吉上市开罐，祝贺王老吉刺柠吉系列产品在北京全面上市。

贵州省潮映大健康饮料有限公司是广药王老吉罐装凉茶在贵州省的唯一加工基地，公司占地300余亩，总投资6亿元，拥有5.9万平方米的基建投资和2条先进的罐装饮料生产线，日产量为120万罐，日加工值为18万元。

广药集团提出目标：帮助贵州把刺梨产业发展为百亿级的时尚生态产业，打造除"一瓶酒"（茅台）、"一棵树"（黄果树）、"一幢楼"（遵义会议原址）之外，贵州省的第四张名片——"一个果"（刺梨）。

老广爱上贵州美景和美食

刘正军积极推动贵广两地旅游交流合作，旅游扶贫工作受到国家扶贫办的充分肯定。

他策划的"百企千团十万广东人游贵州"活动，拉开了广东对口帮扶旅游合作的序幕。2017年元旦前夕，刘正军被工作组领导委以重任，在"娘家人"广州市旅游局主要领导、相关处室和行会协会的大力支持下，成功策划"百企千团十万广东人游贵州"活动方案，从活动策划、线路组织、产品售卖到150人的首发团成行，仅用了半个月的时间（正常至少需要1至2个月时间），创造了广州旅游帮扶的惊人速度。国家扶贫办将此列入当年东西部产业扶贫协作的典型案例，多个省的工作队纷纷前来学习取经。

刘正军还先后推动实施了"千车万人游黔南"活动，推动10趟旅游高铁游客到黔南观光旅游；推动黔南州旅游商品进广州活动，在广州塔1楼设立黔南旅游商品专柜，展示销售43种黔南旅游商品；连续3年帮助黔南州在广州国际旅游展览会（2020年因疫情停办）上争取展位和免费推介机会，把黔南州旅游宣传推介纳入广州旅游对外宣传推介的内容。黔南旅游在国内外的影响力和知名度不断提高。

据不完全统计，自2017年以来，黔南州接待广东过夜游客每年以超过30%的比例增长；2019年，广东来黔过夜游客达到30.92万人次，同比增长32.97%。

同时，刘正军积极推动"消费扶贫"工作，助力当地脱贫攻坚。

消费扶贫是扶贫工作的重点和难点，更是焦点。刘正军不惧困难，重点着手推动抓好黔南"生产加工源头"和广州"消费市场终端"两项工作。

早在国家出台实施"消费扶贫"政策之前，刘正军就积极推动和指导广州5个对口帮扶区设立了23个"黔货出山"分销中心或展示销售窗口。

2019年国家正式部署"消费扶贫"任务后，刘正军会同黔南州商务局积极配合广州市协作办，推动"消费扶贫"进广州四大党政机关饭堂工作，挑选了黔南州8家有实力的粮油果蔬供应商向广州供货。为了帮助黔南农特产品生产加工基地加快标准化、规模化建设，刘正军积极推动黔南州农业局出台1000万元消费扶贫财政专项奖励政策，推动黔南州林业局设立650万元刺梨产业发展扶贫资金，推动黔南州供销社1000万元大米精加工项目，鼓励黔南壮大供货主体。

此外，刘正军还积极推动黔南签约成为粤港澳大湾区"菜篮子"配送中心，已有4个基地通过海关认证备案。

据不完全统计，从2018年开始至2019年年中，粤港澳大湾区市场销售黔南州绿色优质农产品价值超16亿元，带动4.46万贫困人口增收。

一日为军人，一生就是"国的兵"

刘正军是一名有着27年党龄的共产党员。他讲党性、讲情怀，为东西部扶贫协作倾情奉献，将心血付诸黔南这块热情的、期待着富裕起来的土地。他的这种奉献精神，是长期积累的结果。

1993年8月，刘正军在暑假期间到广州军区《战士报》实习，遇到深圳清水河危险品仓库大爆炸重大险情。在没有任何个人防护设备、没来得及带一件换洗衣物的情况下，刘正军与防化团救灾官兵一路奔波赴爆炸现场，连续奋战5天5夜。当年，刘正军荣获他就读的军校——解放军南京政治学院新闻系的嘉奖，其事迹还登上了当年的《解放军报》。

此后，1996年湛江抗击特大台风、1998年长江抗洪抢险、2003年抗击"非典"等特殊战斗，都出现了刘正军的身影。从部队转业到地方工作后，刘正军又参加了2010年广州亚运会的筹办工作；2011年至2016年，参加了广州增城正果镇圭湖村的"双到"驻村帮扶工作，被评为"广州市农村扶贫开发先进个人"。

在三年半的东西部产业扶贫协作工作中，刘正军也显现出敢打敢拼敢啃硬骨头的共产党先锋队员的精神风貌。2017年，他昼夜奔波，指导各县驻县干部做精做实产业台账，并将台账模板发给13个工作队，手把手教，一个企业一个企业地上门走访、核实。在1个多星期内，他走遍了散落在全州13个县市区的20多家东部援黔企业，取得了产业扶贫协作第一手资料。

刘正军长期扎根东西部扶贫协作，身体被严重透支。2020年广东省委组织部组织援黔干部体检，检查发现，刘正军肝部有2个血管瘤、多发性囊肿等问题。刘正军不顾医生的劝告，硬是靠着一股子闯劲和不信邪的拼劲，病情稍稍稳定就提前返回了黔南工作岗位。

（文／江华）

花开"第二故乡"

时光荏苒，邓振荣已经在贵州的灵山秀水之间打拼近30年。邓振荣现在的身份是广东援黔企业家联合会会长、贵州华洋石化有限公司董事长。

邓振荣20岁时独闯贵州。从发达的广东，到贵州的大山深处，到底是什么吸引着年轻的邓振荣？回顾邓振荣走过的路、留下的脚印，我们可以看出，他用实际行动和爱心，和第二故乡黔南一起踏上富裕路。

心中燃起一团"火"

1990年代初期，20岁的邓振荣在富裕的南粤大地上收拾行囊，从茂名出发，闯上云贵高原深处的贵阳。邓振荣与人合伙成立了一家石油液化气公司。

来到贵州，开始的路并不好走。为了开拓客户，他在陌生的贵阳走街串户推销产品——从瑞金路到大十字，从北京路到延安东路，不知道走了多少路，敲了多少门，说了多少话，吃了多少次"闭门羹"……就这样，邓振荣用一股韧劲，和公司同人一道，硬是走出了适合企业发展的"大道"，公司也慢慢步上了正轨。

1993年，黔南布依族苗族自治州为加快经济发展，实现民生富足，出台了吸引人的招商引资政策。邓振荣从招商引资的字里行间看到了黔南的真诚呼唤，也看到了黔地大山里的商机。于是，邓振荣的贵州华洋石化有限公司顺利入驻都匀市。

都匀是贵州省黔南布依族苗族自治州首府,是西南三省通向东南沿海的重要交通枢纽。黔南州的都柳江,奔腾南下,曲折东去,汇入邓振荣的故乡——广东珠江流域。命运就这样让一个广东人与黔南各族人民"同饮一江水"。

"对于离开贵阳来都匀的这个决定,公司也有人持反对意见,认为放弃贵阳的好市场和好不容易立好的足,去都匀有可能会得不偿失。"邓振荣说。但是他仍坚持公司到黔南发展。这体现了邓振荣"固执"的决断——他认为,企业应该到有需要的地方去,才能实现自己的价值。

来到都匀的邓振荣相当于再一次重新开始。虽然人生地不熟,但他有着年轻人的一股闯劲——顶烈日!冒风雨!推产品!找客户!"那时候厂里没有几个人,所有苦的脏的累的都带头干,自己一个人扛着煤气瓶上七楼这种事情,每天都有。"

说起创业之初的艰难,邓振荣却不觉得有什么,他说:"想要创业,就要用心做事,就要有吃苦的准备。"

在创业之初,为了拓展市场,让客户和消费者享受到质优价廉的产品,邓振荣用心积累诚信,打造公司诚信基因。"2002年以前,贵州的液化气市场并不好,当时都匀仅有我一家公司,为了服务当地居民,基本都是亏钱卖的,一瓶气有时会亏十几到几十块钱。"邓振荣说。

尽管前行的路途有些颠簸,但是邓振荣从未放弃。他一边抓营销,一边关心企业员工,建立良好的企业文化,营造温馨和谐的企业环境。"到现在,我们员工买房子都是跟我借钱,几万、十几万的都有。"邓振荣说。公司员工提起邓振荣,都赞不绝口。

1996年,邓振荣认识了妻子,闯贵州的广东小伙子终成贵州佳婿。邓振荣的妻子说:"那时候家人也不是很希望我们在一起,但我就是看上他踏实可靠,事实证明我的眼光不错。"

冰天雪地"送温暖"

2008年冬天，临近春节的时候，凛冬的暴雪灾害席卷中国大地。凝冻灾害降临黔南大地，自治州首府都匀市基本处于瘫痪状态，断水断电。这时，液化石油气就成了唯一的城市救急的能源供应。

关键时刻，华洋公司用实际行动阐释了"保障民生，保障老百姓生活"这句话的深刻含义。邓振荣和公司积极响应都匀市委、市政府号召，成立应急救援专班。

保供应——邓振荣带领公司员工奋战在抗冻救灾一线，对库存的气瓶做好防冻措施。然而此时，库存的液化石油气只能保证都匀市3天的供应量，紧急从广西调运过来的货源到达独山县麻尾镇后又因凝冻路滑无法通过。作为黔南州州府所在地的都匀市，正有无数群众和企业等着能源来。时不可待，眼看马上整个都匀都无气可供应了，邓振荣满脑子都是受冻的都匀老百姓，他立即协调多方资源，不惜增加2倍成本，将用于应急救援的液化石油气安全送达都匀的仓库。

保速度——物资刚抵达仓库，邓振荣就立即指挥车辆卸载货物，确保快速送到消费者手里，点燃冰天雪地里的"希望之火"。在繁忙之中，邓振荣不慎摔倒，右手无名指粉碎性骨折。为了保证物资及时送到用户手中，他忍痛坚持在现场指挥1个多小时后才到医院治疗。这一伤，做了2次手术，缝了9针。10多年过去了，直到如今，邓振荣受伤的手指依旧无法伸直。

在这场冰灾下的"都匀市能源大救援"行动中，华洋公司亏损60多万元。纵然如此亏损，邓振荣依然坚决坚持以市场价保质保量正常供应液化石油气。在国难民难面前，他坚守着一个企业家的气节和情怀。由于邓振荣杰出的贡献，他被都匀市委、市政府授予"抗凝冻先进个人"。

人品好的人，运气往往也不会差——华洋公司得到客户信赖、社会认可、政府支持，业绩稳步攀升。

2014年，邓振荣投资6000万元，成立了占地32亩的液化石油气和液化气二甲醚基地。如今，这里的液化石油气销售量居黔南第一位，成为黔南州同类企业中生产规模大、营业网点最多、产品安全质量优良的知名企业。

1997年至今，华洋石化公司连续20年被贵州工商行政管理局评为"省级重合同守信用单位""省级诚信私营企业"，被黔南州工商局、都匀市消费者协会授予"诚信单位""百城万店无假货"荣誉称号。

邓振荣说："这是对我的肯定，也是对我们企业的鞭策。一个企业要担起社会的责任，不仅要自己发展，还要带动地方的发展。"

从一人扶贫到"联合"致富

企业发展走上了快车道，自己的努力为黔南州人民的日常生活生产带来了更多的保障，邓振荣内心的梦想又开始升华，他要用自己的力量带动更多的人脱贫致富——践行社会责任，努力践行责任！

邓振荣自己也走在了黔南脱贫攻坚的一线。

彼时东西部协作扶贫大潮正劲。借着这样的机遇，邓振荣一马当先扛起了回报社会、助力脱贫攻坚的旗帜。不仅自身企业带头投入助力脱贫攻坚的热潮中，他自己也经常动员广东的朋友到黔南投资，加入东西部协作扶贫的行列中。来到黔南的企业逐渐增多了。

都匀市归兰水族乡翁高村，是邓振荣帮扶的地方之一。作为都匀市最边远的村落，这里山高坡陡、交通不便，多年来，当地人只能望着大山的封锁，守着一年又一年脱不掉的贫穷。

邓振荣开始一件事一件事地做起来。

先助学。村里没有产业，村民守着贫穷，一些贫困家庭学生，背着破旧的书包上学，看此情景的邓振荣为学生送去了共计2万元的书包和文具等物资。

再送智。"授人以鱼，不如授人以渔。"为改变村里的现状，邓振荣挑起了帮助水族群众脱贫致富的担子。他给村民们想办法出主意，因地制宜发展产业。如今的翁高村，发展起了花卉、生姜、辣椒种植等产业，村民们的生活正在一步步变好。

邓振荣采用了群策群力的方式扶贫。不仅翁高村，为了给脱贫攻坚贡献自己的一份力量，墨冲镇白头村、平浪镇朵罗村等村寨都有邓振荣的身影。他自己积极带头助力脱贫攻坚，华洋石化公司也发动各地的下属公司积极融入"百企帮百村"的行动中。

10多年来，邓振荣和妻子默默地资助了一个又一个的贫困学生、孤寡老人和贫困村民，却低调地不愿向外人提起。"人的一生，不图名也不图利，事业成功了是一种幸福；力所能及地帮助他人，也是一种幸福！"邓振荣说。

为动员更多广东企业落户黔南发展，共助脱贫攻坚，2019年7月10日，国内首家由对口帮扶在受援地组建的企业家社团组织"广东援黔企业家联合会"成立，邓振荣高票当选联合会会长。他无偿拿出办公场所成立办公室，抽调公司工作人员，具体策划援黔企业家助力黔南脱贫攻坚行动计划。

2019年10月，为了加强联合会会员企业间的沟通联系，为扶贫协作工作打牢基础，邓振荣组织联合会秘书处走访并实地考察会员企业16家，涵盖黔南州8个县市区，为下一步更有针对性地开展企业走访、扶持帮助企业发展工作收集了第一手资料。

为坚定广东援黔企业家理想信念，增强会员发展信心，邓振荣在2019年期间通过不断组织会员学习中央、贵州省委省政府、黔南州委州政府自上而下的相关会议精神，着力推动援黔企业塑造现代化管理体系，同时搭建会员参政平台，鼓励会员积极承担社会责任，动员企业家会员主动参与到东西部协作光彩事业中。

2020年黔南州"两会"前夕，邓振荣组织联合会班子成员、秘书处在广东第一扶贫协作组、州委统战部的指导下，对联合会中几名政协委员候选人开展实地考察工作。"企业家要为政府积极建言献策，考察要推荐出守纪律、讲规矩、重品行的优秀政协委员候选人，为东西部扶贫协作事业做出贡献，为参与东西部扶贫协作事业的企业家发出声音。"邓振荣说。

在他的努力下，广东援黔企业家联合会共有2名会员企业家全票当选政协黔南州第十二届委员会委员，邓振荣本人全票当选为政协黔南州第十二届常务委员会委员。

鼓励企业家勇于承担社会责任也是联合会成立的宗旨之一。联合会成立以来，积极开展东西部扶贫协作光彩事业活动，邓振荣本人也率先带头。2019年11月，他主动参加州市"扶贫一日捐"活动，认捐2万元用于黔南州脱贫攻坚事业，同时在全州范围内面向建档立卡贫困户、就业困难农民工提供100余个就业岗位。

2020年1月，在获悉黔南州长顺县贫困村生联村因资金困难，长期缺乏村集体办公物资的情况后，邓振荣在联合会中呼吁企业家奉献爱心，并举行了会员自愿捐赠活动。在他的倡议下，企业家们纷纷响应，迅速筹集到1.5万元解决了生联村的办公困难问题。据了解，仅2017年以来，邓振荣以企业和个人名义给贫困村捐赠物资和资金已达50万元。

抗疫保平安，勇做护航人

2020年初，新冠肺炎疫情突然爆发，都匀市也面临接二连三的告急与求救。邓振荣敏锐地捕捉着各种有效的信息，随时准备做出自己的贡献。

医用一次性口罩成为黔南州疫情防控工作一线最为紧缺的医护用品。在得知这一情况后，邓振荣积极行动，切实履行企业的主体责任，几经辗转获取广东、浙江等医用口罩生产企业的联系方式，并进行详细咨询，不断努力，终选定质量最优的一家口罩生产方进行最大限度地争取配额，并在广东第一扶贫协作组的指导下将26000只一次性医用口罩、8顶大型帐篷、100件矿泉水、60件方便面等共计12.4万元的紧缺物资捐赠到都匀市、三都县等黔南州一线抗击疫情防控指挥部，同时号召各会员企业在本地区积极开展防控疫情捐赠行动，全力支援抗疫一线，用实际行动彰显民企担当，支持黔南州疫情防控工作。

"作为广东援黔第一批企业，华洋石化已在黔南扎根28年，可以说是名副其实的'本土企业'。家乡面临疫情考验，我们更应该义不容辞地站出来支援一线防疫人员！"邓振荣说。

作为燃气供应企业，黔南华洋石化始终不忘肩负民生责任，在全面部署生产、仓储、后勤等各场所消毒工作后，公司上下全心投入"抗疫情、保供应"，有效保障了黔南州都匀、三都、瓮安、福泉等多个县市地区的用气需求，同时坚决抵制在疫情期间上涨燃气价格，做到供应不断、质量不降、价格不涨，使群众在居家抗疫斗争中感受到温暖，为服务抗击疫情一线的餐饮行业提供后援保障，与全州各地区群众众志成城，共渡难关，得到了社会各界的充分肯定，在各行各业也产生了积极反响。

邓振荣说，他将继续积极响应两地党委、政府号召，带领所有会员企业，"不忘初心、牢记使命"，充分发挥广东企业家"敢闯、敢拼、敢想、敢干、敢为人先"的精神，为粤黔两地产业扶贫协作、助力黔南脱贫攻坚贡献正能量。

生命有穷期，天地无穷期，邓振荣认为，国好家好企业好。正如布依族歌里唱道："好花红来好花红，好花生在刺梨蓬，好花生在刺梨树，哪朵向阳哪朵红。"

（文／江华）

毕节篇

南海之滨的广州，改革开放的"排头兵"，全国一线城市，经济高度发达。

乌蒙深处的毕节，全国唯一的以"扶贫开发、生态建设"为主题的试验区，飞速发展中肩负着艰巨的脱贫攻坚重任。

同饮一江水，共叙山海情。在脱贫攻坚这场"世纪大战"中，广州对口帮扶毕节，携手当地干部群众鏖战贫困，在脱贫攻坚的路上结出累累硕果。

合力攻坚 硕果满园

引 子

澎湃浩荡的珠江，发源于乌蒙山麓，流入浩瀚的南海，连接着雄奇壮丽的高原和多姿多彩的沿海繁华都市，更连接着黔粤两地人民血浓于水的兄弟情。

南海之滨的广州，改革开放的"排头兵"，全国一线城市，经济高度发达。

乌蒙深处的毕节，全国唯一的以"扶贫开发、生态建设"为主题的试验区，飞速发展中肩负着艰巨的脱贫攻坚重任。

同饮一江水，共叙山海情。在脱贫攻坚这场"世纪大战"中，广州对口帮扶毕节，携手当地干部群众鏖战贫困，在脱贫攻坚的路上结出累累硕果。

这累累硕果，得益于党中央东西部扶贫协作战略决策的指导，得益于穗毕"兄弟"重情重义的携手奋斗。

广州—毕节，"四年同战"如兄弟

2016年7月20日，习近平总书记在银川召开全国东西部扶贫协作座谈会，明确广东对口帮扶贵州。同年9月3日，中央政治局委员、时任广东省委书记胡春华率广东省党政代表团赴贵州调研,并在毕节市召开了"贵州·广东扶贫协作工作联席会议",明确由广州对口帮扶毕节。

扶贫协作大幕拉开以来,穗毕两市各级干部认真贯彻落实习近平总书记重要讲话精神,立足广州所能、毕节所需,紧紧围绕帮扶协议扎实推动各项工作取得明显成效。

在国务院2019年度东西部扶贫协作考核中,广州市、毕节市综合评价均为"好"。这个"好"字的背后,是两市干部群众牢记嘱托、携手战贫的不懈努力。为推动对口帮扶落地生根、开花结果,穗毕两市于2017年建立《广州市·毕节市东西部扶贫协作工作党政联席会议制度》。2016年9月、2017年8月、2018年8月、2019年4月、2020年5月,广州市党政主要领导分别率党政代表团到毕节开展东西部扶贫协作工作互访;2016年12月、2017年6月、2018年6月、2018年12月、2019年5月、2020年6月,毕节市党政主要领导率党政代表团赴广州开展东西部扶贫协作工作互访,并召开两地党政联席会议。

谋定而后动,先"绘图"而后"施工"。帮扶工作开展以来,两市先后签署《广州·毕节东西部扶贫协作助推脱贫攻坚合作协议》和年度帮扶协议,共同研究制定《广州·毕节东西部扶贫协作三年行动方案》,在组织领导、产业合作、人才支援、资金支持、劳务协作、携手奔小康等各项工作任务上达成共识。两市分管领导认真履行工作职责,定期召开专题会议,梳理东西部扶贫协作中出现的问题,明确推进部门积极对接,规定推进时限,狠抓工作落实。同时,毕节市还参照国务院和贵州省东西部扶贫协作考核办法,将东西部扶贫协作工作纳入全市年度目标考核,制定下发《毕节市东西部扶贫协作工作考核评价指标》,扎实推进各项工作,确保顺利完成两市年度帮扶协议内容。

一声战鼓擂,征人走千里。广州各级干部和社会各界爱心人士带着真情实意、项目资金,不辞劳苦来到遥远的乌蒙山深处,为当地贫困群众送去温暖。

4年多来，广州市共选派65名党政干部、620名专业技术人才赴毕节市相关部门挂职，实现毕节市级有1名副厅级领导挂职帮扶，各县区有1名副处级领导挂职帮扶，并均分管或协管东西部扶贫协作工作；毕节市选派550名党政干部、1230名专业技术人才赴广州市相关部门挂职。在广州市选派到毕节市的挂职干部和专业人才中，涌现出了许多先进人物和可歌可泣的典型事迹。为切实做好广州挂职干部工作、学习、生活等方面的保障工作，毕节市安排专用宿舍，并出台保障性文件，切实加强广州派驻毕节市级挂职干部后勤保障工作，各县（区）参照执行。

4年多来，广州市投入大量帮扶资金，用以改善毕节贫困群众生产生活面貌：2016年投入5000万元；2017年9144.84万元；2018年3.2442亿元；2019年3.835亿元；2020年1—9月，广州市市级财政帮扶到位资金5.07亿元。一串串逐年递增的数字，体现的是"富兄弟"对"穷兄弟"的深情厚谊。截至2020年9月，广州市援助毕节财政帮扶资金累计13.56亿元，实施扶贫项目514个，预计带动22.63万名贫困人口脱贫，惠及贫困群众30万人以上。

4年多来，毕节市充分利用广州国际投资论坛等重要平台，引导和推动优质企业项目在毕节落地建设。着力构建"总部+基地"模式，引导研发和销售总部在广州、制造环节在外地的企业，增资扩产到毕节建生产基地，为群众就近就业创造条件。截至2020年9月，共引导广东省（广州市）落地投资企业127家，实际投资60.27亿元，累计带动10.69万贫困人口增收。

4年多来，广州市6个经济强区与毕节市10个县（区）建立结对帮扶关系，结对双方制定党政联席会议制度，每年度各结对县（区）之间均由主要领导带队完成互访交流，召开县级党政联席会议，共同推动帮扶工作开展。到2019年，广州市对毕节市529个深度贫困村实现"社区帮村"全覆盖，毕节480所学校、293所医院与广州市402所学校、122所医院建立结对帮扶关系。同时，广州市将毕节市未结对未出列的36个非深度贫困村纳入结对帮扶对象，结对帮扶贫困村总数达565个。

长期以来，乌蒙大地上的各种优质农产品"养在深闺无人识"，山里乡亲一年到头辛辛苦苦耕耘劳作，却无法让腰包鼓起来。

结对帮扶后，广州市每年邀请毕节市组织有关企业参加广州国际食品食材展、广州国际美食节等国内国际展会，积极开展毕节绿色优质农产品展宣销活动，在广州举办"贵州绿色农产品风行天下"推介会、"乌蒙山宝·毕节珍好"优质特色农产品展销会、"2017丝绸之路·黔茶飘香"高山生态茶推介会，为"毕货出山"树立了良好口碑。截至2020年9月，毕节市在广东省（广州市）实现农特产品销售43.9万吨，销售收入27.58亿元。

位于毕节市金海湖新区的"毕节·广州产业园"正如火如荼地施工，它肩负着促进毕节经济社会发展和拓宽当地群众就业创业渠道的使命。

2018年12月，毕节、广州两地深化东西部扶贫协作的重要成果——占地1.6平方公里、总投资约20亿元的"毕节·广州产业园"开工，标志着两地扶贫协作迈上了新的台阶。产业园建成后，将成为广州对口帮扶毕节的重要纽带、毕节承接广州产业转移的重要基地、引领当地经济发展的重要引擎。

"授人以鱼，不如授人以渔。"为变"输血式扶贫"为"造血式扶贫"，毕广两市人社部门签订了《人力资源市场对口帮扶合作协议》，推动实施"广黔同心，携手同行——12338广黔劳务协作红棉计划"，积极开展就业培训。协调广州市帮助毕节市市县两级在广州建立11个劳务协作工作站，引联广州戴利服装等劳动密集型企业赴毕投资，开设扶贫车间，带动贫困群众实现就近就业。协调引进雪松集团、广州港集团、广建集团与毕节相关院校合作开设雪松班、广州班、广建班，帮扶贫困学生实现定向就业。利用广州帮扶资金，创新开展贫困劳动力公益性岗位建设，促进贫困劳动力精准就业。

产业帮扶：靠山吃山换种"吃法"

大山深处的赫章县铁匠乡，山高坡陡、土地贫瘠，从前村民一直以种苞谷为主，一年到头辛辛苦苦却只能勉强糊口。

2017年，在脱贫攻坚"爬坡上坎"之际，广州恒大集团投资2000余万元援建铁匠乡蔬菜大棚684栋，覆盖684户建档立卡贫困户。山区有了新型农业，群众的产业致富路宽广起来。

蔬菜大棚以"政府+恒大集团+龙头企业+合作社（村社一体）+贫困户"的利益联结机制运营。政府负责场地"三通一平"工作，恒大集团负责大棚基础设施建设，龙头企业负责大棚建成后总体经营管理，村集体负责土地流转以及矛盾纠纷调处等工作，合作社负责组织农户（贫困户）务工就业。大棚经营管理纯利润按照龙头企业占股50%、合作社（村社一体）占股3%、贫困户占股47%的比例分配，每年12月底统一由乡人民政府组织分红结算。

铁匠乡充分借助东西部扶贫协作对口帮扶契机，积极对接，积极争取，举全乡之力，集全乡之智，引进广州港华农业科技有限公司，承接大棚经营管理，直接参与当地产业扶贫，建立"广州对口帮扶鲜花种植基地"。

广州市番禺区协调450万元帮扶资金完善棚内外附属设施建设，包括棚内供水、补光及棚外包装、冷藏及花卉包装车间等设施，覆盖210户建档立卡贫困户，户均每年分红1300元，实现村集体经济积累2.7万元，以"'11233'产业带贫模式+'两个平台'"助推脱贫攻坚，带动当地贫困群众增收脱贫。

两个"1"即1个既能发展经济又能保护环境资源的鲜花产业；1个由中科院昆明植物研究所、农业部热带农业科学院、中山大学等研究机构、学校的相关专家组成的科研团队,做技术指导、产品研发。

"2"即2个阶段目标。一是带动当地贫困群众在2020年同全国一道实现脱贫;二是2020年后继续巩固脱贫成效,增加务工收入,增加就业岗位,保证农户不返贫。

第一个"3"即3种扶贫措施。在"扶智"方面下足功夫,在实际生产劳动中培训当地贫困群众掌握生产技术和管理技能;在"扶志"方面增强摆脱贫困的信心,通过流转土地、利益联结、务工等方式增加收入,使其增加信心,长志气,摈弃"等靠要"思想,撸起袖子自己干;在"扶业"方面提供就业帮助,同等条件下优先考虑贫困群众就业。

第二个"3"即3条增收渠道。就业务工增加收入、政府投资建设基础设施利益联结分红、租赁大棚租金。

现在的铁匠乡中井村鲜花基地,时常可见三五成群的工人在大棚里忙着移栽鲜花苗。当地群众在"家门口"就能实现务工就业,不受风吹日晒雨淋,除了每亩地每年500元的流转费外,每天还有80元的务工收入。昔日"铁匠"今成"花匠"。

以前,缺资金、缺技术等因素成为制约铁匠乡贫困农户发展产业的障碍,如今通过土地流转集中建设蔬菜大棚等方式,盘活农村土地资源,使农户以土地入股到鲜花种植基地,统一由公司管理,推动基地建设规模化、组织化、市场化,破解了贫困农户发展无资金、无技术的"瓶颈"。

在推进产业扶贫进程中,铁匠乡充分整合广州帮扶资金资源以及社会各界帮扶力量,采取集中投入、产业带动、社会参与、农民受益的方式,集中入股经营主体,让帮扶资金投入从"分散"变"集中"、从"输血"变"造血",放大资金使用效益,创造更多就业岗位,帮助提升"造血"功能。

2016年,广州市番禺区结对帮扶毕节市威宁自治县。这场跨越千里的帮扶,让全国百强区与国家级贫困县在新时代携手书写乌蒙高原脱贫事业的新篇章。

为促进威宁农业产业发展，2017年，番禺区协调引进广州江楠农业发展有限公司入驻威宁，并在广州果蔬市场免费开设贵州蔬菜专区档口，广州果蔬市场销售的近万吨农产品中大部分蔬菜来自威宁。

"威宁气候、土壤条件好，自然资源得天独厚，造就了威宁蔬菜极佳的品质，具有较强的市场竞争力。"据广州江楠农业发展有限公司董事长叶灿江介绍，该企业在威宁注册成立了贵州江楠农业科技开发有限公司，建设1.5万亩蔬菜核心示范基地，按照"企业+合作社+基地+贫困户"的模式运营，通过技术服务、订单回收，示范带动15万亩以上蔬菜基地建设。同时建设标准化蔬菜包装箱项目及1000亩大型果菜交易市场，助推全县100万亩高山冷凉蔬菜产业可持续发展，最大限度实现产业扶贫全覆盖。

2018年1月，广东开心农业科技有限公司正式进驻威宁，注册成立贵州开心农业科技有限公司，先后与威宁26家农业合作社达成深度合作协议，运营的蔬菜种植面积达到了2万余亩，几乎每天有100吨左右威宁蔬菜销往广东，有力推动了"黔货出山"，辐射带动贫困人口上万人。

大方县雨冲乡，在脱贫之前发展困难，许多村没有村集体经济来源。2018年，在鹏银村2014年种植500亩白茶试验成功的基础上，广州市投入资金774.88万元，按每亩地2900元对村民进行奖补，在深度贫困村金星村种植了2672亩白茶。2020年，长势喜人的茶叶实现初采，产生效益的60%分配给金星村299户贫困户。

如今，漫山遍野的茶园让乡村美起来，更让群众富起来。当地贫困户平时在基地务工，加上土地流转收入，每个劳动力年创收2万元以上。按照2020年上半年的市场价格，3年后亩产值将达6000元以上，不但可实现群众稳定脱贫，更为乡村振兴奠定了坚实的产业基础。

近年来，在东西部扶贫协作的推动下，毕节市各县区产业可谓"遍地开花"，且是"各地好花别样红"。

坚持规模化、特色化、商品化，织金县将南瓜产业作为助推农业产业结构调整优化、保障贫困群众持续增收的支撑性产业之一，全力打造南瓜产业大县。截至2020年4月，已种植南瓜11万亩，涉及农户20317户78013人，惠及贫困人口10420户43102人，预计年内可为农户增收3.7亿元。

抓住广州对口帮扶契机，织金引进广州江南果菜批发市场主体企业广州耀泓生态农业开发有限公司，发展南瓜订单种植，2020年种植面积拓展到15.31万亩，由公司与农业部门组建5个组共100余人的种植技术培训团队，深入30个乡镇（街道）500余个村开展技术培训，确保每个乡镇（街道）至少有1名技术员常驻指导。通过印发资料、技术培训、现场指导、示范带动等方式开展技术服务，做到因村因户细化产业发展方案，为种植农户提供有力的科技支撑。截至2019年11月，已组织田间地块现场技术指导和示范种植300余场次。同时鼓励能人大户、返乡农民工、致富带头人牵头组建村集体合作社，帮助公司分发南瓜种子、肥料、薄膜等生产物资，组织农民参加技术培训，指导农民按公司技术要求种植南瓜，引导农民与企业开展南瓜订单生产，发挥示范带动作用，把群众组织起来、人心调动起来、资源聚集起来，让群众跟着合作社抓生产、兴产业、闯市场，带领群众从"单打独斗"转向"抱团发展"。截至2019年11月，该县共有413个村集体、29个村级农民专业合作社参与南瓜种植。

为了强化要素保障，织金县充分发挥融资担保平台作用，多渠道筹集、融资解决项目发展资金瓶颈，按每亩150元标准整合1500余万元资金补助龙头企业，用于支持龙头企业采购种子、地膜、农药和开展技术培训。同时，加强种植风险因素分析，建立风险防控机制，对接保险公司，将南瓜种植纳入农业保险，从建立资金链、购买保险方面入手，最大化降低风险，保障企业和农户利益，让企业放开干、群众放心种。

产业发展，群众积极参与是关键。为打开群众思想"阀门"，织金县成立南瓜产业工作专班，组建南瓜种植培训团队100余人，发挥新时代农民讲习所作用，采取院坝会、田坎会等方式，开展动员培训500余场，向农户讲清楚利益、政策、技术和保障，列出账目清单，帮助群众算好种植增收账，提高群众种植南瓜的积极性和主动性，实现了从"要我种植"到"我要种植"的转变。

种得出，还要找好销路。织金紧盯广州等大中城市果蔬批发市场需求，发挥龙头企业广州耀泓公司作为广州江南果菜批发市场主体企业的作用，在江南果菜批发市场设立专铺，南瓜采收后直接进入批发市场销售。同时拓展加工订单，由企业投资5000万元，建设集泡沫箱厂、纸箱厂、南瓜深加工厂、分拣质检中心、研发中心、冷链物流配送、展示展销区和互联网销售中心为一体的现代高效农业全产业链项目，开展南瓜精深加工，提升产品附加值。截至2019年底，已建成烘干线5条。南瓜加工厂投产后，可年产南瓜粉7500吨、南瓜挂面2500吨、南瓜籽油1000吨，预计年产值5亿元，年缴税收5000万元。

此外，该县发挥"全国电子商务进农村示范县"优势，依托耀泓公司在全国年销售南瓜70万吨的19个销售市场，在上海、杭州、广州等10余个大中城市建立电商销售网点。大力推进农商互联集配中心、蔬菜脱水加工厂、冷链物流等基础设施建设，推动织金南瓜搭乘"电商快车"，实现"织货出山"、线上线下融合给力。

2020年复工复产以来，粤港澳大湾区"菜篮子"毕节配送中心人来人往。据悉，该配送中心每年能向粤港澳大湾区配送农产品700万吨，截至2020年5月，已与毕节12家公司或合作社达成合作关系，能带动4万多户农户增收。

粤港澳大湾区"菜篮子"毕节配送中心属于全省脱贫攻坚重点建设项目，占地面积100余亩，总投资1.94亿元。配送中心配套有现代物流、冷库、仓储等功能，建成后将成为毕节农产品销往粤港澳大湾区的重要输送途径，推动粤港澳大湾区"菜篮子"工程建设快速发展。

该配送中心位于七星关区鸭池镇，距离毕节市区仅7公里，与毕威、毕镇、贵毕高速及326国道等接壤相邻，距离机场17公里，交通便捷。当前，配送中心正以粤港澳大湾区"菜篮子"工程建设为契机，加大与全市各企业和专业合作社的联系，大力推进粤港澳大湾区"菜篮子"出口创收，带动全市农业产业规模化、标准化、商品化发展，带动农户参与，共享发展红利。

2015年，广州恒大集团开始帮扶毕节。4年多来，恒大累计投入扶贫资金110亿元，其中48亿元用在产业扶贫上。

针对乌蒙山区独特的生态、气候，恒大立志将毕节打造成为我国西南地区最大的蔬菜瓜果基地和肉牛养殖基地，帮助70万贫困人口发展蔬菜、肉牛以及中药材、经果林等特色产业，并引进上下游龙头企业，形成"龙头企业+合作社+贫困户+基地"的帮扶模式，实现"供、产、销"的一体化经营。

截至2019年，恒大集团已经在毕节帮助建成60980个蔬菜大棚、36.7万亩蔬菜大田基地、28.8万平方米育苗中心以及68处储存及初加工基地。此外，恒大还协助建成23万亩经果林基地，13.9万亩中药材、食用菌基地作为贫困户的增收园地。为了解决贫困户种什么、怎么种、种多少、卖给谁的根本性问题，恒大引进79家上下游企业，通过市场化手段有机连接建立起长效持久的脱贫机制，确保贫困户持续增收、就地脱贫。

一项项产业风生水起，一个个贫困村摘掉"空壳村"帽子，一张张笑脸讲述着生活的巨大变迁……在东西部扶贫协作潮流的推动下，毕节市千村万户的贫困群众正一步步摆脱贫困、走向小康。

基础设施帮扶：群众感受就是见证

2016年至今，广州市先后在大方县雨冲乡实施了"红旗村农旅生态长廊""民居改民宿""避暑中心""教学楼"等基础设施工程。该乡规定，凡涉及的房屋提升改造工程、普通技术工程，必须由当地群众自主参与建设，而且贫困户优先。

在房屋提升改造、庭院人居环境整治、院坝硬化、路灯安装、无房户房屋建设、提尖盖瓦、改厕改厨改圈等一系列工程中，当地乡政府用大巴车拉着贫困群众，先后到遵义苟坝、湄潭以及纳雍枪杆岩、兴隆菱角、凤山火封丫等地参观，又组织群众到大方县住建局参加专业培训，确保人人都是包工头、户户都是施工地，激发了群众的内生动力。

自己运来建筑材料，每户男女老少参与建设。在广州帮扶的基础设施项目建设中，雨冲乡涌现出了一大批建筑工匠，建完了自己的房屋，又到邻近的乡村承揽工程赚钱；培养了228个泥水工，获得住建局合格证的119个工匠中有贫困群众46人，成了雨冲乡建筑行业的"中流砥柱"。

作为毕节市率先脱贫的县，黔西县基础设施建设现已逐步完善，群众生产生活面貌大为改善。

2019年，黔西县中建乡用好用活东西部扶贫协作帮扶资金，围绕"建农特产品储务基地、创新农产品销售方式、做好农旅结合文章"的思路，将农民（贫困户）、农村、农业与乡村旅游捆绑发展，形成以"旅游为示范、村村有产业、户户有增收"的乡村振兴发展模式。

中建乡位于黔西县东北边沿，距百黔高速公路出口750米，随着高速公路的通车，乡村旅游发展迅速，匝道经济发展优势突显。近年来，在广州的对口帮扶下，该乡不断加大乡村旅游基础设施建设力度，依托已建成的月亮湾和中果河"大话西游"漂流景区和1个已申报成功的贵州省第三批森林康养示范基地，不断丰富乡村旅游业态助农增收。现已建成"中建味道"产品销售展厅2个，乡村旅游公路和黔西北特色民居遍布景区周边，一户户农家乐、民宿每到周末和节假日生意火爆。

该乡已建成农家乐12家、乡村旅馆10家、民宿5家、宾馆4家，建设"圣女果"大棚451个，为持续巩固脱贫攻坚成效、开启乡村振兴新征程打下了坚实基础。

中建乡在原有发展基础上，使用东西部帮扶协作资金56万元，发展后备厢经济短、平、快产业"六大基地"，即"生态大米认种认购基地、优质绿壳蛋基地、天然油菜籽基地、精品水果采摘园基地、林下土鸡养殖基地、高海拔荞麦基地"。实施的"70余亩生态大米认种认购基地、100亩精品水果采摘园基地、10000羽林下土鸡循环养殖基地"正在建设中，其中，"70余亩生态大米认种认购基地"已建成投产，已推出的1200份生态大米认购计划得到游客青睐和群众广泛赞誉，生态大米远销北京、广州、上海、江苏等地，预计每亩产值6000多元，基地年纯产值预计可达19.32万元，产生利益联结的111户农户每年每户可分红1740元。

纳雍县玉龙坝镇地理位置高差大、切割深，水资源丰富，但大部分区域又严重缺水，人畜饮水困难。如今通过实施广州市对口帮扶项目——农业园区水利工程，进一步补足了基础设施建设短板，解决了3447户12066人的用水问题，其中贫困群众496户1738人。

在百里杜鹃管理区，增城区于2018年投入122.5万元建成沙厂乡沙厂社区1000平方米厂房年产100万包菌棒的食用菌菌棒生产基地，投入56万元建成金坡乡石笋村、林丰村入股百里杜鹃军新开创种养殖开发有限公司的存栏约300头香猪养殖基地，投入80万元建成大水乡高潮村、炉山村入股贵州云峰山水生态农业开发有限公司的生态土鸡养殖项目……一个个产业基础设施的建成投用，解决了长期以来产业发展的"硬件困难"，为当地群众发展产业、拓宽就业搭建了平台。

增城区发动国有企业投资200万元，与贵州百里杜鹃花田瑞禾农特产品开发有限公司合作，组建贵州百里杜鹃增瑞菌业开发有限公司，共同发展大球盖菇、香菇等食用菌生产加工基地，配套建设香菇、蔬菜面条加工厂。后续规划建设花卉、茶叶、蔬菜加工厂，有序开发百里杜鹃系列农特产品。

依托百里杜鹃黄泥乡古茶树园和新建的2800亩生态茶园，增城区投入帮扶资金150万元购买选茶机、摇青机、揉捻机、烘干机、提香机、理条机、发酵机、灰锅机、脱毫机、萎凋机等制茶设备，配套建成黄泥乡龙塘村制茶基地。

为了完善"百年酒乡"龙塘村酿酒条件，增城区投入159万元改造完成烤酒作坊49家，为18户酿酒贫困户每户补助容量1000斤的储酒坛3个。

在农旅基地建设上，增城区更是大力帮扶，结合区域地理、文化、产业优势，集中打造黄泥乡农旅融合发展基地。投入537万元，为龙塘村建设山泉游泳池和20栋临水民宿，建成旅游道路并安装80盏草坪灯、40盏高杆路灯。由于基础设施不断完善，2019年"中国·百里杜鹃第三届越野跑挑战赛"终点设在龙塘村，为该村发展乡村旅游打出了"招牌"、提高了人气。

就业帮扶："家门口"上班赚钱又顾家

"广州市天河区政府每月给我发3500多元的工资，另外还给我交纳医疗和养老保险，让我在广州实现了稳定就业。我现在是广州市民了。"4年前，纳雍县新房乡禾木楷村四组村民刘平珍有了一份新工作，她被聘为广州市天河区城市保洁员。

与刘平珍一道从纳雍县赴广州天河区从事城市保洁的村民有70多人。

2016年6月，按照中央的安排部署，广州市天河区与纳雍县开展东西部扶贫协作，从那时起，广州市天河区坚守"纳雍县群众不脱贫，结对帮扶不脱钩"的承诺。

广州市天河区自与纳雍县开展东西部扶贫协作伊始，两地人社部门就加强了劳务协作方面的沟通与协作。截至2020年5月，广州天河区已在纳雍县举办了3次大型招聘活动，收集发布了13746个就业岗位，达成就业意向500多人；举办劳动力就业培训班5期，受训1665人，已输出33名建档立卡贫困群众到广州就业。

广州市天河区提供的公益性岗位用于帮助纳雍县就业困难人员，而建档立卡贫困人口公益性岗位则用于安置纳雍县在法定劳动年龄内、有就业能力和就业愿望的建档立卡贫困户中年满40周岁以上的人员。

纳雍县贫困山区群众在广州市天河区公益性岗位上工作可拿到至少3500元的月工资，另外，广州市天河区政府为其缴纳五险，社会保险按广州市城乡居民养老保险二档和城乡居民基本医疗保险二档缴费标准予以补助，并为其购买额度不高于50万元的商业意外伤害保险。

为加快纳雍县脱贫攻坚步伐，广州市天河区人社部门创新方式，筹集资金数千万元，开发公益性岗位13746个，设置有道路清洁维护员、交通劝导员等公共服务就业岗位。

"开发公益性岗位，主要帮扶纳雍县有脱贫意愿的贫困户，确保建档立卡贫困户零就业家庭中至少有一人充分就业。"广州市天河区政府相关负责人说。该区还协调广东省东莞市石碣光科电子有限公司率先在纳雍县乡村创建"同心扶贫车间"，截至2020年5月已在纳雍县库东关乡梅花村、桃营村，沙包乡安乐村等地建立了8个扶贫车间，吸纳435人在"家门口"就业，覆盖贫困人口187人。

在毕节，虽然搬迁户住上了新房，但是要确保其不返贫，确保他们能真正搬得出、稳得住，解决其就业问题是关键。

进驻毕节以来，恒大集团已帮助全市培训113217人，其中75461人被推荐到当地或异地就业，他们的人均年收入达到4.2万元，实现了"一人就业、全家脱贫"。

在广州市番禺区等地的倾情帮助下，赫章县通过领导招商、以商招商、联合招商、资源吸商、政策引商等方式，精心组织有关部门到广东等地开展招商引资，成功引进企业组建赫章县三联铸造有限公司、赫章县力盛铸造有限公司、赫章县月凯机械铸造有限公司、赫章县睿博金属铸造有限公司等短流程铸造企业入驻产业园区投资兴业，拓宽群众就业渠道。

三联、力盛、月凯公司都是我国著名燃气灶品牌核心部件的供应商，是"美的""老板""华帝""春天""森太"等知名企业长期合作的伙伴，公司产品约占全国同行业45%的市场份额。睿博公司生产的炉头主要供应国外市场，出口到东南亚、日本、印度。

截至2018年12月，赫章县内4家燃气灶炉灶头项目和1家地弹簧缸体铸造项目已全部在产业园区完成设备安装，并投入生产。吸纳附近乡镇人员就业1000多人，其中精准贫困人口500余人，工人每月工资在3500元至5000元之间，平均可达4200元左右。

通过引进外企在园区扎根，促进了赫章县上游采矿、焙烧、冶炼企业的发展，增加了当地群众的收入，活跃了地方经济，解决了当地农民工就业问题，为全县决战脱贫攻坚提供了良好的平台。

赫章县内煤、铁、铅、锌等矿产资源储藏量丰富，这是赫章发展工业产业的资源优势。在广州市番禺区等地的倾情帮助下，赫章不断引进优强企业，县境内的矿产资源优势正迅速转化为经济效益，从而为夯实全县脱贫攻坚的产业支撑起到积极推动作用。

广州市番禺区已引进广州10家企业落地赫章县发展相关产业，其中，2018年引进2家工业企业和4家农业企业，解决了800余人的就业问题，其中贫困人口311人，带动1210名建档立卡贫困人口实现增收脱贫。

在广大农村，因残致贫是普遍现象。广州增城区自2017年结对帮扶金海湖新区以来，就将残疾人帮扶列为重点帮扶工作，投入帮扶资金110多万元建成残疾人创业基地，并引导企业对金海湖新区的残疾人开展帮扶，共实现118名残疾人自主创业或就业。

竹园乡竹园社区的残疾人刘道祥，现是社区人居环境督导员。平时完全依靠家人照顾的他，现在每周参加2～3次人居环境保洁工作，1年能为家庭增收6000元。

增城区还从帮扶资金中单独列出专项资金80万元，采取"企业+车间+贫困户""招商+企业+贫困户"等方式，引导企业和返乡创业人员到深度贫困村开设"扶贫车间"，将就业岗位送到"家门口"。

现住在锦绣金海易地扶贫搬迁点的残疾人赵传伟就是通过参加培训在锦绣金海就业扶贫车间获得了一份工作。2018年7月，赵传伟一家在易地扶贫搬迁政策的大力帮扶下，告别了大山生活，搬到锦绣金海安置点。因身体残疾，又没有一技之长，赵传伟开始担心搬家后的生活。了解赵传伟的具体情况后，锦绣社区工作人员主动联系扶贫车间，为他在"家门口"找到了工作。

金海湖新区就业扶贫劳务有限公司双山文阁分公司负责人郭方前本身就是残疾人，他对残疾人在生活中所遇到的困难以及别人对残疾人员的歧视感受深刻。郭方前虽腿脚行动不便，但他有着睿智的头脑和一颗火热的心，他创办的裕康服装加工扶贫车间更关注残疾人，共吸纳了11名残疾人就业。

截至2019年7月，在增城区帮扶资金的支持下，金海湖新区共创办就业扶贫车间16个，吸纳了600多名贫困劳动人员就业，其中贫困残疾人就有24人。

在金海湖新区文阁乡海坝村，有一家广州市增城区对口帮扶援建的扶贫车间——七星平步鞋厂。鞋厂开办后短短几个月，就解决了海坝村建档立卡贫困群众62人就业。

"现在车间平均每天生产靴子200多双，纯收入1.2万元。"扶贫车间负责人徐艳说，车间生产的布鞋实用、质量好，现已注册了自己的商标。车间生产的布鞋除在本地销售外，还销往广东、福建等沿海地区。若有贫困群众在鞋厂稳定就业半年以上，增城区还将给予资金奖励。

无独有偶，在邻近海坝村的岔河镇戈乐村扶贫车间里，缝纫机"哒哒哒"地响个不停，村民李春兰正熟练地制作内衣肩带。

"一天生产1500对肩带，能拿到90元工资，如果不耽搁，1个月至少有2500元。"李春兰说，在"家门口"务工，既能照顾老人，又能照顾孩子。

在毕节市，像海坝村、戈乐村这样的扶贫车间有100多个。这些车间不仅让数千贫困人口就业脱贫，还为群众增收拓宽了渠道。

截至2019年7月，广州市已引进65家企业落地毕节，完成投资22.26亿元，带动16655名贫困人口就业脱贫。

截至2019年9月，毕节与广州协调建立了11个劳务协作工作站，举办了68期劳务培训班和47场招聘会，向贫困户提供了7.49万个就业岗位，帮助毕节167名贫困学生到广州就读职业技术学校。

教育帮扶：为山区孩子带去希望

"詹老师，在您的鼓励与陪伴下，我们一天天快乐地成长……"这是2019年6月，纳雍县第一小学的学生写给广州援毕教师詹雯的信。

詹雯是广州市天河区珠村小学副校长，到毕节支教后，挂任纳雍县教育局教育管理办公室副主任和纳雍县一小副校长。在纳雍一小，她和贫困山区的孩子们结下了深厚的感情，亦师亦友的教学方式使校园内处处洋溢着家的温馨。

"詹老师将广州城区一些好的教学理念和教学方法带到这里，为学校教育教学注入了新的活力。"纳雍一小校长卢启腾说。

詹雯在纳雍县名声响亮。自从她应邀给县武装部和文昌街道做了"如何有效沟通，提升职业幸福感"的培训后，在全县引起极大反响，县法院、县检察院和县直相关部门都纷纷邀请她去做讲座。

在大方县雨冲乡，广州市先后帮扶建设的红旗村幼儿园、中心小学图书阅览室、未来教室、体育学校和雨革小学音乐教室、智能教室、山村幼儿园、图书绘画阅览室等，已成当地一道亮丽的风景。

广州市投入各类资金420万元，让雨冲乡许多农村孩子享受到了舒适的图书阅览室，学会了操作机器人，与广州沿海发达学校远隔千里共享名师上课，接触了电脑信息技术和音乐器材。如今，雨冲乡全乡98人次义务教育阶段和高中及以上家庭均获教育资助，贫困农户孩子不因贫失学辍学，为家庭点燃了希望之火。

为深化教育对口帮扶成效，广州市增城区与毕节市金海湖新区采取互派教师挂职、开展教师培训与交流、举办教学研讨活动等方式构建全面交流机制，帮助结对学校规范日常教育工作和校园文化建设，有力促进了金海湖新区教师专业化发展，全面提升了该区学校办学水平和质量。

在金海湖新区响水中学挂职副校长的增城区第一中学教导主任吴群转表示，增城区第一中学还会有音乐、美术、体育等专职教师过来交流，争取让响水中学在特长生辅导方面实现新突破，推动响水中学艺体教育工作再上新台阶。

如今，两区教育协作成果喜人，一批又一批的教师跨越山与海的距离，奔赴千里交流学习、传经送道，既为两地架起了友谊的桥梁，也为金海湖新区推动教育高质量发展奠定了坚实基础。

金沙县认真抓住荔湾区对口帮扶机遇，主动联系对接，努力实现荔湾区教育帮扶最大化和最优化。

通过前期反复磋商，荔湾、金沙两地教育部门于2017年4月25日在金沙签订了《广州市荔湾区对口帮扶金沙县教育事业"三年行动计划"框架协议》（下称《协议》），明确了荔湾区对金沙县教育帮扶的目标和任务、方式和内容、期限和保障措施等。

《协议》确定了荔湾区梁家祠幼儿园等4所幼儿园对口帮扶金沙县清

池镇、石场乡、平坝镇和西洛街道4所幼儿园；荔湾区沙面小学等8所小学对口帮扶金沙县金沙三小及清池镇、岩孔镇、石场乡、柳塘镇、桂花乡、西洛街道、马路乡等地中心小学，并以中心完小辐射全乡（镇、街道）小学教育；选定了荔湾区美华中学等9所初中对口帮扶金沙二中、金沙县民族中学、清池中学、平坝中学、太平中学、高坪中学、马路中学、茶园中学、桂花中学；选定了广州市真光中学等高中阶段学校对口帮扶金沙一中、金沙中学和金沙县中等职业技术学校；选定荔湾区致爱学校对金沙县特殊教育学校进行帮扶。

帮扶以来，荔湾区教育发展研究院对金沙县130多名县、乡（镇、街道）教研员及骨干教师进行培训，动员教育方面的专家、骨干教师来金沙县进行教育帮扶达146人次。金沙县赴荔湾区学习的教育干部和教师达92人次。

截至2019年，广州针对毕节7个贫困县各1所学校开展教育"组团式"帮扶，以点带面，加快两地教育大融合，促进教育质量全面提升。开展交流互访56次，选派22名校长、教师到"组团式"帮扶学校挂职，接收27名教师到结对学校挂职学习，开展专题培训、校长论坛等帮扶活动58次，培训毕节教师1245人次，投入227万元援建信息中心、播音室等各类场室12个，争取各类社会捐助资金62万元资助321名贫困学生。

医疗帮扶：既破短板又筑"保障墙"

2019年12月，广州市胸科医院呼吸科副主任医师、应急医疗队队长周强到毕节，挂任毕节市第三人民医院扶贫专家组副组长。

"一定要知道医疗技术的贫乏在哪里，短期的难题在哪里，又应该如何去做到长期有效的帮扶。"带着这些思考，在初来的2个月里，周强深入医院每个临床科室了解情况，通过下乡巡诊、远程会诊、现场调研和业务交流等方式，深入大方县、纳雍县、黔西县、金沙县、百里杜鹃管理区等县区人民医院，掌握当地医院的传染病病房设置、检验科建设、人才梯度培育、诊治短板缺陷等现实状况。

通过深入了解情况后，他设计了3个任期内目标：组建呼吸介入治疗团队、结核重症ICU（Intensive Care Unit，重症加强护理病房）团队和耐多药结核诊治团队。

结核重症是毕节医疗难题之一。2019年11月，在广州的对口帮扶下，毕节市第三人民医院完成了ICU病房改造、仪器设备的招标采购和调试，并选送专业技术人员前往广州市胸科医院重症医学科培训，初步建立了针对呼吸科重症的ICU团队。

2020年春节期间，新冠肺炎疫情来袭，广州对口帮扶医疗专家团队向广州市第一人民医院、广州市胸科医院、广州市第八人民医院、广州市驻毕节扶贫办第一协作组等单位提出了采购和捐赠防护服、隔离衣、口罩、护目镜、手套等抗疫物资的请求。经过大家的努力，毕节市第三人民医院收到捐献的KN95防护口罩1100个、N95防护口罩200个、外科口罩400个、防护服214套、隔离衣14套。

2017年6月以来，广州市增城区对金海湖新区持续开展医疗对口帮扶活动，并通过挂职交流、跟班学习、专题讲座等形式，打造医生专业技术队伍，不断提升该区医疗服务质量。

杨土养是增城区卫生系统选派到金海湖新区相关卫生院挂职副院长中的一员。刚来到双山镇卫生院，他便立即熟悉情况，及时投入到工作中。

针对中医馆医生资历较浅的情况，他倾心传授中医学知识，用心培养愿承担、有能力的本土医疗卫生人才，让年轻医生在实践中快速成长起来。"传承中医、弘扬国粹是中医的职责，除了加强学习康复手法，还要多看中医诊疗书籍。"杨土养说。

为了使患者得到更好的治疗，杨土养除了要求每位医生积极学习医疗技术，提升自身职业道德素养之外，还要求他们严格依照流程进行医疗护理操作。

"要想提升医疗服务质量，就要增加人手、培养人才、增加医疗设施，看病难看病贵的问题才能得到解决。"杨土养介绍，为了让双山镇群众在"家门口"享受到优质的医疗服务，他们经常下村开展义诊活动，并免费赠送药品给困难群众。

家住金海湖新区双山镇法书村的村民黄安英，2018年开始出现双膝关节持续性胀痛的症状，行动严重受限，后来在中医馆医生的精心治疗下逐渐康复。"杨院长检查了我的状况后，让中医馆的李医生给我做针灸和推拿，几天时间就好多了，住院前连走去端碗都成问题，现在已经能做点家务事了。"

为提升金海湖新区基层医务人员的医疗技术水平，增城区还通过远程会诊、远程培训、专家现场就诊等方式，使东部地区优质医疗资源下沉到金海湖新区基层医疗机构，使基层疑难杂症得到有效诊疗。

"近年来，小坝中心卫生院得到了增城区卫健系统的大力帮扶和技术支持，通过'请进来''走出去'的方式，在提升我们医疗救治水平的同时，也让医务人员学到了新的诊疗思维、诊疗方法。"说起增城区的帮扶，小坝镇中心卫生院副院长何卫华十分感激。

自结对帮扶以来，广州市花都区人民医院医疗集团先后派出多名医疗专业技术人员，组成医疗帮扶团队到黔西县钟山镇卫生院以及黔西县东部片区医共体下属分院进行医疗帮扶，多措并举，共享交流，分享广州市花都区医疗联合体建设经验，提升帮扶地区医疗扶贫整体水平，拓展了医学领域中的精准扶贫之路。

根据钟山镇卫生院的实际情况，花都区帮扶团队加强内科、ICU建设，规范钟山镇卫生院及黔西县东部片区医共体下属各分院的病历书写及抗菌药物使用，规范内科各种常见病、多发病、慢性病的诊治管理；帮扶团队协助钟山镇卫生院完善医院交接班制度、三级查房制度、危急值处置登记、会诊登记、转诊流程等，规范了18项医疗核心制度，加强医院内部科室管理，提高了医院管理科学化和规范化水平，极大提升了医院诊治水平。

如今，钟山镇卫生院诊治水平提升明显，尤其内科ICU诊治能力显著提升，使部分急症及慢性病患者能在本镇内得到救治和控制管理。引进长效降压药使高血压病人的病情就近在当地得到控制，改善病人就诊体验，减轻上级医院诊治负荷，节省医疗资源；开展简易肺功能检查，提升对慢阻肺疾病病人筛查、诊治能力；结合当地实际开展本院内首例急性脑梗死、急性ST段抬高型心肌梗死患者时间窗内尿激酶溶栓治疗，为急性脑梗死、急性心肌梗死患者救治赢得黄金时间和进一步处理的机会。

此外，花都区还借助黔西县卫生系统原有远程会诊系统，对黔西县东部片区医共体内的医务人员进行授课，提升基层医务人员理论知识与技能，开展学术讲座15次、教学查房141次、手术示教21次，培训医务人员328人次。

聚焦医疗需求，广州在毕节7个贫困县各选取1所医院开展"组团式"帮扶，带动整体医疗水平提升。开展交流互访47次，选派23名医护人员到"组团式"帮扶医院展开帮扶，接收10名医护人员到结对医院挂职学习，开展教学查房、手术示教等帮扶活动63次，培训毕节医护人员2610人次，捐助1170万元援建手术室、ICU等重点病房，开展下乡义诊50次，义诊群众3686人次。

20世纪末，赫章县人民医院就医条件差，占地面积小，床位仅有120张，无法满足群众的看病需求。1998年，由深圳市福田区政府资助400万元，医院自筹资金80万元，建设赫章县人民医院新院，设病床200张，解决了医院床位紧张的困难。为纪念福田区对赫章县医疗卫生事业所做出的贡献，这所医院挂牌为"赫章福田友谊医院"。

如今的赫章福田友谊医院实际开放床位750张，设有19个临床科室。仅2018年，该医院接待门诊人次就达39.4万，住院43892人次，覆盖赫章县90万人口。

人才帮扶：身入乌蒙地，便是乌蒙人

"他扎实的工作作风、务实的工作态度感染着身边的同志。"郭湾说。

在金海湖新区双山镇普陆村，一排排温室大棚在青山下格外显眼。这片大棚是恒大帮扶项目中落户普陆村的项目，它孕育着普陆村11个村民组1071户群众的致富梦。

"经常看到他来我们村。"据村民胡万明介绍，朱彬时常会到大棚里走走看看，询问村民务工情况，和村民谈种植技术，帮助大家寻求销售渠道。

"朱主任很关心我们村的产业发展，经常和我们交流，我们村好多人都认得他。"普陆村党支部书记陈炎说。

走进普陆村五组村民杨天勇家中，他正在忙着采摘蚕茧，雪白的蚕茧摆满了屋子。"好政策，好领导！真的非常感谢！"据杨天勇介绍，他家2020年养蚕收入已达万元。

普陆村由增城区帮扶的种桑养蚕项目，目前种植桑树1000余亩，惠及贫困群众240户。而项目的对接、落地实施，蚕丝的销售，每一样都离不开朱彬的努力。其实，从一开始到金海湖新区挂职，朱彬就积极利用自己作为挂职干部的优势，想方设法帮助新区群众把农产品销售到广东市场。

在调查研究的基础上，朱彬积极为金海湖新区总体帮扶工作建言献策。他积极协调组织成立了领导小组，明确各部门分工，发挥部门优势，形成工作合力，使帮扶工作越来越深入、措施越来越有力。同时，他还倡导建立了"联席会议制度"和"专题会议制度"，两区党政主要领导先后共计召开了4次党政联席会议。据统计，自结对帮扶以来，增城区来访金海湖新区57批次645人次，金海湖新区赴广州考察学习15批次160多人次，以联席会议纪要明确了两地组织部、教育局等15个部门和4个乡（镇、街道）结成了帮扶对子。

"朱彬是个踏实苦干的好同志，为新区做了不少事。"这是金海湖新区干部群众对朱彬的评价，更是他兢兢业业为群众拔穷根的真实写照。

2018年，在朱彬的牵线搭桥下，增城区13家爱心企业和4个镇（街）与金海湖新区15个深度贫困村达成了结对帮扶意向，其中12个深度贫困村已经签订了对口帮扶协议并获赠产业帮扶资金。

在脱贫攻坚这场大战中，许多像朱彬一样的帮扶干部扎根乌蒙山区，兢兢业业为毕节贫困群众谋实事，推动毕节在摆脱贫困的路上不断迈出新步伐。

在百里杜鹃管理区，增城区派驻百里杜鹃挂职干部夏文生3年持续协调东西部扶贫协作资金800余万元，改变了百里杜鹃龙塘村的发展面貌。

2017年5月，夏文生来到龙塘村，对当地高粱酿酒—酒糟养猪—猪粪肥田的循环农业模式以及600多年的古法酿酒历史印象深刻。加之该村周边环绕米底河景区、杜鹃花王景区、戛木景区，集"花、河、洞、谷"于一体，夏文生决定久久为功，唤醒和推动龙塘发展乡村旅游。

2017年8月，夏文生联系经济实力较强的增城区增江街道和黄泥乡结对，资助15万元帮扶购买制茶设备1套；组织酿酒户到宜宾古镇李庄学习酿酒工艺和古镇旅游，坚定龙塘发展信心。

增江街道加大力度，投入70万元帮扶东田公司农事体验中心、特色养殖场、贫困户土鸡养殖、垂钓鱼塘等项目，为龙塘乡村旅游发展提供系统支持。2017年8月，夏文生签名担保的总投入537万元的龙塘村乡村旅游基础设施项目获得批准，改造了49户家庭作坊酿酒条件，建设了20栋民宿主体工程和2个游泳池。

为持续优化龙塘的周边环境、做活产业生态，2019年初，夏文生多方联系协调，为龙塘村筹资142万元种植玫瑰；协调120万元投入龙塘对岸的中塘村种植玫瑰和月季，打造龙塘河花谷。为提振信心，夏文生还不断将广州的客人引到龙塘进行考察、消费。

携手协作：人是决定性因素

自帮扶毕节开始，恒大集团便致力于在乌蒙山区打造一支能吃苦奉献、能打硬仗、能出思路、能出管理理念、能出技术，还能激发当地干部群众内生动力的优秀扶贫团队。

恒大从全集团系统选拔了321名优秀扶贫干部和1500名本科以上学历扶贫队员，与原派驻大方县的287人组成2108人的扶贫队伍，分派到毕节各县、乡、村，工作到村、包干到户、责任到人，与当地干部群众携手并肩，向贫困"宣战"。

经过几年鏖战，恒大与毕节各县区政府探索实践的"政企合作"扶贫模式成效凸显。截至2019年，恒大已协助毕节各级政府帮扶58.59万人初步脱贫，助力大方县、黔西县成功脱贫摘帽。

深入开展人才交流，相互取长补短，为抓好对口帮扶工作提供了智力支撑。

2018年底，广州市在原来15名援黔党政干部的基础上，再增派14名安排在毕节7个贫困县，进一步充实了帮扶力量。2016年以来，帮扶挂职干部中有3名同志被评为广东省脱贫攻坚工作突出个人，14名同志被评为贵州省和毕节市脱贫攻坚优秀共产党员、先进个人，2名同志被授予"援黔医疗卫生对口帮扶工作特殊贡献奖"。广东省第一扶贫协作工作组毕节组被评为2019年"贵州省脱贫攻坚先进集体"，天河·纳雍东西部扶贫协作党支部被评为"贵州省脱贫攻坚先进党组织"。

广州市与毕节市的学校、医疗机构开展结对帮扶以来，结队帮扶双方互派干部挂职，促进了交流协作，也增进了穗毕两地干部群众的深厚情谊。

（文／汪瑞梁）

一江春水，从乌蒙山麓到南海之滨，哺育了一方儿女。

两地帮扶，从洞天福地到羊城花都，结下了永恒情缘。

2016年至今，乌蒙深处的毕节、南海岸边的广州，两座跨越千山万水的兄弟城市，携手书写脱贫攻坚新篇章，创造了脱贫攻坚的"乌蒙奇迹"，谱写了东西部扶贫协作的"穗毕经书"，同心共圆小康梦。

产业项目

共写一本"穗毕协作经书"

三年,弹指一挥间。

一江春水,从乌蒙山麓到南海之滨,哺育了一方儿女。

两地帮扶,从洞天福地到羊城花都,结下了永恒情缘。

2016年至今,乌蒙深处的毕节、南海岸边的广州,两座跨越千山万水的兄弟城市,携手书写脱贫攻坚新篇章,创造了脱贫攻坚的"乌蒙奇迹",谱写了东西部扶贫协作的"穗毕经书",同心共圆小康梦。

"广州所能"牵手"毕节所需"

2019年8月17日至18日,广州市花都区委书记黄伟林率党政代表团到毕节市织金县开展对口帮扶调研工作时表示,花都、织金两地要加强对接,推进织金竹荪、鸡蛋、豆类等绿色环保优质农特产品进入广州乃至全国市场,带动更多贫困户守土增收促发展,持续推进东西部扶贫协作。

这是广州、毕节两市持续推进东西部扶贫协作的一个缩影。对口帮扶以来,毕节、广州两市先后研究制定《广州·毕节东西部扶贫协作三年行动方案》,签署《广州·毕节东西部扶贫协作助推脱贫攻坚合作协议》,建立《广州市、毕节市东西部扶贫协作工作党政联席会议制度》。

加强两市及其对口帮扶县区的党政交流对接，有效促进了双方对"毕节所需"和"广州所能"的了解，有利于更好地开展扶贫协作工作。

番禺区对口帮扶威宁自治县，双方成立了对口帮扶工作领导小组，对帮扶项目的申报、立项、审批、招投标、开工建设、竣工投产等环节实行全程跟踪服务，确保帮扶项目早开工、早投产、早见效。

2019年1月至7月，广州、毕节两市党政主要领导均完成互访，并召开2次市级党政联席会议，印发年度工作计划，实现定期调度、通报工作机制。广州市6个结对区党政主要领导均已到毕节市结对县区调研对接工作，毕节市10个县区党政主要领导已到广州市结对区对接工作。

"粤企入黔"力挺"黔货出山"

推动"粤企入黔"和"黔货出山"，是两市对口帮扶的精彩一笔。

广州市协同毕节市商务局、毕节海关举办了"全市出口农产品基地备案及注册登记暨出口农产品（电商）品控管理及追溯体系建设培训会"，为有效推动毕节农产品融入粤港澳大湾区"菜篮子"平台建设做好基础性工作。

此外，广州市还帮助引进广州耀泓农业、江楠农业、开心农业以及贵州张氏云贵蔬果、广州港华等农业龙头企业入驻毕节，在毕节市规模化建设订单农业，标准化打造高原高效有机农业生产基地，助力粤港澳大湾区"菜篮子"建设。

从广东引进的贵州宝钧跨境电子商务有限公司，是毕节市首家专门从事农产品跨境销售的综合性集团公司，2017年5月投资5亿元打造占地86.3亩的跨境电商产业园，包括电商运营中心、农产品大数据中心、农产品检测中心、农产品加工中心、高山高端有机农牧产品交易中心等。

七星关撒拉溪兴联养殖场内工人在生产线上将鸡蛋装箱（韩贤普/摄）

公司以"黔货出山"为契机，借力毕节名、特、优农产品荟萃的优势，全力打造毕节农特产品"人无我有、人有我优，特色特价、优质优价"的亮丽名片，现已和当地多家农业企业展开合作。

"2017年5月至8月，我们累计销售了当地的土豆、杨梅、李子等农产品5000余次，农民获得收入30多万元。"公司副总经理周富说，企业正以大数据思维为引领，致力于做大做强毕节山地特色农业产业，把毕节的名特优农产品推向全国乃至世界，带动当地群众脱贫致富奔小康。

为进一步推动"黔货出山"，毕节市先后组织当地多家企业参加广州国际食品食材展等国内国际展会，并在广州设立多个农特产品展销窗口，成立"毕节·广州——同心黔行产销扶贫联盟"，首批联盟企业58家；引进广州胜佳超市等20多家销售市场主体与毕节市农业企业签订农特产品销售协议。

2019年1月至7月底，毕节全市共计销售农产品2.26万吨，销售收入3.36亿元，迈出了"黔货出山"的铿锵步伐。

就业扶贫越"火",增收越有希望

在广州市对口帮扶毕节的6个区,均建有"劳务协作工作站",专门为毕节市外出务工人员提供就业推荐、岗前培训和法律援助等服务,筛选、推送适合毕节贫困劳动力就业的岗位信息。

仅2018年,毕节就向广州提供了贫困劳动力信息6万条,依托"毕节就业云"信息平台,专门开辟了"中国南方人才市场直通车""广州市人力资源市场岗位",发布广州市2664家企业14213个招聘岗位信息,有效促进了毕节贫困劳动力就业。

为帮助贫困学子"毕业即就业",广州、毕节两地极力推动扩大校企合作规模。现已有广州广港集团等多家企业和毕节职业技术学院、毕节医学高等专科学校等高校达成合作,开设技能型校企合作班,实现贫困学子"订单"入学、定向就业。

2017年9月,广港集团与毕节职业技术学院合作开设的"广港班"正式开班,迎来首批学生56名。"广港班"重点面向毕节市贫困家庭初、高中毕业生招生,学生在校期间享受学杂费减免、生活费补助等扶贫政策,毕业后由广港集团根据学生情况安排就业。

"我想在沿海拼搏几年,多看看外面的世界,增长见识。"已在广州就业的2017级"广港班"学生王祥说。

2019年7月,毕节职业技术学院2019级高职层次的"广港班"招生,同年9月正式开班。2020年累计培养学生150人左右,帮助150个家庭脱贫致富,初步实现"一人就业,全家脱贫"目标。

在广州市各界的帮扶下,2018年毕节市开展贫困劳动力培训10.71万人,实现城镇新增就业8.59万人,累计实现15.38万名贫困劳动力就业创业,社会保险参保总人数达526.3万人次。

毕节、广州两市将进一步加大"组团式"帮扶力度,有针对性地开展专业领域学科性帮扶力度；精准聚焦"两不愁、三保障"，多渠道整合帮扶资源促进扶贫产业发展，借助粤港澳大湾区"菜篮子"平台建设加大农产品销售力度，提高产业扶贫和就业扶贫成效；继续推动扶贫公益岗位开发以及校企合作，带动贫困学生就业增收。

（文／顾野灵　汪瑞梁）

牵手共奏同心曲

位于乌蒙腹地的纳雍县，有着丰富的文化内涵，先后吸引了一批批文人到此采风。在他们的作品里，对纳雍做出了这些定义："高原水乡""苗族诗乡""生态茶乡""西南煤乡"……

从这些定义可以看出，纳雍风景秀丽，人民淳朴。但在经济发展上，纳雍却被贴上"贫困"的标签。

脱贫攻坚战打响后，作为贵州省深度贫困县之一的纳雍，得到各级党委、政府的深切关怀。各级党委、政府协调各种资源，配齐各项资金，和纳雍人民一道战贫斗困。

2016年9月，根据安排，广州市天河区结对帮扶纳雍县。结合实际，天河区提出了"五个纳雍"帮扶计划，双方签订了《东西部扶贫协作和对口帮扶合作框架协议（2016—2020）》，制定了《天河区·纳雍县东西部扶贫协作工作联席会议制度》。

天河区倾尽全力关心、关怀和帮助纳雍，为纳雍经济社会发展、决战决胜脱贫攻坚做出了卓越贡献。

纳雍也十分珍惜天河帮扶的机遇，将东西部扶贫协作工作提上议事日程，列入"一把手"工程，定期组织召开专题会议，研究部署对口帮扶事宜，推动具体工作落实。

共下"一盘棋"

双方"联姻"后，纳雍成立了以县委书记、县长任双组长的纳雍县对接广州市对口帮扶工作领导小组，组建工作专班和县对广办，抽调工作人员集中统一办公，负责对接和落实具体工作事务。双方签订了《东西部扶贫协作和对口帮扶合作框架协议（2016—2020年）》，联合制定《天河区·纳雍县东西部扶贫协作工作联席会议制度》，定期组织召开党政联席会议。

天河区先后派出以优秀后备干部陈介东为组长的18名同志驻纳雍工作，分别挂任县委、县政府、县政府办、县扶贫办、县教育局等单位的相关职务。

2016年以来，纳雍县、天河区多次召开会议，专题研究部署东西部扶贫协作工作。结合双方优势和特点，共同商定了"五个纳雍"帮扶计划，即"广州媒体看纳雍、广州文人写纳雍、百万老广游纳雍、百家企业投纳雍、纳雍特产进都市"帮扶协作计划。双方党政主要领导互访调研对接工作多次，共同召开党政联席会议，对重要方案、重大项目和重要事宜及时沟通、形成共识、推动落实，共谋脱贫攻坚这"一盘棋"。

纳雍商品在广州消费扶贫专区销售（刘建/摄）

落实顶层设计后，双方合作向基层纵深拓展。

经过协商，天河区猎德街道等7个街道与纳雍县董地乡等7个深度贫困乡镇结成"亲戚"，实现了深度贫困乡镇对口帮扶全覆盖；牵线天河区77家企业（商会）与纳雍县98个深度贫困村"结成对子"，实现了深度贫困村企业结对帮扶全覆盖；天河区教育、卫计、农牧等部门分别与纳雍县对口单位形成重点结对帮扶关系，天河区14所医疗单位、53所学校与纳雍县32所医疗单位、66所学校成功结对，实现结对帮扶全覆盖，双方互派干部和专业技术人员挂职锻炼、交流学习、专题培训，并在人才、项目、资金、技术、管理等方面实施定向帮扶，取得了良好的效果。

共富一方民

"咯咯咯，咯咯咯……"在纳雍县张家湾镇普洒社区（青年鸡）养殖场，鸡鸣之声不绝于耳。该社区大树组的贫困户张进，正忙着配制饲料，其妻李琴，正穿行于养殖场，给鸡喂食。

未在养殖场上班前，张进夫妻俩以务农为生，女儿张蝶在武汉读大学，儿子张小停在贵阳读中职，生活过得很拮据。

2019年9月，广州天河区捐赠资金400万元，张家湾镇其他15个村每村入股1万元，县里配套50万元，建成普洒（青年鸡）养殖场。养殖场建成后，张进夫妻俩就到该养殖场上班，成了固定的"上班族"。

"我每月3000元，李琴每月2500元，每月除开花销，还剩不少。"提到这个工作，张进很满意。

和张进一样在养殖场谋得固定工作的，还有6人，都属贫困户。另外，还有临时工30余人，其中贫困群众10余人，每月也能在养殖场赚得1800元左右。

普洒的养鸡场由贵州东盛牧业有限公司负责经营。东盛牧业公司每年付租金50万元，租金中的70%作为贫困户分红资金，覆盖全镇321户1245人，户均可分红1090.3元，人均分红281元，不仅带动普洒社区贫困户增收，还带动了全镇贫困户增收。

2016年9月至2020年6月30日，天河区投入帮扶资金1036.17万元，在厍东关乡、玉龙坝镇、张家湾镇等乡镇贫困村实施了经果林种植、中药材种植、土鸡养殖、蛋鸡养殖、中蜂养殖等农业产业项目5个，推动种植养殖产业发展；投入帮扶资金348.68万元，在玉龙坝镇岩脚村、果几盖村实施了中药材烘烤加工、收储分拣加工项目2个，推动农产品加工的发展；投入资金1000万元，在维新镇、玉龙坝镇等地实施乡村旅游项目2个，有力拉动了当地乡村旅游产业发展，推动脱贫攻坚与乡村振兴融合发展；投入帮扶资金10万元，在厍东关乡等乡镇贫困村实施了农民讲习所、技能培训基地，培训农民300人次，加快农村社会项目建设脚步……这些项目都为纳雍县脱贫攻坚、乡村振兴发挥了不可估量的作用。

除了发展产业上坚持发力，在助推"纳货出山"方面，天河也凸显担当。

纳雍县张家湾镇普洒社区（青年鸡）养殖场（张晓勇／摄）

在纳雍县的大山里，住着成群的"巫骨"生物，渴了喝山泉，饿了啄虫蚁……它们是纳雍好山好水养出的"滚山鸡"。

纳雍"滚山鸡"肉质鲜美，营养丰富，富含人体所需的氨基酸、叶酸和锌、硒等微量元素，先后获得了国家森林食品认证、有机食品认证、国家地理标志认证以及SC认证，还获得了世界动物协会"金鸡奖"和"金鸡蛋奖"。

纵使品质上佳，但"滚山鸡"要"滚"出纳雍，"飞"出贵州，也需要花很大功夫。

为了打开销路，纳雍县党政主要领导多次组团前往广州参加农产品推介会。广东省第一扶贫协作工作组组长胡爱斌、广州市对口帮扶毕节工作组组长谢钦伟先后多次到纳雍土鸡生态放养场考察，在确认了纳雍土鸡品质后，向广州消费扶贫联盟推荐了纳雍"滚山鸡"。

2020年4月9日，纳雍县源生牧业股份有限公司董事长刘健携纳雍"滚山鸡"参加广州消费扶贫联盟主办的"黔凤入粤"品鉴活动。活动现场，按照广东的烹饪方法，用清水将"滚山鸡"煮8分钟，再用微火焖3分钟，放点盐和葱花，独有的清香满屋飘，引来参加活动者纷纷点赞。

"沐绿荫清风，喂五谷杂粮，饮山间清泉，啄林间虫蚁，食山野草蔬。聚啸山林，自然生长，常与老鹰、黄鼠狼、猛蛇等天敌'共舞'……"刘健抓住机会，滔滔不绝地为游客介绍纳雍"滚山鸡"的养殖方式，其精彩的介绍引来阵阵掌声。随着宣传视频的播放，人们被纳雍良好的生态和"滚山鸡"融入自然的养殖方式深深吸引。

2020年4月12日，经过广州天河区主要领导的牵线搭桥，纳雍县成功与优生活（广州）食品科技有限公司、广州中洲农会联合签订了3年销售1.8亿元的三方战略合作框架协议，拉开了纳雍"滚山鸡"朝向东南"飞"进广州市场的大幕。

5月11日，广州市协作办、天河区等单位积极推动，促成"纳雍土鸡出山大会战启动仪式"在广州市消费扶贫服务中心（中洲农会）举行，推动20万羽纳雍"滚山鸡"直"飞"广州市民餐桌。

同时，贵州金蟾大山生物科技有限公司寨乐食用菌种植基地和贵州纳雍源生牧业股份有限公司纳雍县土鸡原种扩繁场成功申报为第四批粤港澳大湾区"菜篮子"工程生产基地，全面打开了"黔货入粤"的大门。

截至6月30日，广东市场帮助销售纳雍茶叶、玛瑙红樱桃、土鸡（土鸡蛋）、食用菌、糯谷猪肉、百兴面条、冷凉蔬菜等农特产品，收益1.5亿元，带动贫困群众2000余人脱贫。

共"化"一方人

2019年9月，纳雍县易地扶贫安置点的旁边，响起了施工的声音。

2020年4月，一所崭新的学校——纳雍县天河实验小学已然矗立。

2020年5月28日，天河实验小学走进了第一批学生、第一批家长，同时，也走进了第一位校长。

首任校长叫詹雯，是2018年5月由广州市天河区教育局选派到纳雍县教育科技局的挂职干部。在天河区已是"优秀教师"的她，和纳雍的孩子们相处几天后，成了她们口中的"校长妈妈"。

学校由天河区投资4250万元援建，占地面积20781平方米，建筑面积8334.11平方米，有食堂、运动场、露天书吧、美术室、书法室、创客室……

开学前一天，家长们带着孩子来参观学校，詹雯到大门口迎接，带着家长和孩子到处参观，详细解说。老师们也很快和孩子们"打成一片"。这样的校园环境，这些负责任的老师，家长们看在眼里，他们放心。

学校以"让每个孩子成为最好的自己"为办学理念，以"办一所有生命温度的学校"为办学目标，以"培养乐山乐水的'五好'少年"为育人目标，以"因自己的存在让他人感到幸福"为校训，以"教师发展的沃土，学生成长的乐园"为共同愿景。詹雯和老师们把这些都牢记心中，不管是上课，还是在日常和学生的相处中，他们都努力践行着。

学校有易地扶贫搬迁学生1260名，其中，近460名是留守儿童，在这片"沃土"中，他们慢慢地转变，慢慢地成长。

五年级的陆江婷，之前是一个内向的孩子，看见陌生人就躲。在天河实验小学这一个月来，她慢慢地变得外向了。《广州日报》记者到天河实验小学采访那天，她还争着当导游，给记者介绍这样、介绍那样，丝毫看不出一点腼腆。"这就是我们的办学理念——'让每个孩子成为最好的自己'很好的体现。"詹雯说。

天河实验小学只是天河区对纳雍县教育帮扶的一个项目，也是帮扶的一个缩影。

据介绍，截至2020年6月30日，天河区投入了帮扶资金399.704万元，资助了1351名建档立卡贫困大学生，通过社会组织捐资40万元资助60名贫

纳雍县天河实验小学（陈思勇／摄）

困学生，解决了一批贫困学子的燃眉之急。

　　此外，天河还重点关注和扶持残疾贫困人口，探索建立"康复、就业、出行"扶贫形式，解决了179名残疾人就业；投入资金16万元实施"纳雍残疾儿童康复计划"，资助8名残疾儿童进行康复救助训练；投入资金80万元实施"纳雍县残疾人无障碍改造工程"，对802户贫困残疾人家庭进行了无障碍改造。

　　"广黔同心、携手同行"，在脱贫攻坚的战场上，纳雍、天河相互"牵手"，充分展现了纳雍担当、天河作为。

（文／周恩宇）

大湾区产业挺进乌蒙山

在广州市番禺区的倾情帮扶下，赫章县通过招商引资引进企业培育全产业链，打造年产7000万只燃气灶炉头和地弹簧缸体铸造基地，炉灶头成功出口到东南亚、非洲等地。

广州耀泓生态农业开发有限公司入驻织金，带动织金群众发展南瓜产业，让躲在深山的小南瓜成为脱贫致富的大产业。

港华（广州）文化旅游发展有限公司在赫章县兴发乡打造"云海花田"田园综合体项目，以现代农业生产技术助推产业结构升级，改低附加值农产品种植为高附加值经济作物种植，推动兴发乡脱贫攻坚和经济发展。

……

近几年，毕节市牢牢抓住东西部扶贫协作的重大历史机遇，积极主动与广州市共同构建了多层次、全方位的扶贫协作模式，推动了毕节市与珠三角地区的经济大融合、发展大联动、成果大共享，吸引了一批批粤港澳大湾区企业入驻毕节。企业落地，带动了毕节特色产业的发展，为毕节脱贫攻坚、社会发展注入了新鲜活力。毕节顺势而为，持续优化营商环境，扩大招商引资，不断加强与粤港澳大湾区企业的交流合作，推动广州、毕节东西部扶贫协作向纵深发展。

"穷"在深山有远亲

夏日的赫章县雉街乡风和日丽、瓜果飘香，辣椒、四季豆种植基地里，农户们为了管护农作物，忙得不可开交。在产业发展中，雉街乡种植茄子、甜辣椒、四季豆、富硒番薯等1000余亩。这些产业的兴起，如今已成为雉街乡群众增收的"钥匙"。流转土地、务工增收，群众享受发展带来的红利，日子一天天变好。

雉街乡位于贵州屋脊——韭菜坪北麓的乌蒙山深处，过去产业发展滞后。2016年9月，广州市番禺区对口帮扶赫章县，番禺区帮扶人员在赫章深入调研后，决定引进企业，推动赫章发展现代农业，走产业化之路，从而夯实赫章脱贫攻坚的农业产业基础。

2017年12月以来，广州市至润油脂食品工业有限公司积极响应广州市、番禺区政府的号召，用实际行动参与到赫章县的对口扶贫项目工作中。公司先后投资1000余万元，于2018年3月17日成立贵州至润农业科技有限公司，与赫章县雉街乡4个村签约承包流转土地3800亩，通过公司的示范基地，带动当地的农业合作社、农户、贫困户、种植户发展。

贵州至润农业科技有限公司通过在雉街乡示范种植茄子、辣椒、富硒番薯等蔬菜，在赫章打造了蔬菜瓜果基地。2019年，公司将富硒番薯种植面积扩大到1万亩，通过打造"至润"品牌，带动农户发展果蔬产业，助力雉街乡群众脱贫致富。

赫章县铁匠乡港华鲜花育苗种植示范基地是广州港华农业科技有限公司在赫章县打造的首个鲜花育苗种植示范基地。2018年5月，在番禺区的协调下，广州港华文旅公司开始在赫章县铁匠乡实施鲜花育种、育苗种植基地项目，助力赫章脱贫攻坚工作。

在广州扶贫资金的帮扶下，该基地已成功试种白扇菊、橄榄绿等30多个菊花品种，并成功引进北海道薰衣草、芝樱等种苗。港华文旅公司的加入，改变了铁匠乡传统农业的布局。如今，鲜花产业不仅扮靓了乌蒙深山，还带动了当地群众持续增收。

这几年，广州市倾情帮扶，大力支持毕节产业发展，助推毕节脱贫攻坚。数据显示，截至2019年10月，广州市引导85家企业到毕节市投资兴业，累计实际投资33.71亿元。企业的不断入驻，为毕节产业发展注入了新鲜活力，为毕节脱贫攻坚夯实产业基础增添了力量。

晒出喜人成绩单

2020年6月，毕节地区山木葱绿、色彩斑斓。在距离毕节市织金县1个多小时车程的以那镇五星村，一片片白色大棚格外显眼，大棚里种植着豆角、南瓜等蔬菜。这是五星村在贵州省织金县农耀农业开发有限公司的带动下，由党支部领办合作社带动发展的产业，也是东西部扶贫协作的产物。

贵州省织金县农耀农业开发有限公司是广州市花都区对口帮扶织金进行产业扶贫的典型代表。2018年4月，在广州市农业局和花都区的推荐下，广州耀泓生态农业开发有限公司（下称"耀泓公司"）通过签订招商引资协议进驻织金县，成立贵州省织金县农耀农业开发有限公司，在当地开展项目建设，带动当地产业发展。

这两年，在公司的帮助下，织金县产业风生水起，尤其南瓜产业发展势头强劲，"织金南瓜"更是声名远扬。2019年，织金县种植南瓜10万亩，南瓜获得丰收，南瓜产品走俏国外市场。

2019年，耀泓公司投资6500万元，在织金建集蔬菜加工、冷冻、保鲜、烘干、储藏、运输和销售一体化的现代高效农业全产业链加工园区，提升南瓜等蔬菜的附加值，助力织金产业发展。如今，加工园区已建成2条南瓜加工生产线。"如果满负荷运行，一天可加工300余吨南瓜，可解决300余人就业。"耀泓公司董事长曾爱生说。

"今年我们已经接到日本、韩国1700吨南瓜条、南瓜粒订单，需要加工近3万吨生鲜南瓜。"2020年3月22日，曾爱生在接受采访时介绍，2020

年，公司与织金各乡镇（街道）协力，在有条件的村组发展了南瓜种植共计15万亩。南瓜产业已成为织金决胜脱贫攻坚的重要支柱。

引进企业，兴旺产业，促进就业，助力脱贫。广州市对口帮扶毕节后，在助力毕节产业发展上大做文章，动员东部企业入驻毕节各县区，因地制宜发展产业，带动当地群众增收脱贫。广州港华文旅公司在赫章县兴发乡打造"云海花田"田园综合体项目，聘请周边村民100余人务工，累计2500余人次；广东开心农业科技有限公司进驻威宁自治县后，注册成立贵州开心农业科技有限公司，加入"三白"（大白菜、白萝卜、莲花白）蔬菜易地产业扶贫计划，累计吸纳全县建档立卡贫困人口务工数量达3500余人，贫困劳动力务工收入达260余万元……

东西协作真扶贫，乌蒙深处有回声。在广州市倾力支持下，粤港澳大湾区众多企业纷纷走进毕节地区，带动了毕节农业高效发展、加工业快速前进，还为解决毕节就业问题贡献了力量。截至2019年10月，毕节6.43万贫困人口在东西部扶贫协作的帮助下实现增收。

让更多"凤凰"飞进来

2018年，广州市在国扶办东西部扶贫协作考核中取得了好成绩，受到中共中央办公厅通报表扬。自广州对口帮扶毕节以来，认真落实中央及广东、贵州两省东西部扶贫协作的重要部署，对标国家考核要求，结合毕节所需，突出深度贫困地区，聚焦精准，尽锐出战，取得了明显成效。

脱贫攻坚，发展产业是关键。在对口帮扶中，来自广州的企业为毕节发展、脱贫攻坚带来的成效显著。纵观来自广州的各大投资企业，在落地毕节后，助推了毕节产业兴旺，助力"黔货出山"，带动了群众增收，有效加快了毕节决胜脱贫攻坚的步伐。

为让更多东部企业到毕节投资，近年来，毕节在招商引资上不断与广州加强交流合作。以粤港澳大湾区"菜篮子"工程为契机,毕节整合农业产业资源,着力引进粤港澳大湾区"菜篮子"联盟企业,助推建好"菜园子",加快融入粤港澳大湾区"菜篮子"建设。

"毕节自然环境'特'、生产要素'绿'、综合保障'全',是绿色产业投资首选地;全市农业园区点多面广、市场主体方兴未艾、特色产品优势突显,农业产业化发展前景广阔……"2019年8月15日,毕节市面向粤港澳大湾区"菜篮子"联盟企业招商推介会在广州举办,毕节市委常委、常务副市长吴东来在做招商引资主题推介时如是介绍。

为筑好引凤之巢,毕节还在生态农业的保供、加工、运输等环节下足了功夫。优化营商环境,建设基础设施……毕节等待着更多粤港澳大湾区"凤凰"飞进乌蒙山区。

(文/翟培声)

恒大大方不了情

连绵群山中，大方县恒大产业扶贫育苗中心的育苗大棚齐列如营。45岁的雷江站在大棚入口处，挂着一脸笑，"轻点，别碰烂了！"他伸手接过同村兄弟运出的小白菜苗，放在温室补光灯下仔细观察。

100多公里外的七星关区碧海阳光城，朱恒运隔窗望着花园里几个嬉闹的孩子，"明年我也能抱孙子吧？"他转头盯着墙上红艳艳的"囍"字自语，忍不住笑出声来。

"稍息，立正，向前看！"同一时刻，贵阳恒大新世界门岗，申时欢昂首提肩高声下达口令，带领中队12名保安出操训练。

雷江、朱恒运、申时欢，3人并不相识。但与100多万生于斯长于斯的毕节人一样，他们都曾有相同的身份——深度贫困地区建档立卡的贫困人口。

乌蒙山区是我国贫困面最广、贫困程度最深的集中连片特困区之一，毕节市更是乌蒙山区的贫中之贫、困中之困。毕节市7县3区总人口为927.52万人，2015年底贫困人口达115.45万人，其中大方县有贫困人口18万人。

作为广东地产行业龙头企业的恒大集团一直积极响应党中央号召，为国家脱贫攻坚贡献力量。在全国政协的鼓励支持下，恒大集团从2015年12月1日开始结对帮扶毕节市大方县，近几年无偿投入30亿元，到2018年底时实现了大方县18万贫困人口的全部稳定脱贫。

2017年5月3日开始，除大方县外，恒大集团又陆续承担了毕节市纳雍县、威宁自治县、赫章县、织金县、黔西县、金沙县、七星关区、金海湖新区和百里杜鹃管理区的帮扶工作，再无偿投入80亿元，前后共计110亿元扶贫资金投入对口帮扶工作；扶贫对象也由大方县扩展到毕节全市10个县区。

经过几年鏖战，恒大与当地政府探索实践的"政企合作"扶贫模式成效显著。截至2019年年中，恒大已捐赠到位60亿元扶贫资金，其中定向捐赠给大方县的30亿元资金全部到位；已协助毕节各级政府帮扶58.59万人初步脱贫，其中已助力大方县、黔西县成功脱贫摘帽。2020年，恒大还要协助毕节各级政府帮扶44.41万人稳定脱贫。

4年多来，包括恒大集团在内的企业持续帮扶毕节市，形成了一个良好的民营企业参与地方脱贫攻坚的体制机制。

"毕节干劲"应和"恒大节奏"

脱贫攻坚，同心筑梦。

初冬清晨，出门时天还没亮，雷江竖起领子，快步走到离家最近的奢香大道公车站。

乘公交车上班，这是雷江以前想也不敢想的事情。搬到奢香古镇前，他在距离大方县城几十公里外的核桃乡石艳村生活了40多年，因为交通不便又没有闲钱，连县城都没去过几次。

可现在，他是县城的主人，有100平方米的住房，有一份稳定的工作。

4路车缓缓进站，雷江找了个临窗的座位坐稳，嘴角一直捎着笑。

到东关育苗中心有4个站，7点30分，雷江走进3号玻璃温室。"我在这里上班哩，巴不得来早一点！"他很熟练地收拢遮光板，打开温室补光灯，然后弯腰贴近播种盘里绿油油的小白菜苗，一排一排仔细地看。

吸纳雷江就业的，正是大方县恒大产业扶贫育苗中心。这个占地总面积3.46万平方米的种苗基地坐落在大方县北东关乡，由恒大集团出资7000万元援建，2016年8月27日动工，2017年4月30日交付使用。

播种，出苗……6个月滚轮式的运作，育苗中心输出1000万株优质种苗，恒大在大方县已援建了大型育苗中心22处。这些调控着全县蔬菜大棚收种节拍的"苗宝宝"，先后移栽到10000多个已建成的蔬菜大棚里，陆续长大成"菜"，进入市场，为大棚的所有者带来可观收入，帮贫困户甩掉了扣在头上几十年的"穷帽子"。

仲夏，威宁的辣椒正值丰收季节，威宁自治县秀水镇中海村蔬菜基地一派喜庆——80吨西红柿、35吨豆角、30吨辣椒正从田间地头运往云南昭通；黔西县大寨村蔬菜基地580个大棚里也种着西红柿，红彤彤的果子坠弯了藤蔓，"平均产量约8000斤，每斤收购价按当前0.8元计算，每个大棚的收益在6400元左右，总收益预计达到370万元。"扶贫队员乐呵呵地算着账。

这样丰收的场景在毕节的不同地方上演着。辣椒、黄瓜、丝瓜、西瓜、圣女果……一筐筐蔬菜、水果从大棚中采摘出来，分拣、装箱，销往贵阳、重庆、广州、深圳……

深山搬迁户拥抱新生活

七星关区碧海阳光城安置区是恒大帮扶毕节市的12个移民搬迁社区之一，在这个全市规模最大的移民搬迁社区里，每天都发生着幸福的事。

2019年7月4日对搬迁户朱恒运来说，是大半辈子里遇到的"最好日子"，因为这一天，他的儿子朱大军结婚了！"搬进城里，住上新房，儿子还娶到了媳妇，真得感谢政府和恒大的帮扶！"朱恒运感慨万千。儿子的婚事，一直是他忧心的头等大事，"以前相过好几次亲，姑娘一看咱们破烂的房子和闭塞的交通，掉头就走了。"

朱恒运家原来住八寨镇大兴社区矿石岩组，这里四面环山，山高路险，恶劣的居住条件导致不少适龄男青年迟迟娶不到媳妇。他说，一家5口人挤在一间20多平方米的砖瓦结构屋里，前些年妻子生病又用了20多万元，家庭经济已经到了捉襟见肘的地步。他记得，儿子朱大军在外打工时也谈过一个女朋友，可女孩子来到家里一看，就没了下文。

2018年7月，朱恒运一家享受到了易地搬迁扶贫政策，从八寨镇大兴社区搬到了恒大帮扶的七星关区碧海阳光城移民安置区，住上了梦寐以求的新房。

更值得高兴的是，喜迁新居不到1年，儿子就娶了媳妇。"好事成双成串！"他高兴地说，儿子婚事落定，自己心里的"大石"就放下了。"看看看看，天大的好事，你哭什么？"朱恒运笑着去抹老伴脸上流下的泪水。"这是高兴的！"老伴挡开他的手，又露出笑容。

在毕节，因原居地基本丧失生产生活条件，通过恒大易地扶贫搬迁措施住上新房、开启新生活的贫困人口成千上万。恒大集团计划投入53亿元，依托县城和工业园区等，在毕节10个县区建设12个移民搬迁社区及50个新农村，解决毕节市22.18万贫困户的移民搬迁，还同步配建教育、商业等设施和配套适宜贫困户就业的产业。

截至2019年底，毕节市已经有18.18万人告别穷乡僻壤完成搬迁，住进了他们朝思暮想的新房子，而剩余的4万未迁出人口，也在2020年7月30日全部搬入了安置区。

有一技傍身，带妻儿进城

虽然搬迁户住上了新房，但是要确保搬迁户不返贫，确保他们能真正搬得出、稳得住，就要有行之有效的办法，而促其就业就是这样的好方法。事实上，解决贫困户的就业问题，也是助其脱贫最容易见效、最快的途径。

　　37岁的大方县八堡乡贫困户申时欢就是受训学员之一，他的故事颇具代表性。几年前，他家里三代同堂，六口人深居闭塞大山，挤在一间老旧平房里，靠他外出打零工维持家用，生活困窘。"我当时报名的是保安的技能培训，那段培训经历是我一辈子难以忘记的财富！"申时欢说。2017年初参加吸纳就业培训后，专业技能的学习让他打开了职业大门，并初识了团队协作和物业管理的一些基本技能，这些对他后来的就业起到很好的引导和助推作用。

　　培训后，精神面貌焕然一新的学员迎来招聘会。申时欢应聘贵阳恒大新世界物业公司的保安职位并成功入职，兢兢业业的他已被任命为保安中队长，工资也由最初的3500元涨到了近5000元。申时欢自豪地说，他对中队里12名保安平时管理较严格，服务要求也很高，"我们队的服务经常受到业主的好评。"

　　如今的申时欢不仅工作越来越出色，生活也越过越红火。"工资够用了，就把家人都接来贵阳生活。"他说，家里两个孩子顺利入读到贵阳的学校，"谁说贫困一定会代际相传！在恒大的帮助下我改变了自己，也改变了孩子的环境，相信他们以后会更好。"

　　进驻毕节4年多来，恒大已帮助全市培训113217人，其中75461人被推荐到当地或异地就业，他们的人均年收入达到4.2万元，实现了"一人就业、全家脱贫"。

　　扬帆风正劲，奋斗正当时。小康路上谱写新篇，写的是"扶贫攻坚，恒大率先；脱贫攻坚，毕节率先"的优异答卷。

（文／张弘弢）

山顶药　山腰果　山下园　遍地花

2019年2月20日，农历正月十六。一大早，纳雍县开始飘雨。距县城20多公里的九龙潭万亩田园综合体内，群山比肩伫立，薄雾缭绕如带。

盘曲而泥泞的山路上，王光臣与何承松一前一后，拖着两脚黄泥跨入果几盖社区的茶叶育苗大棚。棚内茶苗青青，正努力生长。"这个棚里的茶苗，下个月就能移栽。"王光臣蹲在田垄上，左右开弓，各拔了一撮杂草捏在手心。

王光臣是玉龙坝镇扶贫工作站站长，前一晚，他与镇党政办何承松主任约好来看茶苗。"九龙潭田园综合体是县里的扶贫大产业，也是广州资金重点帮扶的项目，可不敢大意。"他笑着说。茶产业不仅是玉龙坝镇贫困户的致富抓手，更是全县脱贫攻坚的支柱产业，在广州天河区的帮扶下，200多亩育苗基地已在果几盖社区生根散叶，承担着全镇5000亩茶园的种苗供给重任。

做好"水""路"文章

九龙潭并非地名。

何承松站在姜家龙井旁，手指画了一个圈，"这附近，不到2公里的范围内，像这样的地下出水口一共有9处，世代养育着这一方水土和人。"

姜家龙井从很隐蔽的山谷间冒出，沿山石"哗哗"泻入村民为它修建的水池，一路奔流，清澈见底。贵州毕节纳雍县属典型的喀斯特地貌，"九龙井"经由岩石深层的路径被神奇缔造，怀着对大自然的敬畏，方圆数十里的人，早已习惯将汇聚"龙井"的何家院周边统称为"九龙潭"。

九龙潭的水冬暖夏凉，一年四季不会枯竭。

何承松说，纳雍县万亩田园综合体之所以选址于此，除了相中玉龙坝镇便利的交通、独特的区位优势外，也看中了润物有声的"龙井"。但水能载舟，亦可覆舟，因为该区域高差大、切割深，水资源虽然丰富，却仍难避免高海拔区域的缺水问题，有些村落的人畜饮水和生产用水都相对紧张。此外，高低不平的地形，使低洼地区难逃汛期洪涝灾害，农户辛苦耕种的作物，也常常因此减产甚至绝收。"姜家龙井现在水势不大，但到夏天，水就会翻过河岸（漫堤）。"

打造种养一体、产业交叉的田园综合体，该如何做好"水"文章？

2018年，广州帮扶单位和纳雍县有关部门专程请水利专家现场踏勘指导，投资700多万元，以何家院村为起点，通过二级提灌引水到水淹坝、岩脚等5村，为农户提供种养殖用水，解决这些村落季节性缺水的问题，从根本上实现了变水害为水利、变水体为水景的预期目标。

攻克"水"难题的同时，广州市天河区大刀阔斧，同期展开改造山区"毛路"的基础设施建设项目。

其实，该区域内以前也有通村通组山路，但弯急、坡陡、路窄，一些危险地段每年都会发生交通事故，给产业发展和安全生产带来严重隐患。2018年，天河区投入75万元专项资金，除用于田园综合体内5公里村道的拓宽外，还将弯度超过90度的几处"大回环"路改成直路，而沿途事故多发的陡坡"黑点"，亦在此次改造中通过技术手段减缓了坡度。

以改变该区域的通达条件，为产业发展打坚实基础为出发点，天河区另外投资126万元，修建了一条运送农特产品的"产业路"。

十里桃花"招蜂引蝶"

九龙潭万亩田园综合体的规划与建设,是一盘脱贫攻坚与乡村振兴水乳相融的"大棋局"。

纳雍县副县长宋邦达说,田园综合体项目库分两大类,一类是脱贫产业,另一类是乡村振兴部署。2020年之前的运行,是为其后的美丽乡村打好基础,做好衔接准备,所以,脱贫产业的设置,无一不是长短结合,既有短平快的种养业,也有回报周期相对较长的"绿水青山,变金山银山"的农旅谋划。

如何做好"山"的文章,变山区为园区,同样是天河区在注入产业帮扶资金之前需要考虑的问题。按照"山顶药、山腰果、山下园、遍地花"的思维布局和"林、果、药、蜂"四业并举主导的产业规划,天河区最终投入850万元,在田园综合体内规划建设5000亩经果林、5000亩茶园、5000亩中药材基地并配套林下养蜂2000桶。

截至2018年底,项目已完成中药材头花蓼2756亩、菊花2510亩、秋彤桃700亩、玛瑙红樱桃1007亩、脆红李2200亩、中华蜂养殖700桶。

"去年花开得很好,毕节、贵阳、重庆……都有游客来赏花。"置身初春的桃林,王光臣笑容满面,"粉色的桃花在树上;头花蓼是深红色,趴地开;山坡上还有蓝色、黄色的野花。蜜蜂嗡嗡地飞过,空气里都是花香,特别美!"他描述着2018年秋天的"十里桃花"和"万亩花海",眉飞色舞。

让王光臣喜在眉间的不仅是美景。他说,天河区帮扶的套种板块充分体现了田园综合体"长短结合"的布局。"头花蓼生命力很顽强,长在岩石缝里,也能开出花。"王光臣笑言。2018年秋天,2000多亩头花蓼喜获丰收,天河区选在岩脚社区建设烘烤房,投资194.81万元开展中药材收储分拣等加工项目,搭建产销一体化体系,并与贵州威门药业、贵州兴黔科技、江苏亚大菊花制品等企业签订销售合同，打造完整的产业发展链条，有效保证了产业发展的综合效益。

烘烤房的主体已经完工并投入生产，岩脚社区177个贫困家庭共709名贫困人口因之受益。

虽然"十里桃花长廊"目前还是景观区，但何承松很认真地算过账，700亩秋彤桃3年后即可进入结果期产生经济效益，加上头花蓼和采集百花粉、酿制优质蜜的中华蜂，天河帮扶的产业很快就能为田园综合体周边环绕的7个深度贫困村村民带来持续稳定的收入，"蜜蜂现在去金沙县的养蜂基地过冬，天暖一些就回来。桃树也冒花苞了，今年又是好景象。"

田园综合体是县城的后花园、乡村的新田园。何承松信心满满地表示，未来3年，田园综合体仍将按照习近平总书记对毕节试验区的重要指示精神，紧扣中央推进乡村振兴战略部署，"海（花海）、陆（经果）、空（养蜂）"总动员，一二三产齐发力，实现"农旅结合、种养结合、长短结合"的远景规划和"山顶药、山腰果、山下园、遍地花"的多彩产业发展新格局。

品牌越擦越亮

宋邦达也非常看好九龙潭万亩田园综合体在康养、农旅方向的发展。他说，依托纳雍县得天独厚的自然资源禀赋，以乡村旅游作为突破点，"高原水乡"的名片一定会广为人知，愈擦愈亮。

宋邦达特别提到，纳雍是全国十大生态茶产地，待1.5万亩茶叶、中药、经果立体化种植后，纳雍的森林覆盖率将达到55.28%，到2020年底，将实现60%，可申报为纳雍县第三个AAA级景区，不仅可以推进农业产业结构调整，带动群众脱贫致富，也可为广黔携手在田园综合体建设中探索和积累经验，具有一定的试点示范作用。

纳雍县田园综合体的建设渐进式推进，分步投入强度不大的资金，用3—5年的时间就可以让它成型，"扶贫资金必须稳妥使用，不能一蹴而就。"

宋邦达说，玉龙坝镇交通便利，夏蓉高速、织纳铁路横穿而过，聚集人气没有问题，在脱贫攻坚的关键时刻，田园综合体的产出效益，对改变纳雍贫困现状的作用不可低估，"2020年，我们的目标不是脱贫，是同步奔向小康。"

根据玉龙坝镇党委副书记陈艺驰介绍，九龙潭万亩田园综合体按照"公司+合作社+农户"的实施模式和"订单农业"方式推进工作，项目产生收益按60∶35∶5的比例进行分红，贫困户占60%、合作社占35%、项目区村集体经济占5%，"除了分红，所有综合体内的工作岗位，都优先开放给贫困户。"

田园综合体外延初见端倪的第三产业，也是王光臣坚信不疑的发展方向，但如何将这张美丽乡村的名片推而广之，他在慢慢理清思路，"要依靠游客带动产业和消费经济，但怎么让外地游客知道玉龙坝和九龙潭，还有很长一段路要走。"

天河区协作办相关负责人对此早有打算，对口帮扶纳雍，不仅要输出资金，还要给予扶贫产业链条下的农特产品高度关注，积极为之搭建推广和销售渠道，"九龙潭田园综合体的产出，无论是农产品，还是旅游产品，我们都会不遗余力地去推介。对于走入纳雍共谋脱贫攻坚大业的天河区企业，政府也会给予一定的政策倾斜，共享利好。"

2018年至2019年，天河区帮助纳雍县引进3个东部产业项目，已完成投资9975万元，投产后预计可带动近千人脱贫。

已过而立之年的王光臣对广州心仪已久，2015年毕业于贵阳学院电视新闻系的他，曾想过走出大山，南下羊城为梦想筑巢。但2015年底，国家全面吹响脱贫攻坚的号角，他的家乡纳雍县玉龙坝镇开始招聘扶贫站工作人员,王光臣放弃了某省级电视台的就业机会,毅然返乡报考。"回乡反哺,是我走进大学第一天就想过的问题。"他只是未料到,原以为需要功成名就才能做的事,因脱贫攻坚事业得以提前圆满完成。

"现在对广州有了更直观、更亲切的感受,特别想去看看、学学。"他咧嘴笑,眼里露出向往。

(文/潘芝珍)

市场劳务

"黔货出山"好时节

贵州结合自身生态特点和产业实际，做出了实施"泉涌"工程的战略部署，把推动"黔货出山"上升到助力打赢脱贫攻坚战的高度。

毕节紧紧抓住"黔货出山"的新机遇，结合自身特点，让地处乌蒙腹地的"山货"走出大山，并依托产业扶贫的政策措施，实现从"产业扶贫"到"产业脱贫"的美丽嬗变。推动"黔货出山"也自然成为广州市对口帮扶毕节市的一个工作重点。

争做"货担郎"

2020年4月17日，广州市在纳雍县百兴镇举行了"电商+农产品"消费扶贫直播带货活动，广东省第一扶贫协作工作组副组长、毕节市政府副秘书长谢钦伟"站台"，分别用粤语、客家话、普通话向网友宣传推介"滚山鸡"。广州优生活、中洲农会资深美食家现场演示，解码"滚山鸡"的N种烹饪方法。

一场围绕纳雍县"滚山鸡"出山的"品鸡大会"在广州中洲农会举行，来自广东省的农业产业化龙头企业、农产品商品化处理设备企业、综合技术服务企业等近百家企业到会采购。还有不少淘宝、快手、抖音主播也现身现场，直播推销"滚山鸡"等纳雍县特色农产品。

从4月26日起，广州电视台连续8天，每天开启两个半小时的直播宣传带货，将"滚山鸡"推向更广阔的市场。5月11日，"纳雍'滚山鸡'出山大会战启动仪式"在广州市消费扶贫服务中心举行，广州市协作办的相关负责人走进直播间为农产品"带货"。

在广东省第一扶贫协作工作组推动和两省农业部门的努力下，"滚山鸡"完善了质量检测和溯源体系，成功申报了粤港澳大湾区"菜篮子"基地。广州市消费扶贫联盟成员企业也纷纷响应，积极行动，提供了广州前置冷藏仓库，协调京东物流承接配送，有效解决了批量到货与终端配送难题，推动每单物流费用由40元降至15元。同时，促成纳雍县与广州中洲农会、广州优生活共同签订"滚山鸡"产销三方战略合作框架协议，达成3年实现1.8亿元销售额合作意向，华润万家超市主动提供帮助，每年计划销售上百万只土鸡，以"企业+行业协会+农户"的形式，带动农民就业、农户致富、地方增收。

2020年，受新冠肺炎疫情等因素的影响，纳雍县滞销的"滚山鸡"超过20万只。为了给"滚山鸡"打开销路，黔粤携手山里山外开拓市场。

不只是谢钦伟，2020年3月以来，18名先后在纳雍县挂职的广州帮扶干部每天都会在朋友圈积极推销"滚山鸡"，大家每天最开心的事就是比着看哪一位推销得最多。

"滚山鸡"成为毕节"黔货出山"的一个美丽缩影，大批援毕干部"站台"、销货，优生活、中洲农会、58优品、掌鲜集团、华润万家等多家广州销售端线上、线下销售平台也陆续启用。除了"滚山鸡"，纳雍县百兴面条、赫章可乐猪和核桃、威宁洋芋和荞酥等农特产品也相继入驻。

"我们纳雍的'滚山鸡'肉质鲜美、香味浓郁，每吃一只鸡，就为一户贫困户带来3元钱的收益，大家快来买哟……"这是谢钦伟的微信朋友圈为"滚山鸡"销售发出的吆喝。

在帮扶干部的努力下，通过线上线下，建立起"滚山鸡"消费扶贫超市，以市场化运作为导向，在保证扶贫产品"可销售的渠道""可保证的品质"上下功夫。同时搭建平台，打造"产地—物流—批发—零售—餐桌"的闭环销售体系。广东、贵州两地齐努力，援黔干部一头为对口帮扶的纳雍县贫困农户架起产品可销售的渠道，一头为广州市广大消费者提供品质可保证的商品，全方位帮助纳雍县的"滚山鸡"等农产品打开销路，不断拓展广东市场，助力纳雍县打赢脱贫攻坚战。

"在广州市扶贫协作工作组的推动下，'滚山鸡'品牌营销工作成效显著，成为纳雍县现代农业发展的'加速器'，对提高农产品附加值，提升农产品品牌形象，以品牌建设引领纳雍县农产品供需结构升级，都具有重大的现实意义。"纳雍县委领导如此作评。

这些举措带来的直接效果便是"山货"走出"山门"，老百姓的腰包鼓了、日子好过了。

打通出山路

毕节市七星关区清水铺镇橙满园柑橘种植面积将近10000亩，因果大、汁多、味甜而远近闻名。以前，柑橘都是果农自己采摘了送到集镇上去售卖，不仅辛苦，而且销量很小。

从2018年以来，毕节市七星关区村村通实施完毕后，收购商直接把车开到果园进行收购。橙满园社区柑橘种植户宋召才告诉记者，现在种植的柑橘根本不愁销路，采摘后，收购商直接在果园谈价格、谈数量，这是橙满园如今主要的销售模式。

果园里，机耕道清晰可见，从家到果园，不过几分钟路程。2018年，随着组组通公路的全覆盖、果园机耕道的硬化完成，橙满园社区家家户户的柑橘平均每公斤增收2毛钱。

"现在路方便了，以前叫茶山，现在还可叫作茶园，路通，车到，人只管采摘装车。"初都河茶场负责人王菊英告诉记者，当初发展茶叶种植的时候，地理气候虽好，路却难走，如今通往茶场的机耕道打通了，运输极为便利，省下了不少人力，节约了运输成本。

"去茶山的路以前难走得很，现在搭个三轮车就可以直接到基地务工。"村民吴道荣喜谈公路带来的变化。每年，吴道荣都参与到采茶中来，现在算是茶场里的老技术员。对如何采才能保证茶的质量和外观，她都烂熟于心，干起活来麻利认真，一天下来能采4斤多。"每斤茶青25元，一天就能赚100元，离家近，真好。"吴道荣说。

1000余亩的初都茶叶基地，茶香四溢，漫山的安吉白茶在阳光中更显风姿。站在高处远眺，一条条通组路如卧龙盘绕在山周围，茶园里机耕道上，村民将各自采摘的茶青称重装车等待运送。

告别山路，迎来发展新路，初都茶场不仅精心谋划产业布局，还积极带动周围农户共同发展。

"车进不来，货出不去，人背马驮特别累。"谈到农村以前的交通面貌，毕节市七星关区朱昌镇青杠村副支书刘贵军尤为感慨。雨天泥泞，人走都很难，种在地里的"货"想要运出来费时费力，成本增加，无疑加大了发展难度。路通了，发展产业才有奔头。青杠村土地资源丰富，适合发展经济作物，2018年，村里合作社种了350亩萝卜，2019年2月底采摘全部结束，"我们与盛丰农业公司、省商务局等签订购买协议，总共销售了200多吨，产值达到40余万元。"刘贵军介绍，基地的萝卜直接采摘后装上停在路边的货车，由各大销售公司销往全国各大市场。

路通助力农货出山，随着农村公路建设质量的不断完善与提升，七星关区农特产品陆续搭上"交通列车"，分别送往全国各地，到达全国人民的餐桌上，黔货比以往任何时候都更具说服力与影响力。

产销对接，是农村产业革命的重要一环，也是"黔货出山"的关键。"黔货出山"的主要通道，不仅仅需要基础设施的完善，更需要销售"道路"的畅通。为此，毕节市充分发挥"外联"作用，积极联系帮扶的省区。基于此，毕节市奋力拓宽省外和境外"两个市场"。

在省外，毕节市以东西部扶贫协作为契机，赴京津冀、长三角、粤港澳大湾区重点区域和对口帮扶城市重点批发市场开展一系列对接活动，累计建成30余个绿色农产品省外分销档口。

"贵州蔬菜放心种！我们所有批发市场，都将大力支持贵州蔬菜走进粤港澳大湾区。"广州江楠集团董事长叶灿江承诺。

在境外，毕节利用贵州省建成的10个分销中心，打开了在"一带一路"沿线国家的销售市场，推动毕节威宁"三白"（大白菜、白萝卜、莲花白）销售，产品出口迪拜和东南亚市场实现常态化。

农特产品不愁销

"通过产供销一条龙，把'黔货出山'的理念做好，把毕节的高山冷凉蔬菜运送到各大市场、超市去。同时，群众可以通过在基地种植，学到种植技术和经验后自行发展种植，发家致富。"毕节市商务局局长谌贻勇说。

为此，毕节整合各部门涉农扶持政策，加大对涉农企业的扶持力度。积极发现和培育新兴市场，设立"黔货出山"专项宣传推介资金，培养专业营销人才，组建专业营销队伍，到经济发达省市进行大力度的前期宣传推介，保障农业产业产品在丰产时不愁市场不愁销路。同时出台切实可行的"黔货出山"奖补政策，对在省内外市场销售贵州产品的企业和个体经营户，达到一定数量的实施资金奖励和补助。

毕节市还充分发挥省外海外贵州商会组织、平台和渠道作用，设立支持商会发展专项资金，支持贵商总会组织企业建立具备仓储、物流、展示、销售功能为一体的供应链平台。建立快速检疫检测中心，保证产品第一时间通过检疫检测。建设完善冷链保鲜系统，由政府牵头，贵商参与，引进专业人才、技术，市场化运作，让贵州农特产品价值实现最大化。

此外，毕节市大力培育龙头企业，提升产品竞争力，在农产品产地建立集产品物流配送、产品品质提升、包装设计、品牌打造为一体的服务平台，实现直接供应采购的订单农业良性循环，降低销售端采购成本，推动省外"黔货出山、消费扶贫"推广中心落地见效，强势推进毕节农特产品走进港澳台。

近年来，毕节市商务局坚持以"为农服务"为宗旨，大力发展农民专业合作社和产业协会，积极推动全市农业产业化发展和社会主义新农村建设。以建设"三位一体"新型基层供销合作社为契机，市社成立了农民合作经济联合会、领办和兴办各类农民专业合作社或行业协会，通过"三位一体"新型基层供销合作社和农民专业合作社、供销合作社村级综合服务站等开展农产品购销业务。在"互联网+大数据"的战略机遇下，毕节市社与省供销合作社"贵农网"电商公司对接，加强"贵农网"建设，打通"网货下乡、农货进城"流通服务渠道，并培育和壮大了龙头企业，通过龙头企业开展农副产品深加工和销售，将全市优质的农产品推向国内市场。

措施得力，渠道畅通，直接体现在毕节本土企业的效益上。2019年，金沙县禹谟供销合作社酱醋厂通过升级改造，实现生产销售产品5478吨以上（其中国宴用醋3000多吨），实现销售收入3618万元以上，利润216万元以上，上缴税费143.85万元以上；大方县响水供销合作社天椒食品公司生产线进行升级改造，顺利通过HACCP体系认证，提高了"天椒"系列产品的市场竞争力，新增产值4400多万元，增幅高达833.34%，年上缴国家税费171万元以上，带动黄豆、小麦、辣椒、油菜籽等地方相关产业的发展，引领3000多户贫困户脱贫；全市系统共建成农村电商服务运营中心6个，其中与"贵农网"对接2个，综合服务网店1147个；实现供销系统农村电商销售1.9亿多元，独具威宁特色的"威宁电商模式"成为省内外电商建设的榜样；市农资公司与家乡美公司合作，联合开发"家乡美"系列产品，积极开拓北、上、广、深等大市场；成功参加在安徽金寨县举办的"全国药用菌产业发展大会"和昆明农产品展销会，发放宣传资料300多份，成交织金竹荪600公斤，大方天麻、冬荪400公斤。

"山货"向海行更远

2017年11月20日，由京东在毕节市组织召开的以"互联网电商助力精准扶贫"为主题的招商会上，京东利用强大的电商平台优势，帮助"站台"，让毕节核桃、竹荪、皱椒、苦荞、火腿等特色产品走向全国。当天，100多位毕节企业代表来到招商会现场，涵盖食品、饮料、酒水、农用物资、宠物园艺、个护美妆，以及水果、蔬菜、肉禽蛋奶、低温冷冻食品及果汁、腊肉香肠等品类的商家。他们对京东平台在品牌与市场、物流、技术等方面的优势表现出浓厚的兴趣，纷纷表达合作意愿，希望尽快与京东达成协议，让自家产品能够上线销售。这样一方面能够助推毕节优质特色产品走出去，另一方面也是毕节本土中、小企业借助电商转型升级的契机。

而今，毕节的农特产品"遍地开花"，在北京、上海、广州等大城市都能尝到毕节"山货"，在一些小的城市，也能看到毕节"山货"的身影。

2020年3月1日，毕节市520吨高山冷凉蔬菜分批驶向华润万家广东公司广州、深圳配送中心。2天后这些蔬菜在华润万家广州、深圳及珠海500多家门店贵州（毕节）绿色农产品消费扶贫专区全面销售。

"这批蔬菜包括织金南瓜110吨、毕节白萝卜224吨、毕节莲花白168吨、毕节鸡蛋18吨。"毕节市商务局局长谌贻勇说，疫情当前，抢抓东西部扶贫协作契机，毕节携手广州通力合作，由华润万家广东公司直采后，将蔬菜让利销售给广东市民的同时，带动毕节贫困群众增收。

2019年，毕节"黔货出山"销售农产品达320亿元，增长8.3%。"黔货出山"已成为带动大批贫困群众增收致富的有效路径。2020年贵州省政府工作报告又提出新目标：建好直供上海等东部对口帮扶城市和粤港澳大湾区"菜篮子"基地，推进更大规模"黔货出山"。

进入北、上、广、深等城市主要农产品批发市场，连锁超市设立贵州绿色农产品销售专区（专柜），加强与北京新发地、上海农产品批发市场、广州江南、深圳海吉星等国内重点批发市场和农产品加工、销售龙头企业对接，同时在贵州省设立直供直采基地，发展订单农业，让毕节的"山货"走得更远。

"黔货出山"，大有可为；脱贫攻坚，胜利在望。

（文／李文勇）

大湾区拎稳毕节"菜篮子"

薄雾蔼蔼、清风徐来,百里杜鹃仁和乡桃园村蔬菜基地,44岁的樊顺梅站在大棚入口处,挂着一脸笑,"今天的菇真俏。"她伸手接过同村姐妹运出的大球盖菇,不断观察菇体,嘴角上扬。

采茶时节,100多公里外的七星关区青场镇初都村200多名茶农腰挎竹篓,穿梭在层层叠叠的茶园间,舞动着灵巧的手指,欢快地采撷着一颗颗嫩绿的新芽。

"以前我们在外省务工,一年难得回家一次,家里老人、孩子都照顾不了。依托政府的好政策,我们种起了白茶,2020年预计可以产出5000斤干茶,产值预计达300多万元。"从"入不敷出"到"年入百万",产业扶贫为村民王菊英等人带来了脱贫致富的"金钥匙"。

威宁自治县五里岗工业园区,威宁超越农业有限公司储运部经理鱼鹏忙得不可开交。他要将100件经过全自动分拣线分拣过后的"冰糖心"威宁苹果装箱,第二天,它们将通过粤港澳大湾区"菜篮子"毕节配送中心发至广州档口。

樊顺梅、王菊英、鱼鹏,互不相识的三个人,都是粤港澳大湾区"菜篮子"毕节配送中心的第一批增收受益者。

粤港澳大湾区"菜篮子"工程建设,作为广州、毕节持续深化东西部扶贫协作、巩固协作成果、拓宽协作领域、丰富协作内涵的重要载体,是毕节融入粤港澳大湾区乃至全球大市场的重要通道。

项目以粤港澳大湾区"菜篮子"毕节配送中心作为实际载体,以粤港澳大湾区为重点市场，整合全市农产品种植、包装分拣、冷链配送等各环节资源，带动全市农产品形成稳定的外销体系，推动全市农业产业化、现代化、规模化、标准化发展，促进农业提质增效、农民增收。

作为全国首批设立的6个粤港澳大湾区"菜篮子"产品配送分中心之一，如何利用好这个平台，对于毕节来说，虽是挑战，但乘借东西部协作东风，全市上下正同心协力，终将"名不见经传"的"毕货"变成大湾区市民"菜篮子"里的"明星"。

截至2020年7月，全市共有7家企业成功申报为粤港澳大湾区"菜篮子"备案基地，涵盖种植业和养殖业，辐射带动物流运输、蔬果分拣、牲畜屠宰等产业近4万人增收。

让大湾区市民餐桌"尝鲜"

2019年9月27日，粤港澳大湾区"菜篮子"毕节产品首发仪式在毕节市七星关区鸭池镇石桥村举行，包括威宁白菜、豌豆尖、甘蓝在内的12车242吨农产品经过配送中心装车后，从1.5公里外的杭瑞高速毕节收费站上高速，踏上了前往广州的旅途。

这标志着达到供港澳质量安全标准的粤港澳大湾区"菜篮子"生产及流通服务体系正式进入实操阶段。

"成为粤港澳大湾区'菜篮子'生产基地，一定程度上保障了蔬菜销路，提高了农户种植的积极性。同时，也督促我们种植更加科学化和规范化。"粤港澳大湾区"菜篮子"毕节配送中心负责人黎万茂认为，下一步，基地种植必须紧盯市场需求，严格把控质量关，将需求大、效益好、最优质的蔬菜送往粤港澳大湾区。

毕货广选，来之不易。

时钟拨回2016年，中央明确由广州市对口帮扶贵州省毕节市。一个重大决策,将崇山峻岭中的贵州毕节与沿海发达城市紧密相连。

2019年5月,毕节市与广州市签订了《粤港澳大湾区"菜篮子"建设合作框架协议》,当月,毕节市农业农村局牵头与市商务局、市投资促进局、毕节海关等单位共同研究毕节市融入粤港澳大湾区"菜篮子"建设相关事宜,明确全市3年内建种植业基地300万亩、组织建设粤港澳大湾区"菜篮子"毕节配送中心、引进农业产业化龙头企业50家的建设发展目标。

融入粤港澳大湾区"菜篮子"工程建设步伐不断提速,由毕节盛丰农业发展有限公司投资1.9亿元建设粤港澳大湾区"菜篮子"毕节配送中心,直接对接粤港澳大湾区市场,按照不同季节的消费时令,以产定销确定了以茄子、南瓜、苦瓜、丝瓜、春白菜等夏秋蔬菜为主的产业格局。

依托粤港澳大湾区"菜篮子"毕节配送中心,威宁"三白"(大白菜、白萝卜、莲花白)、赫章可乐猪肉、七星关刺梨、大方豆干等农产品成了广受广州人青睐的"桌上菜",而深处乌蒙山区的生产基地则成了粤港澳大湾区常年的"菜篮子"。

为毕节农民增收"算账"

"太阳出来红彤彤,大家一起栽香葱;松林葱地上万亩,不用外出去打工。""窝皮寸大坝又宽,种上香葱我喜欢;政企合力发展好,群众不愁吃和穿。"在赫章县松林坡乡踏土村,70岁的村民黄朋光一边采葱一边唱着自编的山歌。

在黄朋光采葱的香葱基地,一畦畦整齐的香葱宛若"绿海",阵阵清香随风拂来,悠扬的山歌飘荡在基地上空。

每天,像黄朋光一样在基地务工的农户有600人左右,他们采收的香葱主要销往江苏、浙江、上海和广东地区。由于香葱质量好,备受广东客户青睐,订单火爆,供不应求。

"得益于香葱基地这几年的快速发展，贫困户既有分红，又可以在基地务工，一年下来有三四万元的收入，脱贫已不是问题。"黄朋光与我们分享他的"小幸福"。

织金县熊家场镇村民何俊才年纪不大，过了夏至才满24岁，"别看我年纪小，我都换了4份工作了。"前段时间因家庭原因辞掉了镇上造纸厂工作的何俊才休闲在家，经朋友介绍，成了织金县熊家场镇工业园区的一名货车司机，专职运输农产品到粤港澳大湾区"菜篮子"毕节配送中心。

"赶上东西部扶贫协作的好政策，开货车1个月能挣5000多元，趁年轻多学点东西，争取早日把我们织金的竹荪、波尔山羊肉等特色农产品送到广州人的餐桌上。"身材瘦小的何俊才挠挠后脑勺，眼神无比坚毅，挺起胸膛跟我们分享他的"小目标"。

作为威宁超越农业有限公司储运部经理的鱼鹏，他的"小目标"则是乘东西部扶贫协作东风，借粤港澳大湾区"菜篮子"工程平台，塑造威宁苹果专属品牌，闯进东部市场，使威宁苹果成为广州市民果篮里的"常客"。

"我们威宁海拔高、温差大，种出的'冰糖心'苹果在色泽、口感、水分、甜度上一点都不输给昭通苹果，只需在分拣、包装上多下功夫。"为此，公司从法国迈夫诺达引进了先进的智能分选设备，分选能力可达10吨/小时。

通过先进的国机智能分选线分拣的威宁苹果个个鲜美多汁，卖相极佳。"因此，我们11月发至广州档口的1100件9.6吨的威宁苹果给广州客户留下深刻印象，粤港澳大湾区的客户更是准备加大采购力度。"鱼鹏心情激动，他离心中的"小目标"又近了一步。

同样感到幸福感倍增的还有毕节市农业农村局市场与信息化科工作人员张涛，"有粤港澳大湾区'菜篮子'毕节配送中心相帮，解决了市场销售难、居民就业难、群众脱贫增收难三大难题。"

粤港澳大湾区"菜篮子"工程，在毕节直接解决了近200人就业，辐射带动近4万人增收，间接带动近40万人就业。

大湾区等着更多"黔货"

山海一线牵，深情长相连。

时值初夏，毕节市金沙县禹谟镇马场村莴笋种植基地内，400亩连片种植的莴笋长势喜人，植保无人机正在莴笋上空喷洒着叶面肥，再过半个月，绿油油的莴笋将远涉千里，成为大湾区市民桌上的佳肴。

"成为粤港澳大湾区'菜篮子'生产基地既是压力，更是动力。"马场村党支书王平说，粤港澳大湾区是个大市场，这意味着今后从品种选购、人员结构、农药肥料使用等方面都要有更进一步的提升，只有这样才能在激烈的农产品市场竞争中脱颖而出。

"广州的帮扶给我们打开了销售市场，为毕节脱贫攻坚增加了一份力量，我们也会把绿色优质的毕节农产品，送到粤港澳大湾区人民的餐桌上。"毕节市农业农村局副局长刘红梅表示，粤港澳大湾区"菜篮子"工程建设是贯彻落实国家关于粤港澳大湾区发展的重要战略部署，同时也是国家"一带一路"倡议部署，要以供港澳的质量安全标准为标杆，以"绿色食品"为品质追求方向，将高质量农产品卖到粤港澳大湾区。

这一准则，既是挑战，也是机遇。

地处乌蒙腹地的毕节，在农业发展上，既有短板也有优势。

短板：因土地破碎、山高坡陡等因素，农业投资成本相对较高。

优势：毕节属亚热带季风性湿润气候，夏无酷暑、冬无严寒，季风气候比较明显，降雨量较为充沛，立体气候突出，海拔相对高差大、垂直气候变化尤为明显、山上山下冷暖不同、高原盆地寒热各异等独特的自然气候资源，为农产品生长提供了天然的场所，能生产出不同于其他地区的高品质农产品。

同时，毕节是位于川、滇、黔、渝接合部的区域性中心城市，是西南地区区域性重要综合交通枢纽，是珠三角连接西南地区、长三角连接东盟地区的重要通道，"铁、公、机"立体交通网络初步形成，给"毕货出山"提供了便利。

　　另外，毕节劳动力密集，生产力优势凸显。

　　机遇，为毕节农业产业发展提供了广阔的舞台。

　　好风凭借力，扬帆正当时。

　　好生态孕育了好产品，好时代创造好环境，根据自身特色，瞄准目标市场，顺时而动，毕节特色农产品将开辟出更加美好的前景和广阔的空间。

（文／张弘弢）

帮扶，一个都不能少

送岗上门的"触角"

如今，农民李文艳改了"身份"，不再务农，转而务工。她务工的"扶贫车间"就在其家乡所在地纳雍县厍东关乡梅花村，工种是生产电子元件。

"扶贫车间"其实就是微工厂，是贵州光科电子有限公司引出来的新兴名词。

"丈夫瘫在床起不来，3个孩子要上学，自己想到外面打工，又顾不了家，左右为难。现在在'家门口'务工，每月有2500块钱。"李文艳说，尽管没有在外打工赚得多，但方便照顾一家老小。

在梅花村，像李文艳一样在"扶贫车间"上班的，都是附近村寨的贫困户，共36人。

李文艳上班的"扶贫车间"是广州市天河区籍企业——贵州光科电子有限公司开办的。截至2019年8月，该公司已在纳雍建立10个"扶贫车间"，分别位于沙包镇安乐村、张家湾镇糯石村、勺窝镇五一村、曙光镇长田村、百兴镇水头上村等10个贫困村，吸纳了483名当地农民就业。

"百企帮百村"行动中，贵州光科电子有限公司以在村级布局电子元件加工车间的形式，将实惠带给百姓——车间是废弃校舍或闲置民宅改建的，工人就地招募，产品公司回收，企业和农民就这样紧紧连接在了一起。

　　苗族妇女周菊属梅花村街上组贫困户。以前，她在浙江一家服装厂打工，丈夫身患重病，孩子要上学，她做工也不安心。"现在回到村里的'扶贫车间'干活，有钱挣，又能照顾家庭。"周菊说。

　　2016年9月3日，贵州·广东扶贫协作工作联席会明确：广州市天河区对口帮扶毕节市纳雍县。双方签订了《东西部扶贫协作和对口帮扶合作框架协议（2016—2020年）》，联合制定《天河区·纳雍县东西部扶贫协作工作联席会议制度》，定期组织召开党政联席会议。

　　结合双方优势和特点，共同商定了"五个纳雍"帮扶计划，即"广州媒体看纳雍、广州文人写纳雍、百万老广游纳雍、百家企业投纳雍、纳雍特产进都市"帮扶协作计划。

　　作为百家企业投纳雍的"排头兵"，2017年初，贵州光科电子有限公司入驻纳雍经开区，建成劳动密集型企业，专门加工线圈等电子元件。

　　2017年11月，贵州光科电子有限公司别开生面地把生产车间延伸到村，伸出了送岗上门的"触角"。

98个村"牵手"天河企业

　　纳雍人口百余万，是贵州14个深度贫困县之一。

　　在脱贫攻坚的战场上，需要有人冲锋，而贵州光科电子有限公司，便是广州企业的"冲锋者"。

　　得益于广州相关部门的牵线搭桥，2018年10月17日，广汽集团、广州地铁集团、珠江实业集团等有关人员组成的考察团，前往贵州光科电子有限公司创新方式帮扶的厍东关乡。

　　一行人考察梅花村"扶贫车间"后，几家企业意向性签订帮扶框架协议，承诺出资150万元给梅花村、李子村扩建"扶贫车间"，同时助建1个集中养畜的大型圈舍,天河区"百企帮百村"涌起新一波热潮。

这一次,天河区企业签约结对帮扶纳雍县的43个深度贫困村。

"百企帮百村"继续深化……

2018年12月21日,广东省第一扶贫协作工作组副组长、毕节市政府党组成员陈震,天河区委常委、统战部部长谢伟等带领55家企业代表赴纳雍,再签"百企帮百村"协议,纳雍另外55个深度贫困村分头结上了对子。

随后,天河区企业代表和区属单位领导立即奔赴纳雍县55个深度贫困村开展实地考察,主要聚焦贫困人口"两不愁、三保障"和基础设施建设、公共服务补短板等谋划帮扶项目,力争在帮扶工作中雪中送炭。

至此,纳雍98个村全部"牵上"天河企业的手。

纳雍县委副书记何旭说:"天河区帮扶纳雍,用力之大,用情之深,成效之著,有目共睹,全县人民深受感动。"

谢伟把话说得更明确,"百企帮百村"协议签订后,各企业要到结对帮扶村了解情况,确定目标,建立机制,使帮扶的范围更广泛,形式更多样,措施更得力,机制更扎实,"千方百计答好脱贫攻坚帮扶答卷"。

鼓了钱袋子,解了就业难

按照国家就业扶贫政策,纳雍县与天河区共谋,引入企业在农村创建"扶贫车间"或落户经开区,就地招募农民工,解决群众就近就业问题。

在贵州光科电子有限公司位于勺窝镇五一村的"扶贫车间",务工村民张开军比喻说,这是"瞌睡遇到了枕头":"以前拖家带口到昆明打工,家里老人没人管。再说,在外开销大,一年也没剩几个钱。现在好,'家门口'进厂,既方便照管老人孩子,每月还有2000元左右的收入。"

贵州光科电子有限公司入驻纳雍经开区后,将工厂"化整为零",分

贵州光科电子有限公司在纳雍县厍东关乡李子村的扶贫车间（杨英／摄）

散建到村，帮助群众就近就业。

梅花村光科电子"扶贫车间"占地面积220平方米，吸纳90多人就业，既解决企业招工难，又解决群众增收难的问题。"工人熟练后，每人每月可完成1.5万件电子元件订单，月入2000元左右，1个家庭只要2个人就地打工，每年收入接近4万元，脱贫不是问题。"

生产电子元件对性别没有要求，对年龄要求不高，不少老人和妇女都就近入厂。"现在，10个'微工厂'的就业人员中，50岁以上有35人，妇女有393人，返乡边照顾孩子边打工的有183人。"

"扶贫车间"进村，百姓不出远门就可就业，既可照顾老人，又可照顾小孩，白天可做工，晚上也可做工。"这个班上得太自由了，只要有空，就来上班。"五一村务工村民张开军说。

光科电子公司还规定："凡建档立卡贫困户，若到'扶贫车间'上班，每人每月另补贴100元。以后，公司还将动员贫困户组建自己的微企业或子公司,让天河连紧纳雍,让小小电子产品连起千家万户。"

鼓了钱袋子,解了就业难。"百企帮百村",贵州光科电子有限公司树立了榜样,广州籍的企业也彰显了担当。

广汽集团等企业按照"企业+扶贫车间+贫困户"模式,利用农村废旧厂房或空闲用房,把"扶贫车间"建到贫困村和易地扶贫搬迁点上,吸引贫困劳动力就近就地就业,促进解决农村留守儿童、空巢老人、留守妇女等社会问题。帮助纳雍县在县城易地扶贫搬迁安置点及贫困人口集中的村建成10个就业扶贫车间,吸纳651人在"家门口"就业,实现了送项目到村、送岗位到户、送技能到人、送服务到家。同时,通过劳务协作输出815名贫困人口到广东省各市区务工,利用广州帮扶资金开发的公益性岗位帮助10094名贫困人口就业。

(文／周春荣　周恩宇)

山里美味"香"羊城

广东胜佳超市总经理麦家应，称得上是广东扶贫贵州战斗在一线"筑阵地、闯滩头"的排头兵。

3年来，他几乎走遍贵州各大贫困地区，理顺黔货供应链，推动黔货出山进粤，组织消费扶贫，让贵州贫困地区农产品成功打入粤港澳大湾区的完全竞争市场，扩大了品牌影响力，2019年累计销售贵州产品1972万元。

广东胜佳超市成立于1994年，是一家社区型的民营连锁超市，连锁网络遍布广州市各大城区，现有分店70多家，以经营食品、日用百货和生鲜商品为主。胜佳超市是"国家商务部农超对接资金扶持企业"，是市内指定的"粮食保障应急供应网点"和"平价农副产品专营区"。

胜佳超市被贵州省商务厅认定为贵州指定的"黔货出山"销售单位，广州市越秀区对口支援工作领导小组将其评为"消费扶贫优秀企业"。

"山珍"要出山

云贵高原矗立在伟大祖国版图的西南部，大山深处物产富饶，贵州老百姓再熟悉不过的土特产，在珠三角，却都是难得一见的山珍食材。随着改革开放不断深入，越来越多的贵州山珍走进广东，但是爱吃会吃的广东人民，依然得不到源源不断的供货。随着人民群众生活水平的提高，广东人民对贵州山珍美味的需求更加旺盛了。

广东扶贫选择了麦家应。麦家应的出现让"黔山之宝"走进广州成为可能。

麦家应在持续3年的"黔货出山"供应链体系建立过程中，组织了近30人的扶贫项目组，每月奔走两地。从毕节到黔南，都可以见到胜佳超市工作组辛勤工作和调研的身影。

山高路远，百转千回，挡不住一颗参与决胜脱贫攻坚战坚定的心。2017年中旬开始，麦家应亲自带领胜佳超市团队多次深入考察了黔南州的农副产品生产基地。大山深处的养殖场、农户的种植基地，洒遍了麦家应辛勤的汗水。

麦家应的另一个身份，是广州市食品企业协会会长，长期与食品行业打交道、从事食品采购工作20年的他，在农副产品的采购、供应链运营以及市场推广方面具有丰富的经验，这为他在精准扶贫的实践中更好地发挥才能奠定了基础。这位"专家级"的扶贫者，深知"科学的扶贫"和"扶贫的科学"的重要性。

"爆款"好故事

邬礞雾原鸡蛋，因其天然绿色，在贵州名气很大。但如何借助粤黔联手扶贫脱贫的快车，让"黔货出山"，成了一个问题。

当地农户有着让"'黔货出山'，造福一方"的强烈愿望。麦家应在实地探访中深刻地了解到，农户的这种需求一旦满足，将会对当地的经济发展和群众的生活安定产生巨大的影响。

麦家应发现，这种邬礞土鸡蛋产地的养殖环境特别原生态，远离人口聚居区，风味绝佳。麦家应想，"深深吸一口大山的空气，感觉特别清新、与众不同，这里的鸡蛋绝对有市场化前景，这样的好东西要带给最爱美食的广州市民。"

事实上，邬礞雾原鸡蛋早年曾试图进入深圳等完全竞争化市场，但是由于缺乏系统性的市场推广，没有形成消费认知度，最终在市场竞争中得分"零蛋"，无功而返。

麦家应凭借着丰富的市场经验，对邬礞雾原鸡蛋进行专属的产品定位，强调这是"来自大山的土鸡蛋"，并在胜佳超市各大门店制作了显眼的堆头，让促销员身着贵州少数民族服装进行推销，现场滚动播放邬礞雾原鸡蛋的养殖环境和生产过程视频，同时邀请广东各大权威媒体进行报道……

邬礞雾原鸡蛋的名声越来越响，从最初供货每天卖几百斤，到如今每天销售接近10000斤，销量在2年间大涨百倍。

邬礞雾原鸡蛋品牌在广东的成功故事，成为广东扶贫贵州的一段佳话。

邬礞雾原鸡蛋从最初的一种政策性支持扶贫产品，经过系统的市场营销，逐渐打败了很多竞争对手。

据邬礞雾原鸡蛋的供货商介绍，除了胜佳超市外，各大超市销售渠道都争相拿货，从原来5元/斤，到如今普遍售价超过10元/斤，邬礞雾原鸡蛋成功在广州市场赢得名气，成为贵州高端农产品的代表之一。

从"土特产"到高端"爆款"，邬礞雾原鸡蛋在广州的大卖，带动了产品源头地区的生产扩大化，拉动了就业，加快了脱贫进度。据毕节七星关区茂源家禽养殖有限公司总经理张永建介绍，邬礞雾原鸡蛋对口合作的扶贫村有兴隆村和龙凤村，兴隆村基地486人，龙凤村基地247人，经过3年多的扶贫努力，兴隆村和龙凤村均已实现全员脱贫。邬礞雾原鸡蛋打开市场销路，成为胜佳对口毕节七星关区扶贫的长效化扶贫模式。

在成功案例的带动下，麦家应又成功地"抢救罗甸火龙果"，再次让"滞销"变"爆卖"，让当地农户"转危为安"。

2019年6月，在一个扶贫产销对接微信群中，麦家应看到一个罗甸县农户发出了"火龙果滞销"的求助信息。

他马上派人赶到现场对接，只见漫山遍野的火龙果已熟透，农民对着火龙果一筹莫展。

麦家应立即意识到了问题的严重性：如果1个月内还没卖出去，这里的农民将损失惨重！他迅速协调，在罗甸县政府的协助下，当即安排车辆组织现场收购，在1天时间内，共收购罗甸县红肉火龙果30吨。

6月，正值全国火龙果大量上市的季节，如何将火龙果卖出好价——一个能充分调动贫困户生产积极性的价钱，是摆在麦家应面前的难题。他不断指挥协调市场运营的同事，收购与营销传播同步开展。

扶贫队伍多个部门开始联合互动——在广州派驻黔南扶贫组、广州扶贫办、广州市越秀区扶贫办等多部门的"兵团作战"支持下，胜佳超市组织广东10多家媒体对罗甸红肉火龙果在穗上市进行大篇幅报道，吸引了大量消费者，数十吨火龙果被抢购一空，每斤售价比市面平均价还高出1元。

从"滞销"到"爆卖"，麦家应团队从贵州到广东，到火龙果"出山"，只用了短短的5天时间，仅仅120个小时！

为实现罗甸火龙果的逆袭奇迹，胜佳超市投入了过百人团队参与抢救过程。麦家应回想起当时的情形时表示，胜佳超市抢救的不是火龙果，是拉回了当地贫困农户的笑容。

在麦家应的奔走努力下，贵州扶贫产品流通服务网点逐一建立。与传统的摊牌式扶贫不一样，胜佳发展的是面向市场建立长效机制的订单式扶贫——作为具体实现方式，订单式扶贫更能适应市场的需求。同时，胜佳超市根据市场需求，循序渐进，以销定产，形成品牌，让贫困地区的产品稳定生产和供应。

建好"桥头堡"

众所周知，生鲜物流是流通行业技术门槛较高的一个细分领域，如果对生鲜流通环节的细节缺乏专业把控，很有可能在流通过程中对农产品造成大量的损耗，甚至影响食品安全。

胜佳超市是国家认定的第一批农超对接试验单位。麦家应在农产品的采摘、包装、流通、储存和销售及进入餐桌方面有着丰富的经验，他指出，当下超市水果蔬菜偏贵，是由于生鲜物流链中损耗计入销售成本造成的，如何将农产品在运输链条中的损耗降到最低，让生产者和消费者都获得理想的价格，是胜佳超市一直研究的重点。

"针对长距离运输，我们会认真选择农产品的采摘时机、温度与湿度，降低农产品温度和含水量，让农产品经过长途运输后仍然能保持新鲜。"麦家应说。

尽管贵州已建立发达的公路运输网络，但从原产地到终端消费市场仍然有数天的运输时间。这个过程里农产品仍然在变化中，原来在贵州地区保鲜时间较长的农产品，在处于亚热带的广东地区的保鲜时间会缩短。这就要对每种农产品的保鲜防损进行认真研究，避免将损耗成本转嫁到消费者身上，影响农产品的市场竞争力。

为了确保扶贫农产品的新鲜，胜佳超市专门建立了一支熟悉粤黔两地路况的物流车队。超市派出专门的冷链专车，到贵州的田间进行装车，在最短的时间里将新鲜的蔬果送到超市的货架上，避免了农产品在运输中的损耗，避免影响产品的品质，做到品质的全流程监控。

标准化，是麦家应考虑的重中之重。

2019年5月，《贵州日报》刊发了麦家应事迹的长篇通讯《揭开毕节乌蒙鸡蛋畅销广东的奥秘》，肯定了胜佳超市在贵州山区的探索，并提出"市场是农村产业革命指向标"的扶贫思路。

胜佳的案例给"黔货出山"的一个重要启发，就是"标准化"。

在农户的传统观念里，地里种出什么，商家就要卖什么，然而完全竞争的市场对非标准品却并不买账。对此麦家应的解释是，因为胜佳超市的客源是固定的，品质不能忽高忽低；没有标准，就不能形成固定的市场，也无法形成品牌。

麦家应还记得，2017年的冬天，超市物流中心运来了贵州的几车大白菜，但大家一看全傻眼了。为什么？不符合广东的标准。"按这里的标准，大白菜一般是直接掰开几片就能吃。但这批大白菜是直接从地里出来就运过来了，都是用编织袋装的。多余的叶子谁来掰？超市没有这样的人力，无法达到销售标准上架的，只能当垃圾处理，然而广州垃圾处理费还要1000块每吨。""没标准，不稳定，不可持续，进入大城市徒劳无功！"

麦家应向"黔货出山"传递了一个明确的信息：面向市场，提升黔货的品质才是关键，市场应该是农村产业革命的指向标。

除了邬礦雾原鸡蛋以外，胜佳超市在贵州先后建立了威宁自治县蔬菜直供基地、都匀市蔬菜直供基地、龙里县蔬菜直供基地、瓮安县鸡蛋直供基地、长顺县绿壳鸡蛋直供基地、毕节七星关区蔬菜直供基地、毕节七星关区鸡蛋直供基地、罗甸县火龙果直供基地、麻江县蓝莓直供基地、长顺县高钙苹果直供基地等消费扶贫直供基地，覆盖了毕业市、黔南州的大部分贫困地区。

为了推广贵州产品，胜佳在70多间门店设立贵州产品专营区，并推出"贵州扶贫产品体验空间"，让消费者走进黔货购物空间，犹如置身贵州的好山好水之中。

现场还不定期出现身穿贵州少数民族服装的促销员，与消费者零距离互动，引导消费者品尝贵州美食。

在胜佳超市的努力下，累计有500多万人次认识了贵州特色优质产品，逐步建立起贵州产品的品牌认知度和区分度。

除了在超市门店推广外，麦家应还将扶贫产品推介活动送进社区、机关、商场，送进步行街——广州北京路步行街。西湖路迎春花市，荔湾动感小西关，天河区克洛维广场，广州国际食品食材展及各大消费扶贫展、美食节，以及政府机关办公大楼，都活跃着胜佳扶贫产品体验空间的身影。胜佳超市累计举行了200多场促销推广活动及30多场次的户外展销。

在短短1年间，胜佳超市先后与贵州40多个生产厂商培育了50多个品牌300多个商品，包括邬礦雾原鸡蛋、罗甸红肉火龙果、散装贵州深山土鸡蛋、绿壳鸡蛋、高钙苹果、羊肚菌、三七花、野生花椒、竹荪、天麻、香肠、腊肉、刺柠吉果汁等产品，已在广州形成一定的品牌影响力。利用当下发达的网购平台，胜佳超市将多个贵州农副产品上网销售，线上线下多模式推广，实现网上下单，最快半小时将货送达。胜佳超市自建有超过2万多平方米的多功能物流、生鲜配送中心，配合广州市机关饭堂，对消费扶贫食材商品进行推广，走进10多个机关饭堂，每天进行蔬菜、大米、蛋类配送。同时，应传统节日推介消费扶贫产品，向近百个单位销售贵州特色节日礼品，最为突出的成效是其中一个单位采购了5万个长顺高钙苹果。

功夫不负有心人，2019年，胜佳超市累计销售贵州产品金额达1972万元，较好地完成了当年的扶贫任务。麦家应表示将继续坚定不移地投身到脱贫攻坚战当中，脱贫仅仅是开始，今后还要协助贫困地区的人们，建立长效的脱贫机制，让市场化意识改变他们的观念，使他们主动融入农村地区产业革命中来。

（文／江华）

文化教育

这里有个粤企"订单班"

"职教一人，就业一个，脱贫一家，带动一片"，这是毕节职业技术学院始终秉持的办学宗旨。

近年来，毕节职业技术学院在东西部扶贫协作和对口帮扶合作框架协议下，积极投身脱贫攻坚主战场，坚持"精准招生、精准资助、精准培养、精准就业"的职教扶贫方法路径，借力东西部扶贫协作资源优势，依托广州番禺职业技术学院、广汽集团、广州港集团等学校和企业的对口帮扶，成功探索出了"东西扶贫协同、校企双元育人"精准脱贫"订单班"办学新模式。

校方——精准招生

自开展东西部扶贫协作以来，毕节职业技术学院与毕节市各级人社局、乡镇（街道）、村（社区）通力配合，最大限度将"订单班"政策覆盖生源地，招收以建档立卡精准贫困户、家庭困难为主的学生，同时组织面试，从学校现有相关专业中，挑选部分品学兼优的学生组班。

"由于'订单班'直接与用工企业合作，学生毕业后，经过双向选择可直接进入相关企业上岗，这为贫困户家庭带来了脱贫的曙光。同时'订单班'免除了贫困学生在校的一切费用，贫困户在经济上就不再有任何负担。"毕节职业技术学院院长池涌介绍,自2017年第一个"订单班"开办以来,学校开办的"订单班"已达32个,招生1200余人。据统计,"订单班"招收贫困学生占比达80%,建档立卡学生占比达30%,毕节市内学生占比达60%,市外省内学生占比达37%。

为缓解贫困学子就学经济压力,毕节职业技术学院严格执行中职学生免费政策,按国家政策规定发放国家助学金,并将学校事业收入的10%用于资助困难学生。

"'订单班'贫困学子除了全部免除学费、住宿费、书本费外,每人每年还能获得1000元'毕节职业技术学院服务全市深度扶贫助学金',同时还免费发放寝室生活用具、校服及工装,免费提供电工及汽车维修工技能培训及鉴定考证1次。"池涌说。

值得一提的是,就读"广港班"的学生,在校期间除享受学费减免、生活补助等扶贫政策外,广州港集团有限公司还为每届"广港班"学生提供8万元1年的奖学金,对品学兼优的学生进行奖励和资助。

来自金沙县平坝乡的朱羽是2018届"广港班"的学生,家里有三兄弟,2018年,他初中毕业,由于家庭贫困,父母一度让他放弃学业。倔强的朱羽不愿意辍学,在他心中,读书是唯一能改变贫穷的途径。

"我心里明白,如果不读书,那我就只能和父母一样务农,我不愿意。"朱羽虽小,但他明白务农不是他想要的生活。

就在这时,村干部到他家宣传"订单班"政策,朱羽读书的梦想才得以延续。

"我在学校1年能有5000多元的补助,基本上没花家里一分钱。而且明年我就要去广州顶岗实习了,听那边的师兄说,1个月有1500元,还包吃包住,等到实习完毕考到特种工作证,就能正式上岗了,到时候我要把爸妈接到广州来。"朱羽对未来充满了信心,他一定要走出大山,拥抱外面的世界。

池涌说，通过定向招生、定向施策，"订单班"学生免去了入学的后顾之忧，同时也为贫困家庭学子打开了一扇通向美好生活的大门。

教师——精准育人

通过毕节职业技术学院与广州市有关企业、学校研判，"订单班"选取就业收入较好、就业岗位有保障、符合区域经济发展和企业用工需求的相关专业作为合作点。

例如，广州港集团有限公司以"港口机械操作与维护专业"为主，学校配备叉车、拖车等一批实训设备，2017年至2020年9月，已组建5个班；广汽乘用车有限公司以"汽车检测与维修""工业机器人""新能源汽车运用与维修"专业为主，学校配备汽车5辆、教学设备1批等实训设备，组

教师引导学生进行实操训练学习（夏民／摄）

建了2个班……

"'订单班'的学生是为合作企业量身培养的，因此在课程的设置上、学生的选拔上，我们是与企业方共同制定人才培养方案。"池涌说，校企合作"订单班"，由校企双方共同制定人才培养方案，共同开展招生宣传，共同进行学生选拔，共同组织教育教学，共同实施班级管理。通过引企入校，探索现代学徒制和中高职贯通等办学模式，让学生在实践中提升专业素质，真正达到学以致用、知行合一。

由于毕节职业技术学院教师专业基础薄弱，为提高教师专业素质，广州有关学校签订协议，就毕节职业技术学院的专业建设、课程建设、管理与制度建设、科研工作、干部队伍和师资队伍建设、联合培养学生、服务体系建设、对外合作交流等方面开展对口支援。

有关企业深入毕节职业技术学院帮助提供技术指导，培育企业文化，形成了"办学引领、专业共建、资源共享、供求必应、传帮齐动"的师带徒式特色办学模式。

"例如像'广汽班'的学生，广汽集团每个月都会指派专业老师来毕节授课，我们就安排老师跟班学习，在培养学生的同时，老师的专业素质也会提高。"毕节职业技术学院工矿建筑系副主任文江说，职院的老师还会定期参加广汽集团开展的专题培训，以此拓宽与全国广汽4S店的联系，为学生拓宽毕业就业渠道。

同时，为进一步提高学生到岗后的适应能力，职院设立了国家级高技能人才培训基地，打造了毕节市公共实训基地、毕节·广州人力资源开发基地等人才培训基地，目前已有部分企业入驻发展，大大改善了职院实习条件，让落后地区学生享有优质的实训资源。截至2020年7月，学校有校内实验实训室（中心）80个，校外实习或就业基地60个，极大提高了学生的专业技能培养效率。

学生——精准学习

"我们平常学习叉车操作、液压缸检修、电机维修、钳工、焊接等以后上岗必备的技能，绝大部分时间都是在实操。"2020年6月17日，在毕节职业技术学院"广港班"的实训课上，2018届学生朱羽说出了自己的真实感受。

"明年我就能到广州港实习，我有信心胜任我的工作。听老师说，我们在岗位熟悉后要操作岸桥调取集装箱，这份工作对我们贫困山区的孩子来说十分伟大，如果没有在'订单班'，我根本不可能有这样的机会。"朱羽十分憧憬未来的工作。

"广港班"由学院从多个专业的学生抽选组成，优先招录贫困学生，实行订单招生，免费入学，定向就业。经过校企双方组织的体能测试、面试等选拔，截至2020年9月，"广港班"共有100余名学生。

职院所有"订单班"均采取"2+1"培养模式，前两年在毕节职业技术学院进行理论学习，第三年到各家集团进行实操培训，取得相应资格证后由合作集团安排就业。

"我们2017级的'广港班'43名学生已于2019年7月初到广州港开展顶岗实习，目前已有34名学生通过实习，就地转正，月工资在6000元以上。"文江说，这34名学生的家庭也从贫困家庭转变成了小康家庭，真正做到了"职教一人，脱贫一家"。

自2016年广州帮扶毕节以来，毕节职业技术学院抢抓东西部扶贫协作的历史机遇，在穗毕两市相关部门的牵线搭桥下，主动与广州相关企业和学校进行深入对接，着力推进政校企合作，实行双元教学、深化产教融合，得到了广州方面众多企事业单位的倾情帮扶。

在此期间，广州港集团、广汽集团、雪松集团等大型企业先后与毕节职业技术学院签订校企合作协议，共同联办"订单班"，涵盖了汽车、工业、建筑、水利等领域的10多个专业。

"订单班"学生除了享受国家、贵州省、毕节市及毕节职业技术学院规定的补助外，各企业还设立了每班每年8万元的专项奖助学金，对品学兼优的学生和家庭困难学生进行奖励和资助。

同时，各企业还为学院捐赠大量实训设备，投入实训室建设资金，提高学校办学条件，并加强与广州各大职业院校的合作力度，培训管理团队与教师队伍，提高办学能力。

毕节职业技术学院副院长葛富林介绍，毕节职业技术学院还与毕节市人社局、中国南方人才市场管委会办公室，以中国南方人才市场的强大平台为依托，整合三方资源，协商打造了毕节·广州人力资源开发基地。

目标——到广州去上班

"这个是碳罐电磁阀，它的作用是在汽车启动时，电磁阀开启，将吸

毕节职业技术学院"广汽班"学生正在了解发动机工作原理（夏民/摄）

附的燃油蒸汽作为燃料释放到进气管路，进入发动机燃烧。"在毕节职业技术学院"广汽班"实训课堂上，卢加发正在给学弟们介绍碳罐电磁阀的作用。

卢加发来自赫章县罗州镇松林村，父亲身患重病丧失劳动能力，全家就靠母亲一个人种几亩地勉强维持生计，家境贫困。高中毕业后，卢加发选择了毕节职业技术学院，"就是想尽快学会一门手艺，尽快就业，好减轻家里的负担。"

幸运的是，广州对口帮扶毕节，广州的企业与毕节职业技术学院联合开办"订单班"。广汽集团与学院联合开办"广汽班"，优先招录贫困学生，实行订单招生，免费入学，定向就业。经过校企双方组织的心理测试、体能测试、面试等选拔，有32名学生成功进入"广汽班"。"我幸运地成为其中之一。"

想着有机会进入世界500强企业广汽集团工作，卢加发学习起来劲头十足，并很快成为班里的学习尖子。"再学一年就进入广汽集团实习，我有点迫不及待地想成为'广汽人'了。"

学院与广州港集团最早开办的"广港班"43名学生已进入企业，实习结束后，于2020年7月21日在广州港举行毕业典礼，后到广州港相关码头就业。从反馈情况看，学生很上进，效果很不错。

（文／夏民）

书信搭起的"交流桥"

"虽然我们相距一千多公里，但是我们的心是相连的，让我们一起努力好好学习，我相信，只要坚持不懈，梦想就会离我们更近一点。""希望你捧着这本书时，会想到我正和你一起，眺望着诗和远方；也希望你的生活，除了学习、柴米油盐，还有美好、快乐与诗意……"

2020年6月9日，赫章县水塘堡中学八（二）班的学生们没有像往常一样朗诵课文，而是悄悄读起了一封来自一千多公里外的书信。

这些信的主人是广州市番禺区大石中学八（二）班的学生。一群年级相同、年龄相仿的少年们通过书信往来互诉衷肠，用朴实的文字畅聊梦想与未来、家乡与世界，成为东西部扶贫协作的最美注脚。

让两个班级搭起交流的桥梁的正是番禺区挂职干部、赫章县教育科技局副局长刘子竞。乘着东西部扶贫协作的东风，2020年4月，刘子竞来到赫章后，就到赫章县多所学校走访调研，查看当地教育发展情况。

"还是比较落后，在番禺，'你的语文是体育老师教的'可能是一句玩笑话，在赫章则是真实的无奈。"刘子竞到松林坡乡中学走访后说道。

为推进赫章城乡义务教育一体化发展，赫章县组织骨干教师和教学管理人员到番禺区跟岗学习学校管理、教研教改、教学活动等经验做法，番禺区也选派优秀教育工作者到赫章县教育系统挂职指导，双方因为教育架起了彩虹桥。

同时，两地采取"一对一""一对多""多对一"的帮扶模式，整合帮扶力量和资源，强化责任落实，强化工作举措，保证帮扶工作扎实有效。截至2020年9月，番禺区已安排84所中小学校与赫章县学校开展"一对一"结对帮扶，签订《学校结对帮扶协议书》，目前对接帮扶的学校全部完成挂牌。

何杰锋原是广州市番禺区职业技术学校后勤保卫科科长，2018年，他接到了一个扶贫任务，被派往贵州进行为期1年的教育扶贫。面对年迈的父母、眼中满是担忧的妻子以及即将高考的儿子，他心里也曾泛起过一丝涟漪。

"舍不得家里，这一去就是一年，相隔还这么远，回家什么的都不方便。"何杰锋回忆说。但看到赫章当地孩子的教育现状，何杰锋还是踏上了赫章之旅，"这是非常有意义的事情，我还是共产党员，最后自己把自己说通了！"

来到赫章县后，何杰锋担任赫章县教育科技局副局长、赫章县职业学校副校长、赫章县第三中学副校长，同时兼任广州市教育"组团式"帮扶毕节工作组组长、广州帮扶毕节教育前方专家组组长。

"压力很大，一年说长不长说短不短，不能浪费时间，马上就要开始工作。"刚到赫章的何杰锋马不停蹄地开展工作。经过走访，他发现首先要解决的是学校的硬件问题。

"学生在操场跑步每天都有崴脚的，路面也是坑坑洼洼的，改善学校硬件设施是当务之急。"何杰锋在看到赫章三中的实际困难后，决定协调资金帮助解决硬件问题。在与赫章县帮扶工作队、赫章县政府主动对接后，争取了广州帮扶资金600万元用于改造赫章县第一中学运动场、体育馆，530万元用于建设赫章县第三中学运动场、番禺苑、历史馆等硬件设施。

记者在赫章三中看到，部分学生正在番禺援建的远程教育智慧录播室享受来自全国各地的优质教育资源。教室外，学生们在运动场跑道上快乐奔跑。

"现在教学条件好了,同学们的学习积极性都提高了不少,课外活动也丰富起来了,学生们的精气神都好多了。"赫章三中校长赵勇刚在录播室观看学生们通过大屏幕与广州的外教学习英语,下课后他一脸笑容,对记者说:"我们的学生现在足不出户就能与千里之外的名师进行交流互动,这些都得益于广州市番禺区的帮扶团队。"

自对口帮扶赫章县以来,广州市番禺区优质的教育资源和教育理念源源不断地输送到赫章,在何杰锋的协调下,广州帮扶资金1645万元投入赫章县教育设施改造提升。同时,何杰锋充分整合番禺职业教育优势和社会资源,在他的协调和推动下,番禺工商职校举办了为期2个月的学前教育专业岗前技能短期培训班。

凭借用心、用情、用力的工作作风,以及在对口教育帮扶工作中取得的成绩,2019年7月1日,何杰锋获得贵州省委授予的"贵州省脱贫攻坚优秀共产党员"荣誉称号。

番禺、赫章、威宁三地开展信息化建设讲座及"互联网+"综合教研交流活动(刘子竞/摄)

"我只是番禺区挂职干部中的一名普通成员，为赫章教育出了一把力气而已，我（挂职）结束后会有更多的同志加入进来。"即将离开赫章县的何杰锋有着满满的不舍。

就是像何杰锋这样带着使命的挂职干部，让赫章教育得到了质的提升。据了解，番禺区帮扶团队积极推进学科教研活动常态化，有针对性地在帮扶学校开展学科教学研究工作，组织学科骨干教师开展课题研究专项培训，提高教师科研能力。

2017年至2020年7月，番禺区帮扶团队利用番禺名校、名科、名师优势，实现番赫两地的优质教育资源共享。番禺组织特级教师、全国名校长、省名师工作室到赫章送教21次，送教团队299人次，培训教师4497人次、学生8000多人。

根据赫章三中往年高考备考能力较弱的实际情况，帮扶团队还邀请广州优质教师为赫章三中进行备考培训，指导赫章三中实施高考各项准备工作。在番禺区"组团式"教育帮扶下，赫章三中2019年高考升学率为41.6%，比2018年提升4个百分点，其中本科一批11人，本科二批129人，分别比2018年增加6人和25人；2019年总平均分比2018年提高8分，帮扶指导效果明显，高考成绩提升明显。

"按照2020年初的工作计划，帮扶工作重点要逐步向赫章县乡村薄弱学校转移，以点带面，在乡村薄弱学校开展教学诊断和教育帮扶工作，做到'提高一校、带动一方'的教育帮扶辐射效应。"何杰锋表示，要让广州先进的教育资源在赫章落地生根，为赫章县教育打造一支带不走的优秀干部和教师队伍，增强教育帮扶的"造血功能"，推动赫章县教学品质提升，实现内涵式高质量有特色的全面发展，让赫章县的学生们享受优质教育。

据刘子竞介绍，番禺区与赫章县将持续加强教研交流，加大交流互派力度，补强薄弱学科，提升职业教育办学水平，开展职业脱贫。同时进一步盘活当地硬件资源，实现优质教育资源共享，基本实现教育扶贫工作从注重帮扶进度向注重帮扶质量转变，从注重完成任务目标向内涵发展转变。

跨越千山，心手相连。广州市番禺区与赫章县将在日益紧密的交往中同心筑梦，描绘出更加动人的教育新篇章。

（文／王星）

当组团支教遇上互联网

跨越千里实时教研

2017年，在东西部扶贫协作工作中，广州市天河区开始对口帮扶大方县。截至2019年底，两地已先后促成广州8所中小学与大方县9所中小学结对帮扶。此举给大方县教学理念带来了前所未有的革新。

2018年7月，广州市天河区教育局在毕节市思源实验学校（以下简称

教育扶贫为山区学校教育带来变革，学生在学校熏陶和引导下快乐成长（夏世焱/摄）

"思源学校")援建"那方空间",使用了最先进的"希沃双师课堂",为这所贫困县的中学进行实时教师培训。

据在大方县教育局挂职副局长的天河区干部黄雯介绍:"2018年以来,天河区和大方县之间探索线上融合线下的教师协同发展模式,开设了校长、中层干部、教师分层培训课程清单,并通过视频直播技术,指导跨区域的网络直播教研活动,实现优质教育资源的大规模共享。其中,大方县教师获得信息技术促进教学变革的专题培训达10余场次,培训教师达5000余人次。"

为了保障贫困学生接受教育,广州市、天河区两级政府共下拨1500万元,用于精准扶贫学生的教育资助,安诚保险也捐资15万元成立扶贫支教基金,用于资助大方县贫困学生。

2019年4月13日下午,在思源学校"那方空间"互联网教师协同发展中心内,一方50英寸大小的交互屏幕正通过4G网络,连线一场特别的跨区域教研交流活动。

屏幕一端是20名在大方县执教的中学语文教师,另一端是天河区的广州市第113中学初中部语文教研组的10名教师。这天下午,两地教师通过视频直播,正"面对面"探讨引导学生阅读课外书的方法。

利用"互联网+",从线上线下聚集广州名师、名校、名校长资源,帮助大方县学校提升教学水平,是天河区对大方县实行教育扶贫的创新之举。实践显示,该模式正有效地将天河区教研成果辐射到大方县。

名师专家"把脉"破困局

其实,像这样跨越千里的教研合作活动,在思源学校已不是新鲜事。

如前所述,早在2018年7月,广州市天河区教育局在思源学校就援建了"那方空间",实现了两地的跨地域实时教研交流。大方县的中学教师在教研过程中有困惑，天河区便针对所指问题，召集名师资源，为千里之外教育一线上的同行解惑。

不过，远程教研合作始终不如面对面交流来得亲切和方便，所以支教、送教具体怎样做也是摆在两地教育工作者面前的现实问题。2017年9月开始，天河区教育局派出7名教育干部到大方县挂职，另有3名教育专家受聘为大方县各学校的名誉校长，名师专家开始为大方县教育现状"把脉"。

天河的名师团队除了做好平时的扶贫工作外，还经常利用周末驱车进入山区，走访乡村学校，探访贫困学生家庭。老师们以专业的角度仔细观察，对大方县的教育环境做深度调研。

"实际上，偏远地区的学校不缺乏好老师和好学生，但在教育管理、教学理念上与沿海地区有较大的差距。"在大方县教育局挂职副局长的天河区干部黄雯坦诚地说。

在城市里的中小学，引导学生主动思考、畅所欲言的互动课堂教学模式已经深入人心。但在大方县的中小学，课堂仍是老师的"一言堂"。三尺教台下，学生鸦雀无声，静静地被老师"灌输"知识点，氛围离活跃尚有距离。而老师传授知识的主要手段就是口干舌燥地讲和通过黑板上的板书，很多学生不曾见过多媒体课件，学习兴趣也很难得到提升。

天河区的老师们还发现，在这里，一些同行已经存在职业倦怠，对待工作缺乏内驱动力。这不难理解，毕竟，当城市里的中小学中的同科组教师已经开展集体备课、集思广益教学时，大方县的教师仍在"单打独斗"，各自备课，这显然会导致教学质量参差不齐。

这样的教学氛围，放在大方县的教育大环境中，很难说是学校一方的责任。

大方县地处乌蒙山连片贫困地带之腹，学校教学理念落后，对于学生来说，家庭教育大多也是欠缺的。在大方，不少学生都是"留守儿童"，父母多外出打工，难以通过家庭教育引导孩子；哪怕家里有父母陪伴的，由于家长自身文化水平低，也难以对孩子的功课有指导。甚至，在当地，学生读完初中就出去打工已经是常态。城市孩子和家长习惯为之拼搏的"升学战争"，在这里却是一种奢侈。

黄雯表示，要切断贫困的代际传播，关键是提升地区教育水平。要提升地区教育水平，关键中的关键是教师要成长起来。这些"人类灵魂的工程师"必须推陈出新，"扮靓"课堂，调动学生兴趣，想办法让他们在学业的道路上走得更远。

不仅仅是"长了见识"

识别了"病症"，便要"对症下药"。为此，前往支教的天河区教师团队调动起广州市的名师、名校、名校长资源，试图将沿海城市教学成果输送到偏远山区学校，利用互联网技术均衡教育资源，从而实现两地教育"深度融合"。

自此，"同课异构"教研活动、"交互式双师课堂"等先进教研形式，也陆续从线上乃至线下，打开了大方县教师新世界的大门。

随着扶贫工作的推进，广州市天河中学、广州市第七十五中学、广州市第十八中学、广州市南国学校等8所学校，分别派出教师团队到达大方县，与大方县实验高中、大方县瓢井中学、大方县第三中学、思源学校等学校教育结对，走进当地课堂，为大方县的学生们上起了公开示范课。

2019年4月6日，广州市南国学校教师团队到达大方县八宝乡堰塘小学进行"组团式"支教，语文老师陈桃源和英语老师冯敏瑜就给孩子们带来了令他们耳目一新的公开课。

以课文《乡下人家》为文本，重视学生语文素质培养的陈桃源老师，和孩子们一起走进课文学习。她将中国文字的魅力渗透到讲课中，从书写到表达，再到阅读，从不同的角度循循引导着孩子们感受语文之美。而冯敏瑜老师的英语课"Weather"则把英语"玩"了起来，她带领大方县八宝乡堰塘小学的孩子在不同游戏中大声地讲英语——这里的孩子是第一次上全英语的英语课堂，但哪怕没有一句中文翻译，冯敏瑜老师也成功让这些乡村学校的小学生们对英语产生了极大的探索兴趣。

这样好玩的教学模式，不仅让学生耳目一新，听课的地方教师也跃跃欲试。有老师说："长见识了，原来这样上课更生动。两位老师讲课目标明确，条理清晰，让听课的人受益匪浅。"

以新颖课堂模式作为支教内容，天河区教师的目的是激发大方县教师们的想象力，从而打造更加生动、高效的课堂，改善教室里的学习气氛。

援建"那方空间"

现场送教只是天河区"组团式"支教的缩影。在天河支教教师团队中，有许多老师还想进一步把自己的教科研信息化经验分享给乌蒙山区里的同行。为了更加方便天河区、大方县两地教师跨地域交流，2018年7月，广州市天河区教育局在思源学校援建起"那方空间"互联网教师协同发展中心。

"只要大方县教师有需要，我们随时通过'那方空间'的网络视频，开展两地教师互动。"黄雯介绍。思源学校几乎每月都有教研活动在"那方空间"开展，地理学科、英语学科、语文学科等多个教研小组，纷纷通过视频向广州教师取经。大方县教师也有了连线知名教育专家的机会，可与他们面对面交流、解惑。

思源学校语文教研组组长杜先亮老师说，一次，两地教师开展了"山海相约　共话阅读"网络协作教研交流，与广州的名师工作室成员连线交流的内容，让他感到十分震撼。

原来，根据教育部要求，一年级至九年级学生除了语文课本上的必读课文和选读课文外，还指定要读一批必读课外读本。然而，大方县的语文课上，都以课文内容为重，并不太重视课外阅读。大方县的语文老师们很困惑，要跟学生讲清楚课文已经很不容易了，怎么还会有时间在课堂上进行课外阅读呢？

黄雯名师工作室团队成员、来自广州市第113中学的李颖宜老师是这么建议的："必须压缩课本宣讲时间，一定要腾出时间教导学生掌握整本课外书的阅读方法。"

拥有将近20年教龄的杜先亮老师坦言，这样的教育观念大大颠覆了他的固有思路，但是李颖宜老师的分析与策略，又令他不得不认同："一直以来，我们的教学没有跳出课本。然而，每当考试，试卷上的文本都来自课外。如果不引导孩子学会自主阅读，就难以提升他们的语文理解能力。通过掌握阅读方法，学生们就能通过更多课外书拓展视野，

天河、大方两地教师在探讨教学方法（夏世焱/摄）

拓宽知识面。"

综合了天河老师的建议，如今，思源学校语文教研组正在推进改革，以手抄报、思维导图、读书卡、注释等方式，推进同学们课外读物的阅读进度，并教导他们如何加深对课外书的理解。教师们欣喜地发现，热爱阅读的新风气正在这所县级学校逐渐形成。

（文／李斯璐）

医疗卫生

不停步与"零突破"

2018年10月起,广州市和毕节市7个贫困县各1所医疗机构结对帮扶以来,广州医生在毕节各帮扶医院中,不仅为毕节医疗卫生事业带来了新的制度、新的理念、新的技术和新的工作态度,还在毕节打造了一支带不走的医疗队,实现多项"零突破",提升了医疗服务能力,老百姓因病致贫、因病返贫问题也得到很大缓解。

这支医疗队带不走

赫章县是贵州省16个深度贫困县之一,因病致贫、因病返贫问题突出。2018年以来,23名来自广州市番禺区的援黔医生先后到该县定期帮扶,番禺的白衣天使交棒接力、目标明确——扎根赫章,打造一支"永远不走的医疗队",让山区群众实现"家门口"就医,甚至不少邻省、邻县群众慕名前来求医。

"李医生!李医生!这里有一个孕期近38周的孕妇,胎心率出现异常,急需处理……"医生李丽敏正在办公室接诊病人,听见医务人员急促的呼唤,她迅速赶到待产室。

孕妇是第二胎生育,剖宫产术后1年多再次怀孕,间隔时间较短。除了检查胎心情况外,李丽敏详细询问病史和症状,结合腹部体查,考虑到孕妇不仅仅是胎心问题,更严重的是有子宫破裂的可能性,她安排急诊剖腹产术,术中确诊为子宫不完全破裂。

数小时后,李丽敏走出产房告诉家属:"母婴平安,一切安好,请放心。"家属悬着的心终于落下。

李丽敏是来自千里之外的广东番禺区的帮扶医生,到赫章县医院2个多月了。

"医者父母心,为患者服务是我们义不容辞的责任。"在她看来,生命的诞生是一个神奇而充满惊喜的过程,有人为这一刻欣喜若狂,也有人为这一刻声泪俱下。

2019年9月9日晚上,野马川镇一名8岁的孩子因车祸受伤出现呼吸困难、意识不清被送至赫章县医院急诊科。由于患者血氧饱和度低,病情危重,被立即送到重症监护室抢救。李亮宗医生接诊后,第一时间赶到危重症病房参与抢救,最终使患儿转危为安,第二天,能够拔管并遵家属意愿转上一级医院治疗。

"感谢你们,感谢李亮宗医生,是你们救了我的孩子。"患者家属感激地说。

李亮宗是番禺区第六人民医院急诊科医生,2019年到赫章县开展医疗帮扶。他来赫章县不到3个月时间,已参加了大大小小急诊350余次。"每次在急救病人时,李医生始终冲锋在前,发挥所长,全力以赴,成功完成救治。"赫章县某医院急诊科主任张颖说。

"看着病人得到救治,我心里十分欣慰。"李亮宗说,他已经是第二次到赫章参与医疗帮扶。"上一次是在2018年9月,如今再次回来参与赫章医疗帮扶任务,只要能帮助人,一定竭尽全力。"

番禺援黔医疗队的到来,在技术革新方面创下多个"首例",彻底改变了赫章的医疗救护水平,当地群众都亲切地称呼他们"阿西里西"(当地俗语:我们的好朋友)。

"我出院1个多月，如今，可以丢下拐杖正常走路了，今天是来中医院复查，结果很好。番禺区来的谭本前医生太厉害了。"说起番禺区帮扶医疗队的谭本前医生，赫章县铁匠乡铁匠村村民陆敏敏满是感激。

陆敏敏10多年前患双膝重度骨关节炎，不能直立走路，只能拖着肢体慢慢移动。10多年来，她的求医步伐踏遍了毕节、贵阳、昆明等地的多家医院，花光多年积蓄，仍未康复。

2019年秋天，63岁的陆敏敏筹了几万元准备到外地医院做手术，听说番禺区专家来到赫章县中医院，她决定先去试试。在家人的陪同下，做完全面检查后，谭本前医生给她做了膝关节手术，仅仅3天就能下床活动，20多天就出院了。

"自开展东西部协作帮扶以来，番禺区帮扶医生已在全县实施各类手术3000余例，其中，桥接钢板手术、小儿全麻气管插管等手术在赫章县属首例，全县常见病、多发病、部分危急重症的诊疗能力明显提高。"赫章县政协副主席、县医院院长张丽君说。

腹腔镜技术，早在20世纪80年代已经应用，目前已成为国内外科手术中的一项普通技术，然而，对于赫章县中医院而言，腹腔镜技术仍然是空白。

因为没人会使用，所以该医院设备一直闲置，这让很多专科治疗无法开展，当地患病群众只能去外地医院就诊。直到广州市番禺区中医院普外科副主任医师龚利鑫到岗后，患此病的群众终于实现"家门口"就医。

"我是众多援黔专家中的普通一员，我的梦想是在赫章县中医院打造一支带不走的医疗队。"龚利鑫说。

1年时间，龚利鑫共主刀或指导完成外科、妇科手术380余例，涵盖腹腔镜下胆囊、阑尾、宫外孕等多种类型的腹腔镜微创手术，让赫章县老百姓的就诊时间得以缩短，医疗支出大大减少，让更多的当地居民实实在在受惠。因扶贫成绩突出，龚利鑫获得"援黔医疗卫生对口帮扶工作特别贡献奖"。

连续创造"零突破"

赫章医疗条件的改善、技术提升等，仅是广州医生帮扶毕节取得的成就之一。

黔西医疗帮扶团队帮助钟山镇卫生院完善18项医疗核心制度；帮助威宁县人民医院急诊科改造流程，建立急诊4级预检分诊制度，首创毕节市先河。

毕节市三医建院时间相对较短，管理水平有待提升，广州市帮助毕节三医建立健全医院规章制度及行业标准50余项，有效推动现代医院管理制度建设。

为帮助各医院建设新的专科，广州帮扶医生充分利用重点专科和选派人才的特长，屡屡创造零的突破，带动提升整体医疗水平。

荔湾区的郑泰国、黎华等医生接力帮扶，在七星关妇幼保健院加强产科建设，开展9项新技术、新项目。

番禺区帮扶威宁县人民医院全面加强儿科等专科建设，创办威宁地区第一个儿科PICU，首次应用无创呼吸机进行大型抢救，创办PICU以来成功救治50多名重症肺炎、脓毒症休克、重度喘息发作、病毒性脑炎、急性喉炎等患儿。

威宁县人民医院在番禺区帮扶团队的帮扶下，重点开展创伤骨科手术，其中有17例是威宁自治县第一例手术，5例是毕节市第一例手术。

在毕节三医，各帮扶医院突出打造传染病、艾滋病、呼吸科、心血管等重点专科，引进20余项新诊疗技术，开展毕节市支气管镜诊疗等首例手术15项。

其中，广州市第一人民医院李晓岩博士等人帮助毕节三医新设了呼吸内科、消化内科等7个科室，使呼吸内科从无到有并跃居毕节市前三位，此外，还培养了2个能独立工作的团队。

广州市第八人民医院帮助毕节三医成立HIV初筛实验室等，使当地艾滋病重症病人能就地就诊。在艾滋病科原主任申请调离的情况下，挂职副院长应若素博士主动兼任这一职务。如今，通过提升业务能力和服务意识，该科室已满床运转，实现毕节重症艾滋病救治零的突破。

远程医疗是广州医生带给毕节的另一大变化，利用互联网技术和优秀专家资源，他们不仅教会了被帮扶医院新的技术手段，更重要的是为患者带来了巨大的便利并且降低了费用。

广州市妇女儿童医疗中心与毕节市妇幼保健院建立远程医疗网络平台，开展两地MDT远程会诊12次。

广州医科大学附属第一医院与毕节市第一人民医院开展5G通信技术远程医疗。

广东圣大医生集团支援毕节三医建设心血管治疗中心，同时开展"互联网+远程医疗"等，1年时间完成心血管疾病介入手术300余例，部分病例是毕节市首例手术，解决了毕节绝大部分心血管疾病患者需要到外地就医的难题。

山与海相连，心与心碰撞，广州医疗队的帮扶让赫章医生业务能力不断提高，让毕节市医疗事业发展，让群众的幸福指数上升。

（文／汪瑞梁　王星　闵智）

生命之光在高原闪耀

2020年春节，突如其来的新冠肺炎疫情暴发，举国抗疫。

当得知毕节市第三人民医院（传染病医院）收治确诊新冠肺炎患者时，已结束帮扶工作半年的李晓岩博士，毅然接受贵州省毕节市卫健局邀请，作为毕节市抗击疫情医疗救治专家组顾问，再次回到毕节市第三人民医院带领大家抗击疫情，为毕节地区各医院会诊新冠肺炎病人，拯救人民群众宝贵的生命。

李晓岩，中共党员，广州市第一人民医院呼吸与危重症医学科副主任医师，广州呼吸疾病研究所、美国约翰·霍普金斯大学医学院呼吸与重症医学博士，是2003年抗击SARS疫情中获得"巾帼英雄"称号的医疗界精英。

2018年8月，李晓岩博士参加广州市对口帮扶毕节工作，挂任毕节市第三人民医院（以下简称"毕节三医"）副院长。

李晓岩博士在帮扶毕节的300多个日夜里，把一天当成两天用，把一个人当成几个人用。她充分发挥个人医学特长与资源优势，把毕节当家乡，把毕节人当亲人，以"慈心、爱心、仁心"全身心投入毕节健康事业发展，完成了毕节当地一个又一个医学领域的"第一"，给父老乡亲带来生命的希望之光，深刻地体现了"医者仁心、救死扶伤"的职业精神。

精英品性毕节情怀——让常识去救命

在毕节工作期间，李晓岩积极组织、参与深度贫困村义诊，下乡送医送药。当她看到丧失劳动能力、常年处在痛苦中的骨性关节炎患者，那些没有治疗、时刻处在危险边缘的高血压患者，以及感染了肺结核却不规律治疗，令家人及周围的人陷入感染结核的危险中的患者……她不仅想到要治因病致贫的标，更想到了要治因病致贫的本。

当地老百姓太缺乏医疗常识普及了。在详细地教导病患如何自我管理身体健康的同时，李晓岩了解到当地一些群众生病难就医、不就医、乱就医，很多人不识汉字、不懂普通话，一些关于疾病的科普知识他们完全不懂，也没有更多的渠道让他们了解怎样保证健康。

她意识到，只有解决这个问题，才能真正解决因病致贫、因病返贫的症结。2019年3月22日，在广东省第一扶贫协作工作组会议上，她提出将毕节常见病、多发病的科普知识用各种毕节方言讲述出来，制成音像材料在当地发放，整个贵州乃至全国都可以如此，不识字、不懂普通话的患者也能够做到对疾病的自我认识、自我管理，由此促进健康脱贫，助力攻坚。

拯救生命不顾危险——让患者有希望和未来

医生的天职就是救死扶伤，经历过抗击"非典""禽流感"的李晓岩更能体会作为一名医生如何敬佑生命。李晓岩在毕节的时间，有时候是和病患身边的死神赛跑用的。她一定要赢。

2018年8月2日，是李晓岩来到毕节三医的第二天，霍普金斯大学医学博士、"呼吸与危重症医学"专家到毕节三医挂职的消息在医院内外传开。

"就职"48小时之后，李晓岩博士来到了她在毕节三医的第一个病人——84岁男性患者的病床前。病人气管切开插管接呼吸机辅助通气6个月，全身浮肿，意识模糊，心肺功能非常差，在呼吸机支持下血氧饱和度仍低，濒临死亡。

这位老人，已经被数家医院宣布只能够拖时间"生存"了。李晓岩仔细诊查患者后，拉着他的手自信地大声说："老伯，我会帮你拔掉这个插管，让你能够回家打麻将，你要相信我配合我！"

在她的精心治疗下，在毕节三医医护同事的配合下，通过不懈的努力，患者的营养及心肺功能得到了改善，并逐渐进行试停机。关键的时候，她一天到病房数次，脱机时一直守在患者病床边，监测患者生命体征——1个月后，患者顺利脱机拔掉了气管插管，气管切开处闭合出院。

2019年3月4日下午六点半，李晓岩突然接到呼吸科值班医生电话：一名80岁患者意识突然丧失，血氧饱和度30%～40%。她马上跑到病房，准确判断患者痰堵窒息，通过果断的抢救措施挽救了濒临死亡的患者，使患者3天后顺利出院。

李晓岩做到了抢救危重患者随叫随到。无论白天黑夜，无论刮风下雨，只要有需要，她总是及时来到患者的病床前；抢救危重病人时，她总是身先士卒，冲在第一位——数名患者被她从死亡线上拉了回来。

毕节三医是毕节市唯一的传染病医院，自从李晓岩到毕节三医，就在诊断治疗结核患者和HIV并肺部感染的患者。一位感染HIV的患者肺部有大面积炎症反应，高热不退，病情严重。李晓岩看过患者后，考虑患者合并有肺结核，给予抗结核治疗，为患者后续抗HIV治疗打好了基础。李晓岩救治的这样的病患还有很多。

总有人问李晓岩：面对传染病人怕不怕？她说："我们是医生，谁都有可能从心理上怕病毒，但我们不能怕！"

面对病患家属的感激和赞美，李晓岩总是说："我不需要感谢，这些是我的工作，把病人救活、治好是做医生的最大成就，我也获得了自豪感和满足感。"

身先士卒一马当先——让三院成为"守护神"

李晓岩是一位有学识、有技术、有担当的杰出人才，她深知，医护人员只有掌握了精湛的救治诊疗技术，才能更好地为患者带来希望。

任职期间，李晓岩重点负责全院医疗质量、医疗安全、应急处置等工作。在了解医院的情况后，李晓岩把人才队伍建设、业务培训、医德医风建设作为重点工作来抓。她说，只有让一个医院或一个地区的医疗水平总体提升以后，才能帮助到更多的人。"三医人先要互相搀扶着向前走，慢慢地我们就可以争先恐后地向前冲了。"

1年的时间不短不长。李晓岩竭尽全力，结合自己丰富的学识和经验，增强毕节三医医护能力。一是教学查房、全院病例讨论、病例总结研讨不断穿插在患者救治过程中；二是组织针对急重症及烈性传染病的应急演练，使三医的医护人员在抢救急重症及烈性传染病患者方面做到了心里有底气、抢救不慌乱、救治有成效；三是在毕节三医感染科HIV病区组建了纤维支气管镜室，亲自操作并指导完成几十例病患检查，尤其是为肺部感染提供了病原学依据，具有十分重要的临床意义；四是亲自完成了毕节三医首例床边经鼻纤支镜吸痰并肺泡灌洗术，为毕节三医收治重症感染病人打下了坚实的基础。

李晓岩身体力行地传帮带，强管理，在1年的时间内，毕节三院各个方面的业务工作展露出卓越的风采。

她建立了三医的呼吸内科，创建了纤维支气管镜室，使毕节三医呼吸科从无到有并在毕节市呼吸内科综合实力排前三位。

她开展了纤维支气管镜检查+肺组织活检术、CT引导下经皮肺穿刺活检、睡眠呼吸监测及治疗、胸膜固定术、胸腔闭式引流术、胸腔穿刺抽液术等呼吸专业的先进诊疗技术。

她培养了呼吸内科团队，耿成亮医生就是她指导的学生，他现在可以独立带团队完成呼吸科所有新技术新项目的开展，熟练使用呼吸机。

她建立了纤支镜团队，亲自操作或指导完成75例病人的纤支镜检查，从只能做肺泡灌洗到毛刷细胞学检查，到现在可以做经支气管肺活检，团队的技术和凝聚力都越来越强。下一步的目标是尽可能多地给需要组织活检的病人做组织活检，诊治肺癌的病人（毕节没有一家医院的呼吸科开展治疗肺癌）。

她选送了呼吸科医生到广州市第一人民医院专职进修肺功能检测等，成立隶属于呼吸科的肺功能室，使呼吸科的整体综合实力更上一层楼。

她培养的呼吸科护士长阮正艳被评为"毕节市第一届最美护士""毕节市优秀护理管理者""毕节市优秀护士""贵州省优秀护士"，为毕节三医留下了带不走的团队、人才、技术和知识。

2018年11月"世界慢阻肺日"期间，广州市第一人民医院呼吸与危重症医学科专家团队在毕节三医进行大型"慢性阻塞性肺疾病的大型患者教育及义诊"活动，三医正式成为广州医疗专科联盟——呼吸内科联盟成员单位。

很多了解李晓岩博士的毕节人感慨地说：李博士这哪里是来帮扶，她每开创的"第一个"，都是为毕节人民种下了生命健康的"希望的种子"。

的确，李晓岩博士做到了自己到毕节"做主人不做客人"，把毕节看作自己的家乡。

她说："我是毕节三医人，三医强我强，三医荣我荣。当三医的领导和同事对我的工作给予肯定和赞许时，当病患拉着我的手说谢谢时，我觉得我实现了我治病救人、帮助有需要的人的梦想。"

不是一个人战斗——与毕节同人共享医学资源

一枝独放不是春，万花齐放春满园。

李晓岩在三医工作的同时，致力于提高整个毕节市呼吸与危重症医学科专业的总体水平，积极与毕节市第一人民医院和七星关区人民医院呼吸科共建，多次给他们会诊病人、授课、做病例分享。2019年，李晓岩受邀参加毕节市呼吸大型学术交流会，为近1000人授课。

2019年3月14日，李晓岩为七星关区人民医院会诊一名44岁女性患者，该患者因右髂骨疼痛1年，气促1个月，辗转多地就医，病情加重。李晓岩判断其为肺癌并多发转移的晚期肺癌患者。3月16日，病理结果证实了这个临床诊断，但是，患者因经济问题放弃了治疗。李晓岩每每提到这个病人就很悲痛地说："当患者的女儿拉着我的手哭泣着反复说就医的艰辛时，我心里非常难过，这么年轻的病人如果早点发现，早期治疗还是有希望的呀！"

2019年3月22日，在广东省第一扶贫协作工作组会议上，李晓岩以此为例提出：不仅仅是毕节医疗资源匮乏，整个贵州都仍然缺乏综合实力强的医院。老百姓重病疑难病就医困难，诊断水平较低——虽然贵州卫健委构建了从市到县到乡镇的各级远程医疗设备，但是实效性差，没有能够解决实际问题。提高医疗综合实力，大力培养本土医生的素质，提高他们的医疗专业水平是关键。虽然毕节在2018年送出100多位规培生到广州各规培基地学习，但是目前在毕节为老百姓服务的医务人员大多数基础较差，希望广州卫健委能够开通广州各临床基地到毕节各卫生机构的远程设备，让毕节本地的医生也能同步得到规培培训，包括教学查房、病例讨论、小讲课。

李晓岩情深意切的建议，受到了广东省第一扶贫协作工作组的高度重视。在她的努力下，2019年6月6日，广州市第一人民医院开通了与毕节三医的远程医疗平台，并为精准扶贫家庭患罕见病的8岁男孩进行了远程多学科会诊，制定了治疗方案。由此，毕节三医成为毕节市第二家可进行省外远程会诊的医院。

李晓岩秉持知识共享的原则，将所学技术和积累的经验毫无保留地和同人分享，体现了在知识和智慧上的"大公无私"。她认真仔细地为全毕节医生授课，希望这些珍贵的经验犹如星星之火，点燃更大的"希望之火"。

2018年11月，在对乡镇卫生院进行等级评审的工作中，李晓岩发现每家乡镇医院的门诊处方均存在诊断、处方药物使用不合理；住院病历书写格式不统一，书写不规范；抗生素使用混乱以及使用"地塞米松""庆大霉素"雾化等较为严重的医疗问题。

通过和一线医务人员交谈，李晓岩了解到毕节各级医院，尤其是乡镇医院在抗生素使用及住院病历书写等方面，缺乏规范化的培训。为提高乡镇卫生院的服务质量和技术水平，促进农村基层卫生人才队伍建设，优化就医环境，规范执业行为，她主动写申请给毕节卫健委基妇科，请求为毕节各区、县、乡镇医院的医生进行相关的培训授课，得到了毕节市卫健委领导的大力支持。之后，李晓岩分别在2018年的12月12日、20日通过现场及远程医疗设备为毕节市3家市直公立医院、13家私立医院、8家县级人民医院、6家县级中医院、194个乡镇卫生院合计约2500多人次授课，受到广大基层医务人员的好评，不少基层医务人员与她互加微信，一起探讨专业问题。

李晓岩的学识、技术和无私的传授，受到毕节医疗机构呼吸界同人的高度认可和敬佩。他们把李晓岩博士当作具有特殊身份的团队一员，请她担任毕节市医学会呼吸分会常务委员，希望她能够长期在毕节医疗机构呼吸界这个团体里，帮扶大家增进学识和技术水平。李晓岩还推荐毕节三医呼吸科主任李峰梅、结核专科主任林丽娟为毕节市医学会呼吸分会委员，为毕节三医科室将来的发展及开拓领域奠定人才基础。

李晓岩踏踏实实地来毕节，实实在在留下了她的所学、所知。她的努力得到毕节市领导及毕节市卫健局、广州市卫健委、广州驻毕节扶贫工作组各位领导的认可和好评，大家一致推选她作为"医疗组团帮扶前方精英团队"的团长。

回顾自己在毕节的宝贵经历，李晓岩动情地说："国家培养了我，广州市培养了我，毕节三医需要我，病患需要我，我是一名医生，更是一名共产党员。"

（文／江华）

打造一支"带不走的医疗队"

2019年1月17日,来自毕节市大方县人民医院肾内科的28岁年轻医生向云生,结束了在广州市天河区中医医院和暨南大学附属第一医院为期20个月的进修培训,载"技"而归。

3月18日,在大方县人民医院,向云生独立为一名尿毒症患者操作了"经皮静脉球囊扩张术"。手术成功的消息在全院医务人员中引起强烈反响,一举改写了该院只能做普通血液透析的历史。大方县人民医院也因此成为毕节市第一家能够独立开展这一手术的医院。

向云生创造历史的背后,有广州市天河区支医大方的力量在支持。在广州市天河区中医医院对口帮扶大方县人民医院期间,通过"医联体"资源的共享,促成了先进医疗技术传入大方县人民医院,短短2年间,为这所县级医院创下了多个当地的"第一"。

广州专家进大方

曾经连肠镜都不敢操作的内窥镜医生,如今已经是"熟手";以往只能做单纯透析的肾内科医生,如今已能独当一面,准确为患者实施肾穿刺等手术;曾经被"边缘化"的皮肤科,诊疗水平迅速提升,成为了重点专科……

2017年以来,无论是大方县人民医院的医生,还是当地患者,无不切身感受到该院诊疗水平的提升。他们说,这一切都离不开"天河医生"的帮助。

让大方医护人员和患者交口称赞的"天河医生",就是来自广州市天河区中医医院的医疗扶贫团队。

广州市天河区结对帮扶大方县之后,2017年,时任天河区中医医院皮肤科主任、医务科科长的张其鹏担起重任,和来自消化科的钟泽明硕士、眼科的叶茂果副主任医师、康复科的毛力威硕士等4名医生奔赴大方开展医疗扶贫工作。他们的任务是改善贫困地区患者"看病难"的状况,致力于做到"大病不出县",减轻患者负担。

作为该医疗扶贫小组组长的张其鹏,在大方县人民医院挂职副院长。到任之初,他就发现,这所当地二级甲等综合性医院,管理上存在着明显的薄弱环节。"医疗理念相对滞后,医疗服务相对粗放,医患纠纷时有发生……更关键的是,医务人员培训不足、积极性不高,这里还有很大的提升空间。"到任的1个月里,张其鹏下科室、探病房、问病友、访医生,快速熟悉把握医院整体建设和医疗服务水平。

到大方县人民医院挂职的张其鹏副院长(左)和钟泽明副主任(右)(夏世焱/摄)

支援专家总有回家的时候，张其鹏感到，还是必须打造一支"带不走的医疗队"。"在帮助县人民医院改善提升必要医疗硬件的同时，我认为更应该'传、帮、带'，将自己从沿海开放城市带来的先进技术和管理经验留下来、传下去。"

大方所需，天河所能。挂职的第一年，张其鹏先后10余次奔走于粤黔两地，搞调研，引设备，抓培训。为了提升医师水平，张其鹏除了在全院积极开展学术交流和业务培训外，还将该医院接入了广州天河区的"医联体"。

张其鹏的工作单位广州市天河区中医医院和暨南大学附属第一医院是"医联体"单位，合作非常成熟。同时，他借助区域医疗优势，引进了中山大学、南方医科大学、暨南大学、广州中医药大学、广州医科大学等资源，将这些医学院校的知名专家请到大方县，为县人民医院的医生开展短期培训、手术示教、学术交流等活动，累计培训医护人员近500人次。

让本地医生独当一面

大方县属典型山区，人口众多、居住分散，边远地区距离县城有2个小时以上车程，贫困农村的患者前往县里就诊并不容易。

天河医疗扶贫队在调研中发现，由于当地医疗条件和水平有限，加上不少患者家庭困难，无钱外出治疗，于是只能小病扛、大病拖，又或者找当地民间郎中进行土方治疗，往往导致小病拖成大病，病人常年受到病痛困扰的情况并不少见。一些家庭好不容易刚刚脱贫，却又因病返贫，令人唏嘘。

要改变这一困境，最好的方法是提升当地医院的诊疗水平。2017年4月17日，在张其鹏的牵线搭桥下，大方县人民医院30多名医务人员先后到广州市天河区中医医院、华侨医院（即暨南大学附属第一医院）、广州市妇女儿童医疗中心、南方医科大学第三附属医院等医院进修培训。

向云生医生便是这其中一员。他说，永远都不会忘记这趟进修之旅对自己的影响，"当我走进广州的大医院，真切地体会到一种'山里娃进城，大开眼界'的感觉。大城市里医疗资源丰富，对我提升医术帮助十分大。"

在广州市天河区中医医院，向云生得到内分泌科周晓燕主任的悉心指导。在大量的接诊实践中，向云生的医术和经验突飞猛进。

2个月后，向云生又去到华侨医院血液净化中心、肾内科等2个重点科室学习，从跟床医生、病案管理，到科室感染控制管理、医疗纠纷处理等，进行了全方位的进修培训。

2019年1月，向云生结束在广州的进修并返回毕节。3月18日，他成功独立实施了毕节市第一例"经皮静脉球囊扩张术"。

"进修之前，这样的手术在大方县是不可能独立开展的，患者只能到上一级医院做手术，这样就会加重患者负担。以前在上级医院经医保

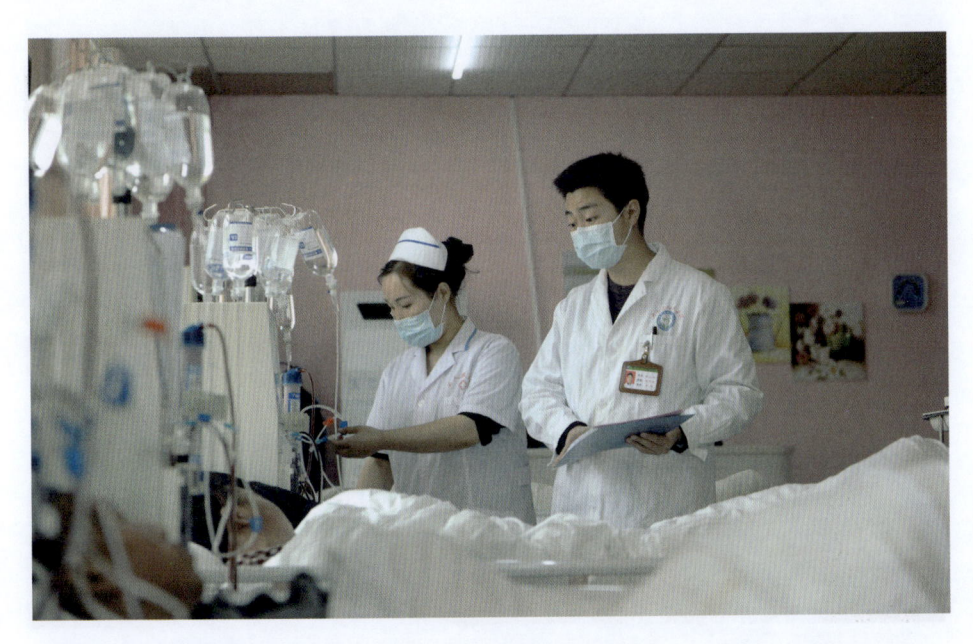

在大方县人民医院透析室，曾去广州进修的向云生医生(右)正在照看病人（夏世焱／摄）

报销后，患者要自费1000多元，如今在我院报销，患者只需自付300多元。"向云生说。患者出院时，紧握住向云生的手说"我家里经济条件不好，谢谢你为我省下这么多"时的感激神情，深深地印在他的眼里、心里。

打造毕节重点专科

"扶贫，要先扶理念，医疗技术帮扶提升是一方面，改善服务意识、管理意识，激发基层医院活力，进行创新改革，也同样重要。只有这样，才能激发脱贫攻坚的原动力。"张其鹏是这么说的，也是这么做的。

身为皮肤科医生的张其鹏，以自己最熟悉的皮肤科为切入口，对驻点帮扶的大方县人民医院开启了大刀阔斧的改革。

大方地区气候湿热，是皮肤病高发地区。然而，大方县人民医院皮肤科却是个"边缘"专科，医护人员年轻、经验不足，科室定位也不清

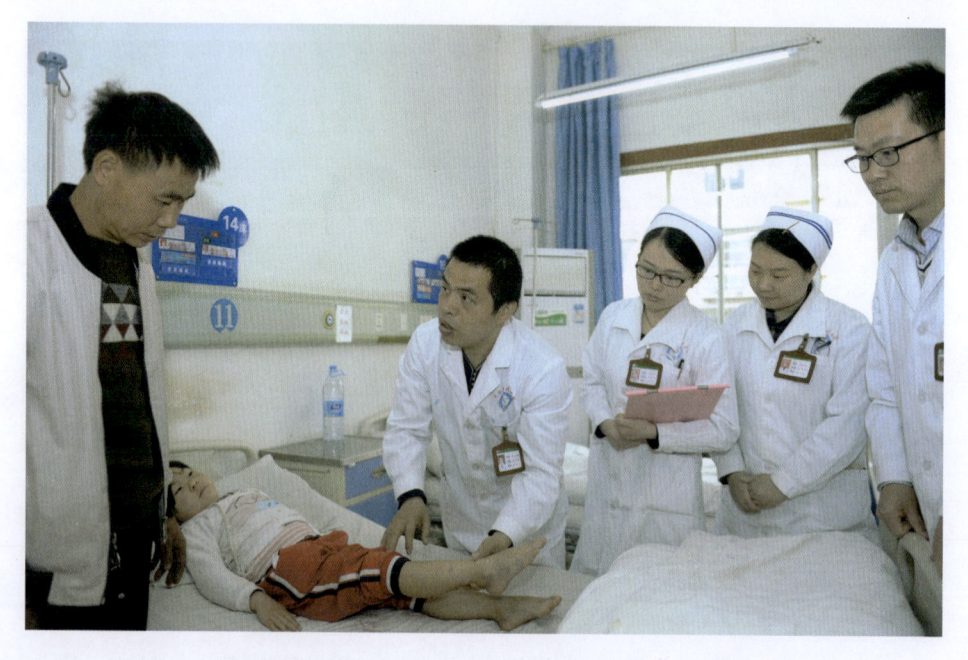

张其鹏副院长（右四）正在皮肤科查房（夏世焱/摄）

晰。张其鹏除了传授临床经验，还指导科室充分利用激光、冷冻、中医技术开展皮肤特色治疗。经过张其鹏的改革，患有痤疮、过敏性紫癜、湿疹、荨麻疹等皮肤病的患者都可以在大方县人民医院得到规范治疗，而系统性红斑狼疮、重症药疹等疑难皮肤病的诊疗能力，也在张其鹏的指导中迅速提升。

这几年来，大方县人民医院皮肤科的接诊量迅速攀升。目前，大方县人民医院的皮肤科正致力于打造毕节市重点专科及贵州省县级医院皮肤科的发展典范。

（文／李斯璐）

人物事迹

在脱贫攻坚中诠释初心使命

山遥水远心相近，携手攻坚奔小康。在决战决胜脱贫攻坚的关键时刻，广东省广州市番禺区结对帮扶贵州省毕节市威宁彝族回族苗族自治县，派出了一支不怕吃苦、能打硬仗的帮扶工作队伍。他们在挂职岗位上勇于奉献、攻坚克难、不辱使命，带来了先进的技术和理念，带来了帮扶资金和优质项目，用不同的帮扶方式诠释着他们的赤子情怀，践行着他们的初心使命，为推进威宁自治县按时高质量打赢脱贫攻坚战做出了积极贡献。

杨绍茂就是这支帮扶队伍中的一位。

来威宁之前，杨绍茂任广州市番禺区石楼镇副镇长。2017年初，他主动提出加入广州市番禺区结对帮扶毕节市威宁自治县的队伍，挂任威宁自治县县委常委、副县长。自此，他开始了一段跋山涉水、具有挑战性的帮扶历程。

沉下身子摸清底数

威宁自治县是毕节试验区脱贫攻坚的主战场，脱贫攻坚时间紧、任务重。

作为广东省第一扶贫协作工作组威宁工作队队长，杨绍茂初到威宁，就忙着下基层、跑山村，了解村情和村民的生活状况。

短短几个月的时间，他走遍了威宁自治县39个乡（镇、街道）的村村寨寨。他没有周末，节假日也很少回家，几乎把所有的时间都用来了解村情、民情，为开展帮扶工作打下基础。

"刚来威宁的时候，看到这里的贫困状况，我心里很着急，天天走访调研。虽然很苦很累，但是我时刻牢记身上的责任，想早点走访调研完，好制定帮扶计划。"杨绍茂说。

通过下基层、跑山村，杨绍茂对地处高原地区的威宁有了更深入的了解。威宁土地资源丰富，加上日照强、温差大的气候特点，为当地发展高山冷凉蔬菜种植创造了条件。因此，他将帮扶工作的第一步放在了农业发展上。

"我们抓住威宁的资源优势，大力发展高山冷凉蔬菜种植，在原有的马铃薯等产业基础上，增种一些沿海城市喜欢的蔬菜品种，最大限度促进威宁蔬菜的商品化。"杨绍茂始终坚信，种下的蔬菜要适销对路，只有提高了产值，农户才能增收，脱贫才有支撑。

帮扶伊始，面对种植技术相对落后、销售渠道不畅通等窘境，杨绍茂立即带队回到番禺区企业走访调研，了解市场情况，经常在番禺和威宁之间来回奔走。经过多次协调，杨绍茂帮助威宁陆续引进了广州江楠农业集团与广东开心农业科技有限公司（以下简称"开心农业"）两家企业。

"威宁的自然资源、人力资源丰富，开发潜力比较大。"经过无数次走访、调研，杨绍茂发现，威宁很多农村青壮年劳动力为了就业增收，纷纷选择外出务工，一年回家一次；一些从农村搬迁到城市的贫困户，也还身处无处就业的困境。

"广州的加工企业用工需求正好与威宁丰富的人力资源形成互补。"杨绍茂深知，抓住这个突破口，便能解决威宁许多农村百姓的就业难题。于是，他带着帮扶团队积极招商引资，帮助威宁引进一批劳动密集型企业。

在帮扶近3年的时间里，杨绍茂与帮扶团队成功引进广州戴利服装有限公司、广州市奥博皮具有限公司、睿博鞋业有限公司、壹加壹畜牧公司、奥园商业地产集团等7家企业落地威宁，为当地群众就业增收搭建起新的平台。

压实担子践行初心

"2017年，既是广州市番禺区与毕节市威宁自治县结对帮扶的第一年，也是我人生的分水岭。在基层工作期间，陈开枝在广西长达20年的帮扶事迹深深地影响着我。那时，我了解到，在中国这片广袤的土地上，还有一些深度贫困地区的百姓需要我们的帮助。"谈到这段帮扶故事，杨绍茂感慨良多。

在威宁自治县帮扶近3年的时间里，杨绍茂在威宁和番禺两地之间奔忙，不断把威宁宣传推介给番禺区各家企业，吸引了番禺区一批劳动密集型企业入驻威宁投资兴业。

广州戴利服装有限公司是番禺区的大型服装企业，其老板翁耿楷正是从杨绍茂的介绍中看到潜力巨大的威宁劳动力资源。

2017年9月，翁耿楷和企业管理骨干决定共同投资创办威宁戴利服装有限公司，致力于威宁的扶贫事业。截至2020年4月，该公司在威宁投资2500万元，拥有员工230余人，年经营收入2500万元以上，是威宁自治县屈指可数的出口创汇企业。

在威宁，像戴利服装有限公司一样经过杨绍茂引进的几家东西部扶贫协作项目的企业，呈现的都是一派欣欣向荣的景象。这些企业不仅助推了当地的经济发展，还解决了贫困户、易地扶贫搬迁户和企业周边农户的就业问题，从根本上解决了群众所需。

截至2020年4月，杨绍茂和其他扶贫队员一起为威宁引进东西部扶贫协作项目7个，涉及蔬菜龙头企业、服饰优强企业和商业综合体建设，预计总投资可达28亿元。一个个东西部扶贫协作项目现已在威宁落地生根、开花结果，为助力威宁按时高质量打赢脱贫攻坚战续写新的篇章。

2019年4月和10月，番禺区区委书记何汝诚、区长陈德俊分别率队到威宁考察时，对杨绍茂近3年来的帮扶协作工作给予了充分肯定。

找准路子真帮实扶

"刚来威宁的时候，感觉一切都很陌生，威宁百姓说的方言我听不懂，在进村入户调查时和老百姓交流很困难。后来我就跟着当地的干部学习方言，下乡调研时也偶尔用不标准的当地方言和老百姓交流，有时惹得老百姓哈哈大笑。不过我觉得很开心，因为我已经慢慢地融入这个陌生的工作环境，对下一步工作的开展很有帮助。"杨绍茂说道。

帮扶近3年来，杨绍茂深入贯彻党的十九大精神和习近平总书记对毕节试验区的重要指示批示精神，认真落实中央及广东、贵州两省，广州、毕节两市东西部扶贫协作的重要部署，积极主动加强对接沟通与协作，为全力助推威宁按时高质量打赢脱贫攻坚战做出了积极贡献。

人才支援方面。选派党政干部3人、专业技术人才33人到威宁自治县开展挂职帮扶工作；组织威宁46名党政干部到番禺区培训学习名村创建、全域旅游等专题课程；与威宁合作培训专业技术人员31期，共1945人次，并以威宁自治县第九中学及县人民医院为重点，派出5名教师、8名医生开展"组团式"帮扶。

资金支持方面。先后投入1.2亿元帮扶资金支持威宁自治县，仅2019年就实施项目25个，其中产业项目3个、教育医疗补短板项目4个、基础设施补短板项目18个，带动贫困人口38959人；共收到广东省社会帮扶资金554.2805万元，捐物折资143.9093万元，钱物合计比上年增加420.2898万元，增长151.24%。

产业合作方面。2017年以来引进的7家企业在2019年度新增投资2.45亿元。落地企业2019年度带动贫困人口4390人，其中就业带动贫困人口2337人、利益联结带动贫困人口2053人。2019年以来完成消费扶贫15957.83吨、销售6982.65万元，带动贫困人口3960人。

劳务协作方面。帮助贫困人口实现向广东省转移就业1169人，其中广州市237人；帮助贫困人口实现以省内"十大员"为重点的就近就业2508人。建立威宁与番禺劳务协作对接机制，番禺区出台帮助威宁贫困人口稳定就业政策文件1份，在番禺区、东莞市分别建立劳务协作站和劳务工作站。通过广州市扶贫资金完成贫困人员就业培训2047人、就业125人。举办专场招聘会1场，提供就业岗位1296个，招聘21人。组织14名建档立卡贫困家庭学生到番禺区职业技术学校就读三年制汽修专业，组织20名学前教育专业应届毕业生（属于建档立卡贫困家庭学生11人）赴番禺参加为期3个月的岗前技能培训。

携手奔小康方面。番禺区8个镇（街道）、1个部门、9个企业、6个社会组织与威宁自治县8个贫困乡（镇）、42个贫困村（其中深度贫困村34个）结对。广州市工商联组织26个企业和商会帮扶威宁自治县30个深度贫困村，共青团广州市委组织20个企业帮扶威宁自治县20个深度贫困村。番禺区4所学校、15所医疗机构与威宁自治县4所学校、37所卫生院形成结对帮扶关系，实现威宁自治县乡镇卫生院的结对帮扶全覆盖，并100%实现实质性帮扶。培训威宁自治县贫困村创业致富带头人21人，全部成功创业并带动贫困人口100户490人。

三年威宁人，一生威宁情。经过近3年在威宁的帮扶，杨绍茂与威宁干部群众结下了深厚的友谊，已深深地爱上了这片土地。"在今后的工作中,无论身在何方,我将尽我所能,在拓展产业合作、教育医疗扶贫协作、劳务协作和项目资金管理等方面进行对接协调,全力做好威宁的'推介员'和'服务员',助力威宁自治县按时高质量打赢脱贫攻坚战。"杨绍茂动情地说。

(文／孙良贵)

此生心系花瓣桥

"毕竟人生过半程，节操尚需真性情。扶贫协作创新业，浩然正气养精神。"

2017年3月，年逾半百的广东省广州市增城区人力资源和社会保障局党组副书记、调研员夏文生，在东西部扶贫协作战略的召唤下，带着创一番新业、扶一方百姓的雄心壮志和浩然正气来到了千里之外的贵州毕节百里杜鹃管理区。

毕节百里杜鹃风景名胜区位于贵州省西北部，总面积约125.8平方公里。该风景区因天然原始林带绵延50余千米而得名，是国家级森林公园，2013年成功晋升为5A级景区。百里杜鹃风景区，一座巨大宏伟的天然花园，是大自然馈赠给贵州的独特礼物。

暮春三月，全国各地的春天即将收尾之时，高原上迟到的春天，梯次展示给世界又一片灿烂的花海。3月下旬至5月，各种杜鹃花竞相怒放，漫山遍野，千姿百态，铺山盖岭，五彩缤纷——百里杜鹃花带被誉为"地球彩带、世界花园"。

当夏文生抵达百里杜鹃管理区时，漫山遍野的杜鹃花正开得绚烂——这美丽如画的人间美景让他震惊不已——这可是世界上难得的金山银山啊！

然而事实是：美丽的百里杜鹃景区里的人民群众，需要党和国家以及各个地区的人们，用合力和热情，让他们摆脱贫困——让他们守着金山银山，不再过穷日子！

阅历丰富的夏文生遇到了人生中不可多得的机会。

从广东到贵州，他能做什么？

百里杜鹃的山山水水就这样在他面前。他走进困难群众中间，感悟他们所思，倾听他们所想，了解他们所需，实现他们所盼——实实在在为他们做好事和实事。3年过去，夏文生提交了他的"答卷"。

3年来，他一门心思扑在精准脱贫工作上，用心用情用力开展扶贫协作工作，助力百里杜鹃管理区脱贫摘帽。2019年7月，夏文生被表彰为"贵州省脱贫攻坚优秀共产党员"。

"资金四千万，汗水八百瓢"

根据工作安排，夏文生挂任百里杜鹃管理区党工委委员、管委会副主任，负责对接广州市增城区对口帮扶百里杜鹃管理区的工作，协助分管脱贫攻坚、劳务培训、招商引资、旅游发展等工作。

夏文生是拥有23年党龄的中国共产党党员。他深知对党忠诚、心怀群众的深刻道理，并以永不懈怠、永不言弃的精神状态投入工作中，不断提升履职尽责的能力。

初到毕节，夏文生利用1个多月时间，走遍了百里杜鹃管理区7乡2区68个村和相关区直单位，深入贫困户家里与他们拉家常，很快熟悉了区情。

7乡2区68个村——数字看起来简单，但在大山深处的百里杜鹃管理区，这意味着顶风冒雨、穿云破雾，意味着山高路险、路程多艰。

3年来，他用脚步来丈量自己的真心，用风餐露宿换得了干部群众的肯定和赞扬。得道多助，夏文生就是以如此的坚韧，换来了一个又一个扶贫攻坚的硕果。

3年来，夏文生始终坚守初心，不忘肩负的责任。

这只是他成绩单中的一部分：

努力争取广州市财政资金1960余万元；

计划外财政资金1214万元；

发动社会捐赠1067万元；

……

这些资金，犹如源源不断的动力，投入百里杜鹃管理区，实施各类帮扶项目48个，惠及贫困人口2190户6132人。

"唯愿读书郎，学成哺故乡"

夏文生有过6年的教师经历，对教育事业有很深的情结。

他把"教育帮扶，智力扶贫"作为拔掉穷根、阻断贫困代际传递的重要举措，积极联系增城区从"资金支持、人才支援、社会参与"3个方面精准施策，持续发力。

3年来，他联系广州市增城区投入毕节百里杜鹃管理区的教育帮扶资金达900多万元，惠及百里杜鹃管理区40余所学校7000余名学生，为4所学校建设了9个功能室，协调增城区教育局组织优秀教师赴百里杜鹃"组团式"开展教研帮扶活动30余次，双方互派交流学习干部500余人次，交流学习人员涉及教育局、学校有关负责人、班主任、科任教师及后勤管理人员等。

百里杜鹃二中于2017年开办，处于"边建边管边教边用"的状态，图书室、实验室等功能室建设滞后，严重影响教学质量。2017年9月，夏文生联系增城区财政支持150万元，帮助该校建设了理化生实验室、录播教室、语音教室、电子备课教室、科技报告厅等功能室。结对帮扶的增城区高级中学与百里杜鹃二中共建"教师阅读空间"，先后捐赠3万元购置体育器材和1.5万元采购网络阅卷系统；增城区图书馆与百里杜鹃二中共建图书室，捐赠图书5000册，价值17.62万元；增城区政协港澳委员向百里杜鹃二中捐资5万元添置教学设备。

夏文生利用自身资源，广泛发动社会力量与7所学校共建了图书室，改善了办学条件；发动爱心人士和社会组织"一对一、一对多"资助贫困学生34人，一次性资助贫困学生1100余人；积极推动百里杜鹃管理区18所学校与增城区部分中小学结成帮扶对子，先后选派了70余名教育专家赴百里杜鹃管理区开展讲学活动，累计培训教师1248人次；先后选派19名校长和骨干教师到增城区跟岗学习，学方法、取真经、变思想，有效破除了百里杜鹃管理区传统教育模式中"重教学、轻管理，重讲课、轻接受"的弊端，办学水平和质量显著提升，逐步培养出一支"带不走"的教育队伍。

"企业结对来，协作显风采"

产业扶贫是实现脱贫的固本之举。

"合作喂养本地牛，脱贫攻坚不用愁。企业结对来助力，东西协作显风流。"夏文生用打油诗记录着产业帮扶的点点滴滴。在3年的时间里，他的日记本写得满满当当。

夏文生紧抓"助脱贫、保精准"目标不松手，紧扣"兴产业、惠民生"战略不松劲。在他的精心对接下，一个个项目落户百里杜鹃管理区。3年来，广州市财政、增城区财政，4个结对镇（街道）、4个结对村和12家"百企扶百村"爱心企业，共投入692.53万元，发展特色种养殖产业项目23个，惠及贫困人口2000余人；投入1029万元，建设旅游基础设施7个，惠及贫困人口1000余人。

2018年以来，广州市下拨财政帮扶资金537万元，整合增城区财政资金、结对帮扶的增江街帮扶资金和社会帮扶资金214.6万元支持黄泥乡龙塘村发展乡村旅游，惠及全村贫困人口233户660人。

"帮扶资金聚龙塘，百姓珍惜苦干忙。旅游统揽兴业态，巨龙腾飞展辉煌。"一首小诗寄托了夏文生对龙塘帮扶项目的热切期待。

按照"帮扶资金必须用在产业发展上、产业发展必须与贫困户建立利益联结机制"的要求，夏文生推动增城区仙村镇整合帮扶资金76万元入股百里杜鹃军新开创种植养殖开发有限公司，形成"助力香猪产业发展+吸纳残疾人就业+残疾人养殖香猪创业"的创新模式，吸纳15名贫困残疾人就业，通过"公司+合作社+农户"模式扶持35名残疾人在家养殖香猪创业。

在帮扶工作中，夏文生发现许多家庭因病致贫或因病返贫。经过和两地医疗主管部门反复商议，他确立了"两院帮一院、一院带全区"的帮扶思路，由增城区人民医院、中医医院共同帮扶百里杜鹃人民医院，再通过百里杜鹃人民医院辐射全区乡镇医院。2019年，又协调增城区7家镇（街道）医院（社区卫生服务中心）与百里杜鹃管理区7个乡卫生院签订结对帮扶协议，实现百里杜鹃管理区所有医院结对帮扶全覆盖。

3年来，夏文生先后协调增城区各医院选派12批18名后备干部和医疗骨干到百里杜鹃人民医院挂职帮扶，涉及普外科、骨科、内科、妇产科及护理等不同专业，短期医疗团队帮扶4批次，培训医务人员897人次，帮助百里杜鹃人民医院普外科、妇产科、重症医学科等学科建设取得重大进展，全方位提升了百里杜鹃人民医院的医护水平和管理水平。选派百里杜鹃人民医院和乡卫生院骨干4批76人次到增城区各医院跟岗学习，重点培养ICU和中医康复人才，打造一支"带不走"的医疗队伍。

辛勤耕耘，换来丰硕成果；真情付出，终会收获喜悦。

夏文生代表广东省第一扶贫协作工作组毕节组参加全国扶贫宣传教育中心举办的2018年度"习近平总书记关于扶贫工作的重要论述"主题征文活动，投稿的论文获奖。2018年和2019年，百里杜鹃管理区随黔西县和大方县通过脱贫攻坚第三方专项评估检查，实现精彩出列。

"三年毕节人，一生毕节情"

夏文生主动结合乡村振兴战略，围绕"货出山、人入黔"，积极谋划帮扶项目，推动百里杜鹃农业产业和旅游产业升级。

构建立体式消费扶贫体系。借助大湾区"菜篮子"工程，推动百里杜鹃打造生态茶叶、高山冷凉蔬菜、食用菌等农特产品生产基地；增城国企"以投代捐"出资500万元到百里杜鹃瑞禾集团，组建增瑞菌业开发有限公司和增瑞生鲜配送有限公司，充分发挥国有农业龙头企业产业带动作用。

组织"消费扶贫"考察团。采购、宣传百里杜鹃农特产品；提供免费铺位和40万元装修资金在增城核心地带——合汇广场及城市候机楼设立农特产品展销中心；机关事业单位拿出10%的食材用量购买百里杜鹃农特产品，推动百里杜鹃农特产品进机关、进社区、进市场；联系深圳市58优品集团在增城各大商场、高校、医院、社区、车站、食堂等公共场所摆放无人售货机，助力百里杜鹃农特产品销售。

协作建设黄金旅游休闲目的地。在官方媒体大力宣传百里杜鹃旅游资源；增城区电视台拍摄制作《走进百里杜鹃——19℃的夏天》宣传片；增城区各大旅行社开辟百里杜鹃旅游线路；利用增城菜心节、元旦晚会和百里杜鹃杜鹃花节加强文化交流；引进广州希必恩体育发展有限公司，连续3年举办"穿越19℃的夏天——百里杜鹃国际越野跑挑战赛"；帮扶1029万元建设乡村旅游基础设施。

百里杜鹃乡村旅游崭露头角，体旅结合声名鹊起。结合百里杜鹃"旅游统揽、全域打造、全时延伸、实干升级"的发展思路以及重点往东北片区延伸发展乡村旅游的发展规划，注重长短结合、脱贫攻坚与乡村振兴结合，帮扶乡村旅游产业集中连线发展，强化贫困村"造血"功能，避免"撒胡椒面"。

安排经济实力较强的增江街、荔城街与黄泥乡、沙厂乡2个贫困乡结对帮扶,并将财政帮扶资金向两乡倾斜。投入761.6万元在黄泥乡龙塘村规划建设临水民宿20栋以及游泳池、农事体验中心、茶叶加工厂,改造传统烤酒作坊49间,带动外出经商务工人员回村发展民宿37家,撬动地方国企和民企投资3000余万元。在集中帮扶龙塘村的同时,对周边的贫困村适当投入帮扶资金,建设各具特色的乡村旅游项目:投入120万元在中塘村种植月季花,与龙塘村共同打造"花田酒肆";投入40万元发展石丫村特色养殖;投入80万元在槽门村建设游客服务中心;投入50万元在坝子村建成集鱼塘垂钓、瀑布观景、果蔬采摘、溶洞餐厅等农事体验于一体的农旅休闲基地;投入227.5万元在沙厂乡沙场社区打造"蘑菇小镇";投入80万元在大水乡大田村建设乡村旅馆,为乡村旅游集群发展奠定了基础,形成了从杭瑞高速雨冲站到新华站的一条乡村旅游黄金线。

岁月不居,时节如流。

3年挂职时间已经结束。

3年来,夏文生牢牢把脱贫责任放在心上、抓在手上、扛在肩上,以作风建设的严与实来提升对口帮扶的量和质,时刻鞭策自己,努力做好扶贫协作工作。"扶贫协作工作不干不行,干不好也不行。"夏文生深有感触地说。

3年来,夏文生的帮扶路充满艰辛,家庭发生了很多变故,他的岳父岳母在2019年春节前后先后离世。但3年挂职帮扶,夏文生收获满满,他深情地说:"我充分感受到我们党坚决打赢脱贫攻坚战的信心和决心,感受到东部帮扶西部的团结和力量,感受到社会各界的无私和大爱,感受到脱贫攻坚战主战场干部群众的感恩和奋进。这些都是我人生中的宝贵财富!"

作为广东省第一扶贫协作工作组毕节组中最年长的帮扶干部,夏文生不忘初心、牢记使命,不待扬鞭自奋蹄,为推动东西部扶贫协作,为百里杜鹃决战脱贫攻坚、决胜同步小康做出了不懈努力。

"扶贫三周年，国考六指标。资金四千万，汗水八百瓢。结石增数粒，白发多千条。身归荔枝城，心系花瓣桥。"2019年冬至游百里杜鹃花瓣桥时写的一首小诗，道出了他"三年毕节人，一生毕节情"的浓浓情怀。

（文／江华）

难舍难分大山情

在2019年7月的贵州省脱贫攻坚表彰大会上，广汽集团选派加入广东省第一扶贫协作工作组的贾文召，获评"贵州省脱贫攻坚优秀共产党员"荣誉称号。贾文召扎根贵州毕节扶贫已3年多，他用自己的实际行动践行了共产党人"不忘初心、牢记使命"的责任与担当。

到处是山

自2016年"7·20"银川东西部扶贫协作会议之后，中央明确广州市对口帮扶贵州省毕节市和黔南州，并派出援黔工作组进驻当地开展扶贫工作。2016年9月28日，这是贾文召铭记一生的日子。这天，他乘坐航班飞行约1200公里，从广州来到祖国西南腹地——贵州省毕节市。当飞机慢慢向群山环抱的一块平地上降落时，透过飞机舷窗向下望去，"山，到处都是大山！"——这就是他对毕节的第一印象。从此，他开始了三年零四个月的扶贫历程。

毕节，地处贵州省西北部乌蒙山腹地，是全国唯一的"扶贫开发、生态建设"试验区。长期以来，毕节一直是中国典型的贫困地区，贫困面积大、贫困人口多、贫困程度深。截至2019年初，毕节市下辖10个县（区、管委会），仍有7个属于乌蒙山连片贫困县，贫困发生率超过20%的深度贫困村仍有529个，约660万总人口中还有51.53万人仍未脱贫，整体贫困发生率7.8%，贫困人口占贵州省的四分之一、全国的五十分之一。

山里调研

"10个县区、220多个贫困乡镇、360多个贫困村、行程20多万公里……"这就是贾文召3年多以来在毕节走过的路。在援黔工作组，贾文召主要负责广州财政资金帮扶毕节市项目的谋划和落实。为了把项目谋划得更精准，把有限的钱花在刀刃上，以帮助更多当地贫困户脱贫致富，贾文召几乎跑遍了毕节的所有贫困乡镇和贫困村，与基层干部、贫困群众、龙头企业、产业带头人等深入交流，在掌握大量一手资料的基础上，精心谋划和推动项目落地实施。援黔工作组毕节组组长陈震一说起贾文召就不住感叹："贾文召在援黔工作组是跑的地方最多、工作最辛苦的。"

随着在毕节走的地方越多，尤其是偏远贫困乡村去得越多，贾文召对毕节的第二个印象就越来越强烈——"贫穷，真的是很穷，很多地方、很多贫困户的生活状态完全超出了我的想象。"

在赫章县珠市乡核桃村（毕节市529个深度贫困村之一），村民住的都是用土坯、石头和茅草堆搭成的房屋，看上去已破败不堪，随时都有倒塌的危险。在一家贫困户家里，窗户上的玻璃已经破了很久，只用塑料布勉强遮着。厨房只有用石头搭成的简易灶台，一家人饿了就围着炉子烤土豆吃，屋里已经被熏得黢黑。家里五口人中有两人患有慢性疾病，属于因病致贫家庭。另外一家贫困户，家中只有一位老奶奶带着一个10来岁的小男孩。经询问得知，小孩的父亲死于意外，母亲受不了贫苦生活离家出走，只剩10来岁的小男孩和70多岁的老奶奶相依为命。还有另外一家，父亲和母亲相继因为意外事故离世，只有7个姐妹相依为命，最大的才上高中，最小的刚上幼儿园……

在纳雍县厍东关乡大坡村，有一户姓熊的人家。熊家四口人，男主人熊大哥淳朴善良、勤奋肯干，大女儿上小学一年级，小儿子上幼儿园。这本该是个幸福的家庭。但因为熊大哥的老婆身患小儿麻痹症，生活不能自理，正当壮年的熊大哥只能放弃出去打工挣钱的机会，天天守在家里照料老婆、孩子，靠着一亩三分地过日子，生活很艰苦。他们一家住的房子，都是用石头垒成的。

七星关区燕子口镇甘沟河村有100多个小学生，仍然在20世纪80年代修建的房屋里面读书。房顶已多处漏雨，门窗四处漏风，教室里木质的黑板早已裂开，桌椅破损，墙壁漆黑一片，整个房子已破败不堪。由于教室场地有限，低学年的班级甚至要用塑料布把房间隔开，临时改成2个小教室。

卢家发来自赫章县罗州镇松林村的一个贫困家庭，由于父亲常年患病，家里全靠母亲一人操持，日子过得十分艰难。高考失意后，卢家发虽选择到毕节职业技术学院就读汽车维修专业，但谈起未来的生活，他感到困惑迷茫，不知道是继续读书好，还是赶紧打一份工减轻家里负担好。

看到这一幕幕景象，贾文召的心情越来越沉重。他暗自下定决心，一定要把这几年的广州对口帮扶毕节工作做好，一定要把广州市财政资金项目谋划好，把有限的资金用在刀刃上，真真正正让当地贫困老百姓受益。

建设大山

在贾文召用心用情的推动下，2016年9月至2020年1月，广州市已在毕节市128个贫困村及易地扶贫搬迁安置点援建239个项目，总计到位8.5亿元资金，项目可直接带动约22.63万名建档立卡贫困户脱贫，惠及34.98万名贫困人口。令人欣慰的是，随着项目的实施，上述提到的那些贫困村和贫困户正发生着积极的变化。

在赫章县珠市乡核桃村，广州帮扶资金援建的占地400平方米的扶贫车间——"娜咪鲁"民族服饰公司已投入使用。通过"村党支部+公司+农户"的合作模式，为核桃村培训了民间绣娘160人次，可解决262名建档立卡贫困人口在"家门口"就业，直接带动当地群众增收脱贫，同时也解决了困扰农村的"留守妇女""留守儿童""孤寡老人"等社会问题。

在纳雍县厍东关乡大坡村，熊大哥一家已经认养了120只"同心蛋"项目的土鸡，利用房前屋后的空地进行饲养，每个月都有稳定的1800元劳务收入，全年有2万多元收入，可以实现全家稳定脱贫。"同心蛋"项目是广州帮扶资金支持的一个精准扶贫项目，广州财政资金支持建设鸡舍及采购鸡苗，号召贫困户利用房前屋后散养高原原生态土鸡，同时发动广州国有企业的爱心人士以"消费扶贫"的方式进行认养。按照贵州省脱贫标准，只要有5个爱心人士认养，就可以直接带动1名建档立卡贫困户脱贫。广汽集团党委、工会、办公室、组织部、公关部、团委等广泛宣传发动集团总部及下属企业员工购买"同心蛋"。截至2019年底，共19个企业的2000多人认购4000多箱，采购金额已超过40万元，且订购量还在快速增长中，以此通过"消费扶贫"直接带动了建档立卡贫困人口75户325人脱贫。

在七星关区燕子口镇甘沟河村，广州帮扶资金援建的全新学校——"广黔同心甘沟河小学"已于2019年9月份建成，当年9月新学期开学的时候，100多名当地小学生搬到崭新的校舍学习，为了美好的明天更加努力。

卢家发通过层层选拔，现在已经是"广汽班"的一名学生。"广汽班"是广汽集团与毕节职业技术学院秉承"校企合作、双元育人"理念合作共建的一种模式，采用"2+1"培养模式，委托广汽乘用车全程参与课程设计，学生2年在毕节职院进行理论学习，1年到广汽乘用车实习，表现合格可直接成为广汽一员。其招收学生重点向建档立卡贫困户家庭小孩倾斜，从而实现精准招生、精准培养、精准就业的劳务协作新模式，两期招收80人已顺利开班。谈起未来，卢家发多了一份期待和自信，他表示一定要努力学习，将来到广州闯出一片天地，到时也带父母见识一下大山外面的世界。

同时，在贾文召的积极协调推动下，广州市已全面发动社会各界广泛参与贵州的脱贫攻坚事业，深入实施"广黔同心、携手同行——百企帮百村"行动。广州市的街道社区、国有企业、民营企业已全面结对毕节市529个深度贫困村，实现对毕节深度贫困村结对全覆盖，围绕贫困村"两不愁、三保障"等急需解决的困难，每年帮助每个村解决1~2个实际困难。同时，全面发动机关单位公职人员、企业员工注册"中国社会扶贫网"，并引导重点关注贵州贫困户发布的需求，开创全社会共同参与贵州扶贫的新局面，社会捐赠资金累计达1.5亿元。

情系大山

贾文召作为广州市国资委、广汽集团选派的干部，也积极发挥着桥梁纽带作用，深化"广黔同心、携手同行"的情谊。他积极推进广州国资系统在贵州毕节、黔南落地产业帮扶项目18个，涉及资金3亿多元；推进广建集团加快广州·毕节产业园项目建设；推动广药集团刺梨项目快速落地；协调岭南集团开展旅游帮扶；推动广州酒家深入开展消费扶贫；组织广州市国资委30家监管企业与黔南、毕节110个深度贫困村开展结对帮扶，围绕"两不愁、三保障"补齐民生短板，助力当地脱贫攻坚。同时，积极推进广汽集团与毕节、黔南经销商共建7家4S店，优先保障毕节脱贫攻坚200余辆车的购车需求。

当初决定是否参与援黔时，留给贾文召做决定的时间很短暂。他当时只是给妻子打了一个电话，本来以为妻子会顾虑很多，结果她的回答很坚定："你决定要去做的事情，那就去做吧，家里你就放心吧！"后来3年多的岁月里，贾文召绝大部分时间都在贵州，基本上每1~2个月才能回家一次，妻子默默承担起家里的一切。刚去贵州时，贾文召的小孩小熊只有

2岁多，转眼已5岁时，有一次幼儿园老师和贾文召说起："小熊有段时间中午午睡总是躲在被子里面哭，老师问他怎么啦，他说他想爸爸了……"听到这件事，贾文召默默流下了眼泪，对家中妻儿感到深深的愧疚。

广黔同心战脱贫，携手同行奔小康。三年零四个月的援黔工作，1200多个日日夜夜，20万公里的路途，帮助22万毕节贫困人口脱贫，相信这段为打赢脱贫攻坚战而激情奋斗的时光，必将成为贾文召人生最为宝贵的一笔财富！相信广州、毕节携手并肩，共同战胜贫困的这场战役，也必将永远载入史册！

（文／刘广琴）

后 记

　　一个个广州人打点行囊跨越山海而来扎根基层，一笔笔带着温度的资金撒进大山深处最贫困的土地，一批批涉及基础设施建设和产业发展的帮扶项目落户黔南、毕节……

　　千里携手战贫，四年同舟共济。广州与黔南、毕节，从海的那头，到山的这边，相距千里，山海无界，注定在新时代脱贫攻坚的滚滚大潮中结下不解之缘。

　　在脱贫攻坚这场没有硝烟的战争中，广州与黔南、毕节，有故事。

　　你看，沟壑纵横的麻山腹地，产业遍地开花，外出务工的年轻人纷纷返乡创业就业，在"家门口"过上了好日子；宽敞明亮的黄埔教室里，传来黔南学子的朗朗书声，他们将用在广州所学的知识，助力美丽和谐新农村的建设；贵州赫章的夜郎广场上，广州医生为人民群众亲情义诊……

　　你看，广州为毕节医疗卫生事业带来新的制度、新的理念、新的技术和新的工作态度，还在毕节打造了一支"带不走"的医疗队，实现多项"零突破"，老百姓因病致贫、因病返贫问题得到极大缓解；广州市天河区援建的毕节市思源实验学校"那方空间"里，一方50英寸大小的交互屏幕正通过4G网络，连线一场特别的跨区域教研交流活动，广州名师、名校、名校长资源聚集，帮助大方县提升教学水平……

　　在脱贫攻坚这场没有硝烟的战争中，广州与黔南、毕节，有成效。

　　广州各级干部和社会各界爱心人士，带着先进的科学技术、市场资源、项目资金，不远千里走进乌蒙山区，深入战贫一线倾情帮扶，在黔

后记

南、毕节大地上翻腾出巨大的浪花，努力翻越那座叫作"贫困"的大山。

一车车绿色有机的黔南、毕节蔬菜送往粤港澳大湾区，资源流通中黔南、毕节群众的荷包渐渐鼓起来了；越来越多的"老广"到黔南、毕节旅游，他们一边夸赞那山清水秀的风景，一边感慨有幸见证"绿水青山就是金山银山"的生动实践。

一个个生动感人的故事在东西部扶贫协作中产生，一批批扶贫项目在黔南、毕节落地生根，一组组喜人的数据昭示着广州与黔南、毕节携手战贫的硕果。两地人民同心同德、同向同行，书写了攻克贫困堡垒、追求美好生活的精彩华章。

在广州的帮扶下，黔南、毕节和全国其他贫困地区一道，彻底摆脱了绝对贫困，翻过了"贫困"的高山。未来的日子，广州与黔南、毕节将一鼓作气，在缩小城乡差距、推进城乡公共服务均等化等重点方面科学谋划、精准发力，推动乡村振兴战略实施。

广州与黔南、毕节，手牵着手、心连着心、肩并着肩作战的深情厚谊，早已在乌蒙山中开花结果，惠及万千贫困群众，这份情谊，注定如巍巍乌蒙山，如滔滔珠江水，永存两地人民心间。

编　者

2020年12月